KB262390

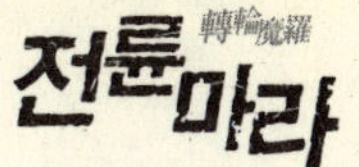

전륜마라 轉輪魔羅

단극 新무협 판타지 소설
FANTASTIC ORIENTAL HEROES

전륜마라 1

단극 新무협 판타지 소설

초판 1쇄 찍은 날 § 2011년 6월 20일
초판 1쇄 펴낸 날 § 2011년 6월 27일

지은이 § 단극
펴낸이 § 서경석

총괄팀장 § 유경화
편집책임 § 주소영

펴낸곳 § 도서출판 청어람
등록번호 § 제1081-1-89호
등록일자 § 1999. 5. 31
어람번호 § 제2-2109호

주소 § 경기도 부천시 원미구 심곡2동 163-2 서경B/D 3F (우) 420-822
전화 § 032-656-4452 팩스 § 032-656-4453
http://www.chungeoram.com
E-mail § chungeoram@chungeoram.com

ⓒ 단극, 2011

ISBN 978-89-251-2546-6 04810
ISBN 978-89-251-2545-9 (세트)

전륜마라

轉輪魔羅

단극 新무협 판타지 소설

FANTASTIC ORIENTAL HEROES

1

目次

序

　사방에 흩뿌려져 퍼덕거리는 것은 처절하도록 붉은 쇠 냄
새.
　짙고 달콤한 마지막 발악의 잔향, 생명의 진액이 가득 담긴
액체를 살포시 머금는다.
　이곳은 인세로 강림한 지옥의 편린.
　그 하늘 아래 천(千) 인의 혈향에 취해 끝이 보이지 않는 지
옥의 춤을 춘다.
　"죽어라!! 혈마!!"
　한줄기 장소성과 함께 날카로운 쇠붙이가 살의를 번뜩였
다.

검신을 가득 메우고 있는 것은 주인이 품고 있는 살기와는 어울리지 않는 장중한 현기. 비단 위를 스치듯 유려하면서도 천근만석이라도 깨부술 힘이 담긴 일 초. 무당의 절정 검공 태극무상검의 절초가 펼쳐졌다. 목을 물어뜯으려는 일격을 정면으로 마주하며 발을 내디뎌 사선을 그리며 한 발짝 나아 갔다. 그와 동시에 막 화폭 속에서 꺼낸 듯한 고풍스러운 송 문검이 어깻죽지를 스치고 지나갔다.

피를 머금고 머금어 종내에는 검고 딱딱하게 굳어버린 옷 이 베여 나가며 그 아래로 피부가 드러났다. 날카롭게 베인 표피 사이로 한 방울의 피가 배어 나와 팔을 타고 또르르 흘 러내렸다. 한 치만 깊었더라도 어깨에 훤히 바람구멍이 났을 터. 하지만 살인기예의 중심으로 대담하게 옮긴 한 걸음은 그 한 치를 치명적인 기회로 바꾸어주었다. 절제된, 하지만 막강 한 기운을 머금은 손이 아무런 저항 없이 상대를 향해 닥쳐갔 다.

서격.

피육을 베는 소리가 아닌, 마치 종이를 자르는 듯한 가벼운 파공음이 들리고 지지할 힘을 잃은 머리 하나가 허공으로 날 아갔다. 성대한 피분수와 함께 숫아오른 머리는 이내 중력에 끌어내려져 데구루루 땅바닥을 굴러다녔다. 머리와 헤어져 홀로 남은 몸통은 그저 바닥에 내팽개쳐졌다.

기나긴 세월, 검중일문이라 칭해지는 무당의 이름 아래 그

인고의 시간으로 단련한 한 자루의 고고한 검은 채 일 초조차
제대로 펼쳐 내지 못한 채 치욕스러운 죽음을 맞이하고 말았
다.

하지만 그것조차 큰 의미를 지니지 못했다.

절정에 달하는 무인이라는 검수의 무명(武名)조차도 이곳
에서는 한낱 소모품 그 이상의 의미를 지니지 못했다. 이미
역치를 메우기에는 무당이 배출한 절정의 검수라는 그의 무
명으로도 턱없이 모자란 것이다. 지금 그들이 대적하고 있는
상대는 그런 자였다.

혈마(血魔) 목유현.

천 년이 넘는 무림 역사상 가장 끔찍한 마두.

무림인과 민초를 가리지 않고 무차별하게 학살을 자행한
그의 손에 죽은 이는 물경 만을 넘어섰다.

그중 대부분이 저항할 능력조차 제대로 갖추지 못한 민초
들로 그가 지나간 자리에는 피바다밖에 남지 않았다.

여태껏 존재하지 않았던 잔혹한 그 마두를 처단하기 위해
무려 오천이 넘는 무림의 군웅들이 한자리에 모였고, 무림 사
상 다시없을 정도로 거대한 천라지망이 그들을 통해 펼쳐졌
다.

"쿨럭."

목유현의 목구멍으로 핏덩어리가 치밀어 올랐다.

하지만 뱉어낼 시간조차 그에겐 존재하지 않았다.

주변의 광경은 아비규환의 수라도와 매우 흡사했다.

생기를 잃은 살덩어리들이 산처럼 쌓여 있었다. 주인 잃은 쇠붙이들은 아무렇게나 나뒹굴고 있었다. 그 사이로 핏물이 내가 되어 흘러내렸다.

하지만 그럼에도 그를 둘러싼 이들은 조금도 줄어들지 않았다.

죽은 이의 빈자리는 순식간에 메워지고 또 다른 칼날이 그의 피를 바라며 닥쳐왔다.

오직 한 명을 잡기 위해 구성된 천라지망(天羅地網).

천라지망이 펼쳐진 것도 근 칠 주야에 가까운 시간이 흘렀다.

그의 손으로 목숨을 거둔 이는 이미 셀 수조차도 없었고, 그와 비례로 그의 기력도 이제 거의 바닥에 달하고 있었다.

애초에 가지고 있던 본신의 능력은 대부분 봉인시켜 놓은 채, 물 한 모금조차 제대로 먹지도 못한 채로 이때까지 버텨냈다는 것이 신기할 지경이다.

하지만 그는 굴할 수 없었다.

그것은 그를 둘러싼 천라지망에게도, 그리고 자신 스스로에게도 마찬가지였다.

[답답해?]

점점 더 지친 그의 귓가로 스멀거리는 목소리가 울려 퍼졌
다.

[고작해야 저런 벌레들 따위에게 헤매는 네 모습이 답답하
지 않아?]

귓가에 울려 퍼지는 목소리에는 이 세상의 것이라고 조금
도 생각할 수 없는 이질감으로 가득 차 있었다.

[나를 써. 아주 간단히, 그리고 즐겁게 저 벌레들을 모두 지
워 버리는 거야.]

피를 갈구하는 목소리.

그를 사로잡았던, 그를 피에 미친 살인마, 혈마로 만들었
던, 그를 무림 공적으로 만들었던 그 목소리였다.

모든 것을 잃고 오직 힘만을 갈구했던 그에게 우연처럼 다
가왔던 연원조차 알 수 없는 혈향 가득한 서책.

그 서책 안에 담겨 있던 것은 영겁혈륜이라 칭해지는 하나
의 기예였다.

사람의 피로 연성하는 지옥의 기예. 인간의 피로써 연성하
는, 피를 마시고 그 안의 생기와 피 속에 잠재된 살의를 통해
경지를 쌓아가는, 그야말로 마공 중의 마공, 악마의 기예였
다.

물론 처음에는 거부하였다. 힘을 위해 인간을 포기하는 것

이 주저되었다. 하지만 그러기엔 너무나도 힘에 굶주려 있었다. 영겁혈륜에게 잠시 마음을 열어버린 순간, 그는 이미 피의 노예가 되어 있었다. 인간을 상실한 채로 눈에 보이는 생명이라면 모두 거칠 것 없이 죽였다. 결국 남은 것은 목유현이라는 인간이 아닌 피에 굶주린 지옥의 나찰뿐이었다.

그의 손에 죽어가는 희생자가 늘어날수록 강력함은 더해져만 갔다. 무공을 익힌 자의 피는 더욱 좋았다. 주변의 문파를 휩쓸었다. 거칠 것 없는 무력에 아무도 그를 막을 수 없었다. 그는 결국 지옥 밑바닥에 산다는 나찰의 현생이 되었다.

겨우겨우 그 절망과도 같은 구렁텅이에서 빠져나왔건만 간만에 피를 머금은 마성은 호시탐탐 그의 정신을 갉아먹으려 하고 있었다.

[우습군. 힘이 있는데도 그걸 쓰지를 않다니.]

'스스로 통제하지 못할 힘 따위가 필요하겠냐!'

비웃는 목소리를 발악하듯 맞받아쳤다.

[괜히 빼지 말라고. 본성에 몸을 맡기는 거야.]

그런 발악에 조금도 아랑곳하지 않은 채 역한 쇠 비린내 나는 목소리는 점점 가까워져 가더니 서서히 하나의 환영의 모습으로 눈앞에 서 있었다.

환영은 사람의 형상을 띠고 있었다.

그 모습은 자신이었다. 살기에 흠뻑 몸을 맡긴 채 자아를 잃어버린 얼마 전 자신의 모습이었다.

[이게 네 본모습이야.]

'네 녀석 따위 기댈 바엔 그냥 죽고 말지.'

[뭐… 그렇다면 할 수 없지. 하지만 과연 내 도움 없이 살아나갈 수 있을까? 하하하!!]

목소리의 잔영은 사라지는 그 순간까지 그를 조소했다.

목유현도 알고 있었다.

'무사히 빠져나가는 것은… 아마도 힘들겠지.'

주위를 가득 메우고 있는 것은 끝도 없이 그에게 살의를 드러내는 적들뿐.

영겁혈륜을 봉인한 채로 본신의 능력조차 제대로 쓰지 않고 여기서 빠져나간다는 것은 거의 헛된 망상과도 다름없었다.

그럼에도 포기할 수는 없었다.

"혈마가 지쳤다!!"

"조금 더 힘을 냅시다!! 무림의 평화를, 정의를 우리 손으로 이루어내는 것입니다!!"

누군가 쩌렁쩌렁하게 소리를 질렀다.

그 소리에 힘입어 목유현을 포위한 이들이 동시에 그를 향해 들이닥쳤다.

'큭.'

그는 고소를 머금으며 앞으로 달려나갔다

그의 손이 목을 비틀고, 그의 무릎이 검을 꺾고, 그의 팔꿈

치가 머리를 박살 냈다.

마주 오는 도를 향해 몸을 날렸다. 도를 빼앗아 상대를 갈라 버렸다.

검, 도, 창, 극, 시, 편, 권, 장, 각.

병기와 육장. 오로지 사람을 죽이기 위해 만들어지고 닦아진 것들이 살의를 꾹꾹 눌러 담고서 그를 향해 짓쳐 왔다.

죽이고 또 죽였다. 하지만 살의의 파도는 그칠 줄 모르고 그를 덮어왔다.

실낱같이 남아 있던 몸 안의 기운은 이미 말라붙어 버렸다.

끝없이 그를 유혹하는 나찰의 마성에 정신력 또한 말라 버렸다.

남은 것은 살아야겠다는 의지뿐.

그 의지만으로 다가오는 살의에 맞서 싸우고 있었다.

울렁.

갑자기 현기증과 함께 몸이 휘청거렸다. 마지막 남은 기운의 불꽃이 재조차 남기지 않은 채로 타버린 것이다.

그가 휘청거리는 틈을 타고 접근한 검이 심장을 노려왔다.

시선을 돌려 바라보았다. 검신이 유난히 넓은 호검이었다.

'피해야 한다.'

하지만 생각과 달리 몸이 움직이지 않았다. 굳어버린 몸을 닦달해 겨우 몸을 틀어냈지만 미처 빼내지 못한 오른 어깨가 쭈욱 찢어지고 피가 쏟아져 올랐다. 힘줄이 끊어진 듯 팔은 더 이상 움직이지 않았다.

　고통을 나타낼 틈 따윈 없었다. 검을 든 이의 머리에 남은 왼손을 박아버렸다.

　갑자기 다리에 힘이 풀렸다.

　그는 몸을 지탱할 수가 없었다. 시선을 돌려보니 왼 발목이 사라져 있다. 상대의 가슴을 찢어버렸다. 갑자기 어둠이 닥쳐왔다. 고개를 들어 하늘을 보았다. 하늘을 덮는 짙은 묵 빛의 도광이 시신경을 타고 정신을 헤집어놓았다.

　그의 감각은 머리가 터져 나가라 경종을 울려댔지만 몸은 더 이상 반응하지 않았다.

그의 머리부터 발끝까지 거대한 만도가 지나갔다.
그리고 그의 세상은 온통 피로 물들었다.
그의 몸속에서 마지막 생기가 빠져나가며 눈이 감겨왔다.
이번 깜박임이 생의 마지막이겠지.

아직 아무것도 이루지 못했다.
복수를 원했으나 이루지 못했다.
스스로의 힘으로 일어서길 원했으나 이루지 못했다.
힘을 얻기를 원했으나,
정작 힘을 얻고서는 그저 힘에 휘둘렸다.
피의 광기에 취해 날뛰었다.

아쉽다.

조금 더 살고 싶다.

이대로 끝이라는 것은 싫었다.

이렇게 인생을 끝내고 싶지 않았다.

수없이 많은 생명을 밟고 서 있는 그에게 살라고 말해준 이를 위해서라도 살아야 한다.

크륵.

가슴속의 울분을 뱉어내고 싶지만 성대가 베어져 목소리로 나오지 않는다.

점점 힘이 빠져 갔다.

눈꺼풀조차 지탱할 여력도 없다.

서서히 닫혀가는 눈꺼풀 사이로 세상의 마지막 광경이 눈에 들어왔다.

해가 지고 있었다.

피를 가득 머금은 해가 협곡의 뒤로 모습을 감추고 있었다.

아아, 망할!

정말 피처럼 붉은 노을이구나.

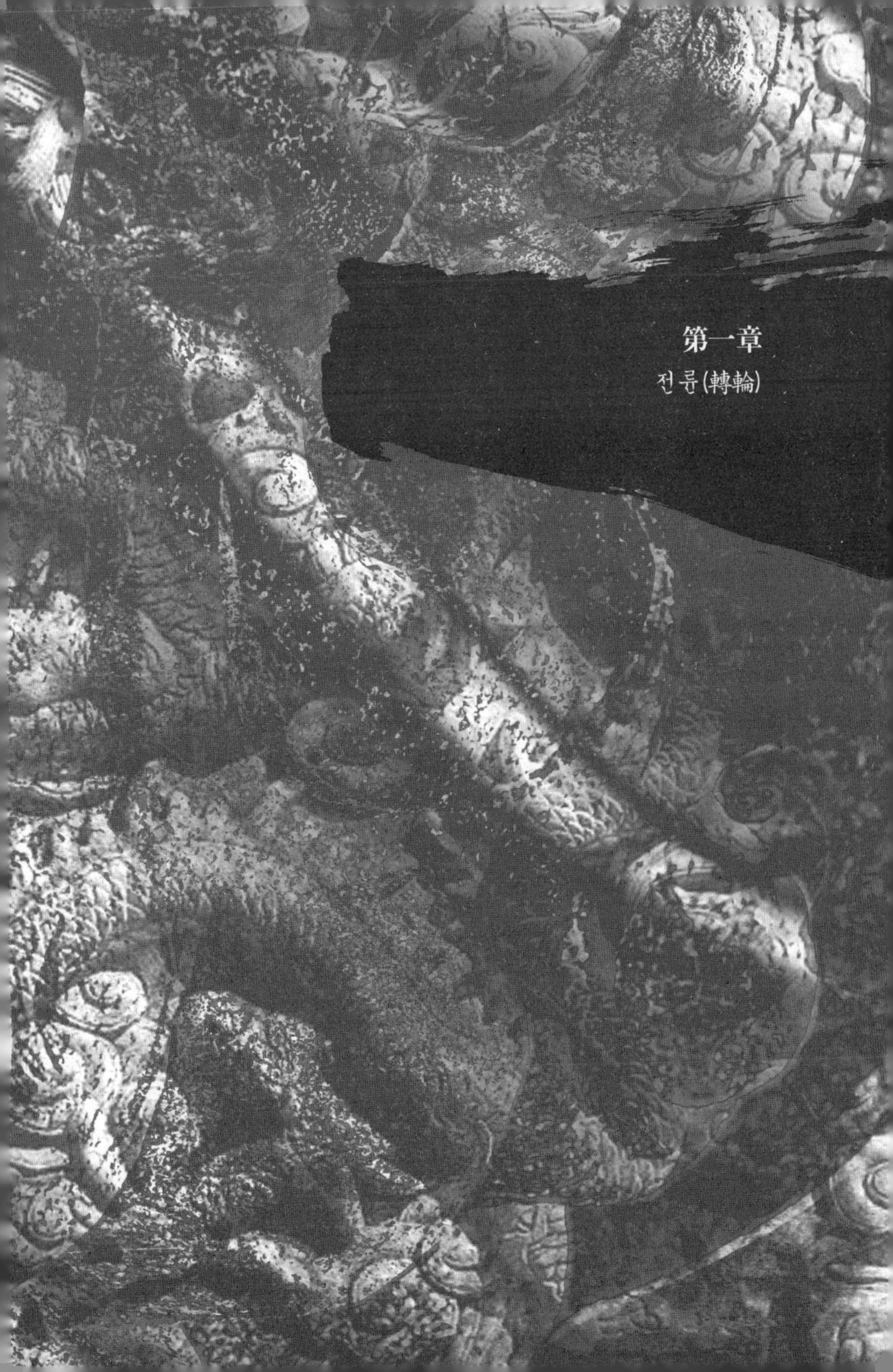
第一章
전륜(轉輪)

전륜마라 轉輪魔羅

　다시 눈을 뜬다면 그곳은 분명 지옥일 거라 생각했다.

　자의든 타의든 간에 무엇으로 변명을 해도, 정당화를 해도 결국은 힘에 먹혀 수천의 목숨을 손에 묻혀 버린 병신.

　결코 좋은 곳으로 갈 리가 없을 거라 생각했다.

　그는 천하무림의 절대 공적, 잔인무도한 살인귀 혈마였으니까.

　처음 눈을 떴을 때 그의 눈에는 아무것도 보이지 않았다.

　세상은 완연한 어둠으로 가득 차 있었다.

　허리에 미약한 빛을 두른 채 그저 그를 관망하듯 둘러싸고 있었다.

망막에 시커먼 천을 뒤집어씌워 놓은 듯했다.

시간이 지나고 점점 시각이 어둠에 적응함에 따라 세상은 윤곽을 드러냈다.

눈을 통해 투영되는 세상에 양감이 생기고 질감을 갖추어 나가기 시작했다.

그렇게 모습을 드러낸 장소는 그가 능히 가리라 생각했던 구천지옥의 한곳이 아니었다.

이곳에는 불을 내뿜는 마귀도 없었고 뼈를 녹여내고 생살을 쥐어뜯는 고통에, 영혼이 파 먹혀가는 울부짖음을 뱉어내는 이 또한 없었다.

피부를 타고 느껴지는 축축한 습기, 그다지 춥지도 덥지도 않은 온도, 오랜 세월 동안 자연에 의해 깎여 나간 곳곳의 흔적들 사이로 보이는 인위의 자국들. 그것들로 미루어보아 이곳은 동굴과도 흡사한 하나의 공동이었다.

"뭐… 지?"

조금도 이해할 수 없는 상황에 입을 비집고 실소가 배어 나왔다.

'나는… 분명… 죽은 것이 아니었나?

그는 분명 천라지망의 가운데서 최후를 맞았다. 그를 죽이기 위해 만들어진 살의라는 이름의 씨실과 날실로 엮어낸 하늘의 그물 아래 돌아올 수 없는 망각의 강을 건너 버렸다.

그것은 진실. 분명 망자가 되어 저세상을 떠돌 차례라 생각하고 있었다.

"여기는 어디지?"

왠지 낯이 익은 장소인 것 같았지만 잘 기억이 나지 않았다.

마치 기억 속에서 빗장을 틀어막고 버티는 것처럼 닿을 듯 닿지 않았다.

그는 동굴에서 묵거나 노숙을 한 일이 많았다. 가문이 몰락한 후 오로지 힘에 대한 일념만으로 세상을 떠돌았을 때 동굴은 길보다 수십 배는 나은 잠자리였다. 변변찮은 이부자리도 없는 사람에게 인적없는 굴이란 금침을 깔고 잠을 취하는 것과 진배가 없었다.

주위를 세심히 둘러보았다. 입구조차 보이지 않았다.

아마도 시각이 짙은 어둠에 적응하지 못한 탓이리라.

"잠깐."

그럴 리가 없었다.

영겁혈륜을 익히고 난 후부터 그의 감각은 초인이라고 칭해도 부족하지 않을 정도로 날카로워졌다. 영겁혈륜에 의해 확장된 초감각은 족히 백 장은 떨어진 곳의 쌀알이 떨어지는 소리도 그 개수를 간단하게 파악할 수 있을 정도였다. 그런데 고작 빛이 없다고 주위가 보이지 않는다고?

설마 모든 힘이 사라진 것인가?

급히 내부를 관조해 보았다.

자신의 의지에 따라 주변을 태워 버릴 듯 넘실거리던 기운은 조금도 응답이 없었다.

아니, 응답은커녕 아무것도 느껴지지 않았다. 마치 무공을 전혀 익히지 않은 것처럼.

그러고 보니 물에 젖은 솜처럼 무거웠던 전신이 훨씬 가벼웠다.

더욱 믿을 수 없는 일은 혈전 속에 잘려 나간 그의 발목이, 금세 떨어질 것처럼 너덜거렸던 그의 어깨가, 그리고 독과 내상에 걸레짝이 되다시피 한 자신의 내부가 지극히 멀쩡하다는 사실이었다.

없어져 버린 무공, 이해할 수 없는 몸 상태, 그리고 죽었어야 할 자신.

"……."

아무런 해답이 떠오르지 않았다. 머리가 복잡했다. 몸을 일으켰다.

무릎 관절에서 뼈마디 부딪치는 소리가 들려왔다.

걸어가는 동안 눈에 들어온 것은 입고 있는 의복이었다.

피에 찌들어 붉다 못해 검어져 원래의 색조차 알아보기 힘들었던 무복은 온데간데없었다. 그저 때가 조금 끼긴 했지만 파란 빛이 감도는 의복은 아직 제 구실을 멀쩡히 할 수 있어

보였다.

그가 발걸음을 옮긴 지 얼마 되지 않아 눈앞에 빛이 새어 나오는 것이 보였다.

밖으로 나와 보니 자신이 있던 곳은 그다지 크지는 않지만 꽤나 깊은 동굴이었다.

왠지 모를 아늑함이 너무나도 익숙함을 풍겨내는 동굴이었다.

동굴 위로 비춰오는 햇살이 얼굴을 살며시 어루만져 왔다. 그 손길을 느끼며 고개를 돌린 그가 본 것은 한 그루의 커다란 나무였다.

수령이 족히 삼백 년은 되어 보이는 커다란 느티나무.

쭉 뻗은 줄기 위로 만세라도 부르는 듯 활짝 벌린 가지는 시원한 그늘을 만들어주고 있었다.

장정 세 명이 팔을 둘러도 다 감싸지 못할 만큼 커다란 몸통에는 세월의 흔적이 고스란히 묻어 고아함을 더하고 있었다. 오랜 시간 동안 흠뻑 머금은 자연의 정취 아래 고풍스러운 자태를 뽐내는 고목은 황제가 산다는 황궁의 기둥으로 삼는다 하여도 조금도 손색이 없어 보였다.

"이건……."

손을 뻗었다. 고풍스러운 줄기에 어울리지 않는 장난스런 흔적들이 새겨져 있었다. 그 흔적들에 손이 닿았다. 손끝에 닿는 나무 특유의 까끌까끌한 촉감 사이로 예리하게 파인 자국들이 느껴졌다.

"이게 왜 여기 있는 거지?"

그는 오른 손바닥으로 눈을 비볐다. 눈의 착각인가 했지만 달라진 것은 없었다.

나무에 아로새겨진 것들이 무엇을 의미하는지 그는 너무나도 잘 알고 있었다.

그것을 새긴 사람이 바로 그였기 때문이다.

"그럼… 여긴……."

급히 몸을 틀어 방금 나왔던 동굴을 바라보았다. 흩어졌던 조각들이 모여 하나의 그림을 이루듯 불현듯 기억이 제자리를 찾아갔다. 분명 기억 속의 그곳이었다.

하지만 이곳은 강남, 그중에서도 남쪽에 위치한 광동 인근이었다.

그리고 그가 죽음을 맞이한 곳은 사천. 이곳과는 족히 만 리는 떨어진 장소였다.

상식적으로 도저히 말이 안 되는 일이었다.

머리부터 발끝까지 양단을 당했음에도 불구하고 죽지 않은 것만으로도 있을 수 없는 일이건만, 눈을 떠보니 만 리도 넘게 떨어진 장소라니, 동화 속에나 나올 법한 이야기였다.

그제야 인지할 수 있었던 것은 자신의 육체였다. 육체의 상태가 문제가 아니었다. 체격 자체가 달라져 있었다.

마치 옛 시절의 몸을 그대로 입은 것처럼 줄어들어 있었다.

여아와도 같은 좁은 어깨, 군데군데 느껴지는 단련의 흔적이 무색해지는 왜소한 체격, 어색하면서도 익숙한 반응들. 믿을 수 없지만 자신의 몸이 분명했다.

기억을 더듬어 발을 놀렸다. 작아진 몸을 이끌고 간 곳은 시냇가. 그의 기억이 맞음을 증명하듯 얼마 지나지 않아 물소리가 들려왔다. 고개를 내밀어 얼굴을 비추어 보았다. 냇물에 비추어지는 것은 전신에 피 칠갑을 한 혈마가 아니었다.

아직 얼굴에 순수함을 간직한 어린 소년의 얼굴이었다. 뚜렷한 얼굴선에 잡티 하나 보이지 않는 매끈한 피부, 뚜렷한 선을 가진 이목구비 위로 짙은 검미가 그 두터움을 더하고 있었다. 분명 그의 어릴 적 모습 그대로였다.

"꿈인 건가."

그는 볼을 꼬집어보았다. 혹시라도 꿈이라면 빨리 깨도록 있는 힘껏 손가락을 움켜쥐었다.

얼마나 손가락 끝에 힘을 주었는지 뺨에서 불에 타는 듯한 통증이 느껴졌다.

아파. 이건 꿈이 아니구나.

그럼 꿈을 꿨던 건가.

아아, 그래. 꿈이었구나.

꿈이라고?

"쿡쿡쿡, 하하하하!!"

웃음을 참을 수가 없었다. 세포 하나하나가 그 생각을 비웃는 것처럼 박장대소가 흘러나왔다.

웃음이 도저히 멈추지 않았다.

한심한 놈 같으니.

그걸 꿈이라 생각하는 건가?

정말로 그걸 꿈이라 생각하고 싶은 건가?

꿈일 리가 없지 않는가.

아직도 피로 점철된 욕망이, 그 욕망에 잠식당했던 무력감과 절망감이, 손바닥 위에서 질퍽거리는 피의 감촉이, 생명의 끝에서 내뱉던 마지막 절규가 이렇게 생생한데 그것을 다 꿈이라고 말하는 건가?

목숨을 던져 가며 싸웠던 천라지망에서의 혈투가, 수많은 살의와 맞서 싸웠던 그때가, 온몸을 가르고 지나가는 칼날의 싸늘한 감촉이 이렇게나 생생한데 그것들이 다 꿈이라는 건가?

머릿속을 메우고 있는 것은 그를 시산혈해의 저주 속에 빠뜨린 영겁혈류의 구결과 수많은 무공과의 전투 경험, 이것들이 전부 꿈이라고 하는 건가?

장담할 수 있다. 그것들은 절대 꿈이 아니다.

이 순간이 절대 믿기지는 않지만 그것들은 꿈이 아닌 명백한 진실이다.

몸 안 가득히 충만한 생명의 감촉은 지금이 절대 환상이나 꿈 따위가 아니라고 역설하고 있었다.

"아아, 정말 과거로 돌아와 버린 거네."

그렇게 스스로 인정해 버렸다.

이 생각을 부정할 만한 단서는 어디에도 보이지 않았다.

부정할 수 없다면 인정하는 것이 옳다. 그것이 그의 생각이었다.

분명 그에게 일어난 일은 기사(奇事)라고밖에 말할 수가 없었다.

마치 전설에나 나올 법한 그런 기이한 일이었다.

아무도 믿지 않을 허황된 이야기와도 같지만 분명 그에게 지금은 현실이었다.

지금 이 순간부터 그의 과거는 현재가 되어버렸다.

과거가 현재가 되어버린 첫날 밤.

그는 동굴 한구석에 몸을 누이고 생각에 빠져 있었다.

갖가지 생각이 쌓이고 쌓여 늪처럼 발목을 잡고 놓아주지 않았다.

갑작스레 변해 버린 세상에 적응을 할 수가 없었다. 혈마로 살아왔던 시간들이 말 그대로 증발해 버린 것이다.

괴리된 시간에 육체는 별다른 일 없이 적응해 버렸지만 정신은 좀처럼 받아들이기가 힘들었다.

“차라리 잘된 일인 건가?”

목유현은 기억 속에서 과거의 모습을 떠올렸다.

무가에서 태어났으나 조금의 재능도 물려받지 못한 희대의 둔재.

과거 그를 지칭하며 뒤꽁무니를 줄기차게 쫓아다니던 수식어다.

검이라는 것에 있어서 그는 문일지십(聞一知十)의 천재나 문일지오의 수재는커녕 문십지일(聞十知一)의 둔재에 불과했다.

그보다 세 살 어린 동생이 한 번 휘둘러 얻는 성취를 그는 백날을 휘둘러도 얻지 못했다.

하지만 과거의 목유현은 모자란 자신의 자질에 대해 그리 신경 쓰지 않았다.

유난히 포기가 빨랐던 성격 탓이기도 하지만 굳이 무공을 익히지 않는다고 해도 어린 그에게 있어 세상은 즐거운 것들로 가득했기 때문이다.

고행의 길을 걸어야 하는 무인으로서의 삶보다는 산 정상에 누워 하늘을 가르고 지나가는 해를 보거나, 밤하늘을 장식하는 은하수를 보는 것이, 북적거리는 시전을 헤쳐 나가며 사람들의 향기를 느끼는 것이 그에게 있어서는 더 즐거웠다.

검을 수련해야 하는 시간에 가문을 빠져나가 여기저기를 돌아다니는 것이 그의 일과였다.

아버지는 당연하게도 그런 그의 행태를 지극히 맘에 들어 하지 않았다.

그리 크지는 않지만 그래도 그 지방에서는 다섯 손가락 안에 꼽히는 무인인 아버지는 가문과 가문의 검에 크나큰 자부심을 가지고 계셨고, 자식들이 그것을 이어나가기를 바라고 있었다.

그는 아버지의 희망을 잘 알고 있었지만 그것을 따를 생각은 없었다.

자신과 달리 가문에 다시없을 검재(劍才)라 불리는 동생의 양어깨에 아버지의 기대를 모두 얹은 채로 그는 평안하고도 유유자적한 삶을 지낼 수 있었다.

그랬기에 가문이 몰락하는 순간에도 아무런 도움조차 되지 못했다.

너무나도 소중했던 여동생이 실종되었던 순간에도 아무것도 하지 못했다.

그리고 가문이 불타던 그날, 모두가 죽어가는 순간에도 흙으로 범벅된 신발이 그의 머리를 진흙 속에 파묻어 버리는 그 순간에도 그는 아무것도 하지 못했다. 경멸과 비웃음 속에 적선하듯 던져 준 동정으로 겨우겨우 혼자 살아남았다. 복수조차 꿈꿀 수 없었다. 일신을 지킬 무력조차 없는 그로서는 아무것도 할 수 없었다.

가장 친했던 친우가 그의 가문의 복수를 위해 발 벗고 나섰을 때도 그는 스스로가 파놓은 절망 속에서 허우적거리고 있을 뿐이었다. 친우가 적의 함정에 빠져 목숨을 잃는 순간마저도 목유현은 아무것도 하지 않은 채 그저 땅만 바라보고 있었다.

그렇게 소중한 모든 이가 사라지고 나서야 자신이 얼마나 어리석었는지 알 수 있었다.

왜 자신은 소중한 사람들을 지킬 어떠한 힘도 기르지 않았던 것일까?

하지만 후회하기에는 이미 늦었다.

그의 옆에는 아무도 남지 않았으니까.

그리고는 그저 끝도 보이지 않는 절망의 진창에 빠진 채로 홀로 살아남은 망령이 되어 세상을 떠돌아다녔다. 아무것도 하지 못했다. 그저 무력함만을 양어깨에 지니고 허무함만을 가슴 가득 채운 채로 세상을 부유했을 뿐이다.

그리고 결국 그것을 만나고 살겁의 진창 속으로 빠져들었다.

그렇게 자신의 운명을 저주하고 또 저주하던 부유 끝에 만난 것이 바로 영겁혈륜(永劫血輪)이었다.

오로지 힘만을 열망하며 망령처럼 세상을 떠돌던 어느 날이었다.

무관의 연무 광경을 훔쳐보다 몰매를 맞아 얻은 장독과 굶주림을 이기지 못하고 땅바닥에 엎어져 쓰러진 그는 꿈을 꾸었다.

꿈속에서 그는 누군가를 죽이고 있었다.

그가 죽인 이는 한 명은 아니었다. 주변은 시체로 즐비했다.

그의 손이 수없이 내려치는 시체는 누더기처럼 너덜너덜했다.

그저 손이 가는 대로, 증오로 가득 찬 마음이 가는 대로 죽이고 또 죽였다.

문득 정신을 차렸을 때, 그의 옆에는 어떤 노인이 있었다.

양 소매에 난(蘭)이 그려진 멋스러운 새하얀 도포에 한 자 남짓 길게 뻗은 자색 도관(道冠), 땅바닥에 닿을 듯 말 듯 늘어져 있는 하얀 수염, 말 그대로 신선과 같은 풍채의 노인이었다.

노인이 물었다.

"누구를 죽이고 있기에 그렇게 악에 받친 것처럼 갈기갈기 찢어놓는가?"

노인의 물음에는 대답을 강요하는 힘이 있었다.

"모르겠습니다."

그는 시체를 난도질하는 것을 멈추고 대답했다.

"이런, 이런. 미망 속에서 복수심과 분노조차 식어가는구먼. 쯧쯧."

노인은 한심한 듯이 혀를 찼다.

그 소리에 그의 가슴속에 무언가가 욱하고 치밀어 올랐다.

반박해야 한다.

그렇지 않으면 살아갈 수 없다.

지금 노인은 그의 인생을, 단 하나 남은 생의 원동력을 부정해 버린 것이다.

복수와 분노, 생의 끄트머리에서 그가 질긴 목숨을 이어가는 이유는 오직 그뿐이었다.

하지만 반박할 수가 없었다.

무능력함은 절망으로, 절망은 체념으로, 체념은 이미 포기로 나아가고 있었다. 그렇게 뚜렷했던 원수의 얼굴조차 이제 기억이 가물거렸다.

그랬기에 이렇게 얼굴조차 희미한 이를 무차별하게 난도질하고 있는 것이다.

그럼 그는 무엇을 하고 있는 것일까?

"단지 살기 위해 살아가고 있는 것이야."

그 또한 부정할 수 없었다.

복수조차 잊어가고 분노조차 희미해져 갈 때 그는 단지 살기 위해 그것을 곱씹어 동력을 얻을 뿐이었다.

화가 치밀어 올랐다.

대지 아래 깊숙한 곳에 흐른다는 용암보다 뜨거운 울분이 치밀어 올랐다.

반박하지 못하는 자신에 대한 분노가, 자신에 대한 무력감이, 절망감이 식어 꺼져 가던 복수심을 태워 타오른다.

"힘을 원하는가?"

노인은 울분으로 활활 타오르는 그의 눈을 보고는 기분 좋은 듯 미소를 지으며 물었다.

"필요합니다."

"대가는 너의 영혼이다."

"마음껏 가져가십시오."

조금의 지체도 없었다.

노인의 미소가 더욱 붉음을 머금으며 짙어졌다. 피비린내를 풍기는 미소를 지으며 노인이 말했다.

"그래, 힘을 주마. 힘을 얻어라. 그럼 누구에게도 간섭받지 않고 너를 깔보던 모두를 밟아 짓이겨 버릴 수 있을 것이다."

노인의 손이 그의 머리로 향했다.

"죽이고 죽이고 또 죽여라. 사자(死者)의 고기[肉]를 먹고 시체 위를 흐르는 피를 마시고 망령(妄靈)의 살의와 함께하라. 그 끝없는 혈겁(血劫)의 바퀴[輪]가 너를 완벽의 계단으로 인도할 것이다.

그의 손이 영혼이 흘러 세상과 교류한다는 백회, 정수리에 닿는 순간,

영혼을 꿰뚫는 듯한 고통을 느끼며 그와 동시에 세계가 멸멸했다.

꿈에서 깨어난 후로는 마치 안개가 낀 듯 모든 것이 흐릿했다.

몽롱한 의식 속에서 그는 무언가의 의지가 이끄는 대로 움직였다.

길을 걷고 피로에 지치면 아무 곳에서나 잠을 자고 배가 고프면 무언가를 먹었다. 희미한 의식 속에 그의 몸을 움직이는 것은 그 자신의 의지가 아닌 다른 거대한 누군가의 의지였다.

그렇게 도착한 동혈 안에는 하나의 서책이 있었다.

핏빛 가득한 영겁혈륜이라 쓰인 그 책을 보는 순간 그는 무엇에라도 홀린 듯 그것을 탐닉하고 빠져들어 피의 광기에서 헤어날 수 없게 되었다.

절대적인 힘이 주는 미명에 가려 하늘 아래 지옥도를 그려 내고 말았다.

결국 그는 전신에 피 칠갑을 한 채 죽었다.

"그렇다면 지금은 혈마가 아닌 거로군."

지금이 과거라면 아직 그는 피에 물든 지옥의 살인귀가 아니었다.

이곳에서 그는 천하의 대살인귀, 무림의 절대 공적이 아니었다.

오로지 피와 살의를 위해 수많은 무림인뿐 아니라 무공의 무 자도 모르는 일반인조차 가리지 않고 학살해 버린 악마가 아니었다.

이제 수없는 사람들의 원망과 저주, 악의에 쫓기지 않아도 된다.

이제 더 이상 원하지 않는 살의를 떠안지 않아도 된다.

지금의 그는 단지 아직은 연약한, 아직은 바보 같은 삶을 살아오고 있는 청년에 지나지 않으니까.

"여벌의 목숨, 잘 쓰마. 고맙다."

아무도 듣지 않았지만 최대한의 공경을 담아 말했다.

이것이 어찌 된 연유인지는 알 수 없다.

어떻게 그가 과거로 돌아왔는지는 모른다.

하지만 상관없다.

이것은 다시 찾아온 기회.

꿈에서도 바라 마지않던 그런 기회다.

이 동굴에서 보낸 시간은 치기 어린 가출의 일부였다.

어렴풋이 남아 있는 기억으로는 아마 검을 연마하지 않는다는 아버지의 꾸지람이 원인이었다.

평소에는 흘려들었던 아버지의 말이 그날따라 왜 그리 가슴에 박혔는지는 모르겠다. 하지만 동생과 그를 하나하나 비교하며 매도하는 아버지의 모습에 감정이 북받쳐 올라 무작정 집을 나섰다. 계획 같은 것은 없었다. 일단 집을 떠나면 무언가 답이 생길 것 같았다.

약간의 옷가지와 비상금 조로 챙겨둔 여비, 그리고 호신용으로 날조차 제대로 서지 않은 연습용 철검 하나만을 가지고 집을 떠나왔다.

가출의 시작은 예상외로 순탄했다.

집을 떠나 우연히 얻어 탄 한 상인의 짐마차를 타고 말동무하며 나아가기를 근 보름.

어설픈 해방감과 멀리 집을 떠나왔다는 고무된 맘, 그리고 알 수 없는 성취감에 휩쓸려 어디로 가는지조차도 관심없었다.

하지만 철없는 그의 알량한 기쁨은 무참히 깨져 버렸다. 그가 잠든 사이 동행하던 상인이 그의 짐을 모두 가지고 떠나가 버린 것이다. 여동생 방 안에서 몰래 챙겨둔 패물과 넉넉하진 않지만 그리 적은 액수는 아니었던 비상금도 모두 사라졌다. 눈을 떴을 때는 오직 그의 검만이 남아 있었다.

지독한 상실감과 배신감에 눈물이 쉴 새 없이 쏟아졌다. 그의 검을 가지고 가지 않은 것은 아마 살상 능력이라고는 몽둥이만도 못한 무인검이었기 때문일 것이다. 그나마 그 상인이 인신매매까지는 하지 않았다는 것에 눈물로 위안을 삼았다.

그 후 땡전 한 푼도 없이 떠돌아다니면서 그 흔하다는 도적이나 산적조차 만나지 않은 채 온전히 이 동굴을 발견한 것은 그야말로 천운이었다.

그가 돌아온 과거가 어느 시점인지는 쉽게 알 수 있었다.

동굴 앞 공터에 우뚝 서 있는 나무에 새겨진 흔적들이 그가 이곳에 머문 시간을 의미했다.

나무에 그어져 있는 기호의 뭉치는 대략 스무 개. 하루에 하나씩 새겼으니 이곳에 온 지 이십 일의 시간이 흘렀음을 의미했다.

그는 놀랍게도 이곳에서 한 달 정도 가출 생활을 지속해 나갔다.

어릴 적부터의 잦은 가출 경험이 한 달가량의 노숙 생활을 가능하게 해주었던 것이다. 하지만 그 이상은 몸도 마음도 너무 지쳐 버렸기에 슬그머니 집으로 돌아갔을 무렵이 스물한 살의 가을이었다.

그가 혈마로서 죽음을 맞이한 것은 지금으로부터 오 년 후. 오 년이란 시간을 거슬러 올라온 것이다.

과거의 그는 알지 못했다.

이렇게 한가롭게 부족한 재능을 핑계 대며 가출이나 해댈 수 있는 시간도 얼마 남지 않았다는 것을.

얼마 있지 않아 설상가상이란 말을 실감하게 하듯 가문에게도, 그의 가족에게도, 그리고 그에게도 불행이 하나씩 닥쳐오기 시작한다. 일어난 일을 슬퍼하고 그것을 삭일 시간도 없이 불행이 연달아 닥쳐온다.

그의 약혼이 깨지고, 그로부터 일어난 잡음으로 인해 문파의 재정이 크게 흔들리고, 얼마 지나지 않아 하나밖에 없는 누이는 갑작스런 실종을 당하는데다 문파가 벌이는 일마다 모두 실패를 금하지 못하며 조금씩 몰락해 가다 결국 신흥 사파에 멸문을 당하게 되었다. 그리고 자신을 돕던 유일한 친우의 처참한 죽음을 두 눈으로 생생하게 목도하게 되었다.

오로지 홀로 살아남고서야, 스스로의 힘으로는 아무도 지킬 수 없음을 체감하고 나서야 힘이 없음을 저주했다. 스스로의 운명을 저주했다. 왜 이리 어리석게 살아왔는지 스스로를 원망했다.

하지만 이젠 다르다.

그에겐 힘이, 아니, 힘을 기를 수 있는 수단이 있었다.

"앞으로 일 년 정도인가."

남은 시간을 헤아려 보았다.

자신과 주변 사람들에게 닥쳤을 불행을 배제하고 스스로의 목적을 이루기 위한 힘, 앞으로 닥쳐올 일들을 막아낼 힘을 길러야 했다.

더 이상 힘없이 운명이 휘두르는 대로 살아가고 싶은 생각 따윈 조금도 없었다.

이곳에서는 아직 그의 가문이, 소중한 사람들이 남아 있었다.

힘을 길러야 한다.

너무나도 소중했던 여동생이 사라지는 그 순간에 무기력하게 주저앉아 손가락만 빨고 있지 않기 위해서.

가문이 불태워지고 모든 이들이 죽은 대지에서 목숨을 동정받던 그 절망의 순간을 다시 맞이하지 않기 위해서.

친우의 믿음에 보답하기 위해서.

그리고 영겁혈륜이 가져다주는 피의 광기에서 자신을 꺼내준 '그'와의 약속을 지키기 위해서 힘을 길러야 한다.

물론 일 년이란 시간은 무를 연마하기에는 무척이나 짧은 시간이다.

아무리 속성의 마공이라도 어느 정도 경지에 오르기까지는 시간이 걸리게 마련이고, 설사 오른다 하더라도 그에 따른 반작용이 만만치 않다.

이치에 맞지 않은 힘은 반드시 대가가 따르게 마련이다.

하물며 정종의 무공이라면 일 년의 시간은 소성(小成)은커녕 기초를 닦기에도 한없이 모자란다.

하지만 그가 알고 있는 영겁혈륜이라면 그런 상리는 아무런 쓸모가 없었다.

애초에 영겁혈륜은 무공이라고 부르기도 힘든 기이하기 짝이 없는 기공(奇功), 일반적인 상리는 조금도 통용되지 않았다.

억지로 넣는다면 무공이라는 범주로 겨우 집어넣을 수 있겠지만 그조차 포괄적인 의미로의 통합에 불과하다.

한마디로 일반적으로는 불가능한 결과라도 영겁혈륜을 이용한다면 결과는 다를 수 있다는 말이다.

물론 영겁혈륜을 원전 그대로 익힌다면 일어날 미래는 죽기 전과 동일하다.

피에 미친 마귀 하나가 다시 태어나게 되는 것이다.

그렇기에 영겁혈륜을 익히기에 앞서 어떻게든 손을 봐야 했다.

다만 문제가 있다면 죽기 전에는 썩은 물이나마 가득 차 있는 잔이 있어 그것을 초인적인 의지로 정화해서 조금씩이나마 썼다고 볼 수 있지만 지금은 그 잔을 깨끗한 물로 다시 채워야 하는 것이다.

이제 그는 가장 먼저 그 물을 채워야 했다.

第二章
영겁혈륜(永劫血輪)

전륜마라 轉輪魔羅

전륜마라 轉輪魔羅

영겁혈륜이 물 잔을 채우는 방법은 간단했다.

상대를 죽이고 그 피를 흡수한다.

그 피 속에 담긴 살의, 그것이 영겁혈륜이 원하는 물이었다.

피에 담긴 살의는 영겁혈륜에 의해 정제되고 곧 밖으로 배출된다.

정제된 기운은 몸을 중심으로 구를 이루며 일정한 공간을 유지해 손에 머금은 피가 짙어질수록 공간은 서서히 넓어져 종래에는 백 장까지 늘어났다.

영겁혈륜이 뿜어낸 살의로 가득 찬 공간은 누구도 침범할 수 없는 마역과도 같았다. 피로 물든 그 공간의 주인은 세상이 아니라 영겁혈륜을 연마한 자의 것이었다.

그 공간 내에서 공력의 제한은 존재하지 않았다. 이 공간이 살의로 가득 차 있는 이상 공력이 모자라는 일 따위는 없었다. 거기에 반해 영겁혈륜을 상대해야 하는 이들의 경우, 기를 유형화할 수 있는 절정의 고수가 온몸에 기를 둘러 보호하지 않는다면 공간을 가득 메운 살의에 잠식당해 운신조차 제대로 하기 힘들었다.

그런 호신강기를 실전에서 사용할 수 있는 고수가 강호상에서 채 백 명을 넘지 않는다. 즉, 경지에 다다른 영겁혈륜을 상대할 수 있는 이는 이 드넓은 강호에도 백 명 이하. 그 밑으로는 단지 학살의 대상에 지나지 않았다.

그 백 명조차도 전투 내내 호신강기를 두를 수 있는 이로 한정한다면 더욱 수가 줄어든다.

그가 천라지망 안에 갇혀 죽음을 맞이했던 것은 단지 영겁혈륜을 제대로 사용할 수 없었기 때문이다. 만약 영겁혈륜이 제 공능을 발휘하고 있었다면 제아무리 수천의 고수로 이루어진 천라지망이라 한들 그를 막을 수는 없었을 것이다.

본래 무공의 연성 방법에 있어 원전과 다른 길을 택한다는 것은 불을 끌 때 물이 아닌 기름을 붓는 것과 같은 것이다.

조잡한 미완성의 무공을 이미 무학의 완성 단계에 있는 사람이 손보는 것도 아닌, 초절의 범주에 놓일 기공을 마음대로

해석하거나 손본다는 것은 주화입마로 가는 지름길이나 다름
없었다.

하지만 생의 끄트머리, 죽음의 주마등 앞에서 우연히 영겁
혈륜의 구결이 머릿속을 꿰뚫고 지나갔을 때, 그는 영겁혈륜
이 가져다주는 힘에서 벗어나 처음으로 영겁혈륜을 이루는
기운을 객관적으로 바라볼 수 있었다.

과거의 영겁혈륜의 중추를 구성하는 것은 분명 '끝없는 살
의' 라는 핵이었다. 그의 정신을 앗아가는 원흉이기도 한 그
살의는 영겁혈륜의 연공에 있어 선행되는 것이었다. 즉, 영겁
혈륜을 연공하기 위한 제일 초석이었다.

하지만 그는 분명 그 핵을 잃고도 영겁혈륜을 어떻게든 유
지했으며 살의에 빠지지 않은 채 끝자락이나마 그 공능을 사
용할 수 있었다.

그리고 죽기 전의 찰나에 불과한 짧은 시간 동안 그는 그것
에서 또 다른 가능성을 발견할 수 있었다.

결국 그가 찰나지간에 본 가능성이란 바로 다른 핵의 생성
이었다.

물론 원전의 피를 이용하는 것이 가장 빠르게 경지를 쌓을
수 있는 방편임은 틀림없다.

하지만 무림인의 단전과 같이 파괴됨과 동시에 내공이 유
실되는 형태가 아닌, 분명 핵이 사라지고 나서도 영겁혈륜의
기운을 붙잡고 있을 수 있었다. 그리고 그 기운은 분명 붉은

살의에 젖어 있었으나 예전만큼 짙지는 않았다.

그렇다면 다른 핵을 만들 수만 있다면 그것을 대체할 수 있지도 않을까?

끝없는 하나[一]를 닦아 수(數)를 넘어서는 이(理)에 닿고,
그 이(理)를 넘어서는 련(鍊)으로 마침내 극(極)에 다다르며,
고련(苦練)으로 다다른 극(極)을 모아 다시 하나[一]를 이룬다.

이것이 영겁혈륜을 이루는 구결의 전부였다.

하나를 모아 결국 극을 이루고, 그 극으로 다시 하나를 이루라는 것이었다.

애매모호하기 짝이 없는 이 영겁혈륜의 구결이 하는 일은 매우 단순했다.

구결을 읽고 있는 그의 머리로 하나의 심상을 떠올려 주는 것이었다.

그것은 끝없는 살의.

살의와 피와는 일말도 상관없는 구결이지만 어째서인지 구결을 읽어나가고 되뇌다 보면 어느새 머릿속에서는 다른 모든 것을 배제시켜 버린 채로 순수한 살의만을 원하게 되었다.

누군가에 대한 증오, 격렬한 증오, 찢어 죽이고 밟아 죽이고 때려죽이고 태워 죽이고 싶은 상대에 대한, 아니, 스스로

도 타버릴 듯 격렬한 살의의 모습이 구결을 반복하는 것과 함께 구체적인 심상으로 자리하게 되는 것이었다.

모습을 갖추어 나가는 살의를 확연하게 구체화시키는 것이 바로 영겁혈륜의 시작이었다. 그렇게 구체화되어진 살의의 모습은 막 칼로 베어내 헤집어 꺼낸 듯한 심장의 모습을 하고 있었다.

혀를 날름거리며 몸속 깊숙이 자리 잡은 그 '살의'는 또 다른 살의를 끊임없이 탐하며, 그 끊임없는 욕구를 충족시키기 위해 끝없이 살인을 저지르는 동력이 되었다.

영겁혈륜의 연공 과정은 그것이 끝이었다.

그 피가 뚝뚝 떨어지는 심장의 모습이 아닌 다른 것을 각인시킬 수 있다면, 그래서 살의가 아닌 내공을 각인시킬 수 있다면 어떻게 될까?

내공이란 문파 간의 심법에 따라 다양하지만 결국 자연의 기를 기초로 한다.

각 문파의 비전 명상법에 따라 심기체를 안정시키고 자연과 동화하여 그 기운을 몸에 받아들여 축적하고 사용하는 것이다.

결국 자연의 기를 정확하게 심상에 자리 잡게 하고 살의를 대신하여 각인시킨다면 영겁혈륜은 그 공능에 따라 끊임없이 기를 모으고 축적시켜 늘어나게 할 것이다.

그 기는 또 다른 기를 스스로 부르고 몸집을 불려 나가며 결국 혈마를 이루었던 영겁혈륜의 모습과 비슷해질 것이다.

그의 예상대로 영겁혈륜이 내는 강함이 부가적인 것이라면 분명 마성에 의한 침식이라는 부작용 없이 그 공능을 마음껏 발휘할 수 있게 될 것이라는 것이 그의 생각이었다.

이것은 영겁혈륜을 익혀보았고, 그 각인된 살의가 사라지는 것과 동시에 영겁혈륜에서 빠져나올 수 있었던 그이기에 가능한 발상이었다.

목유현은 하늘에 닿을 듯 높게 뻗어 있는 거목 밑에 자리를 잡았다.

쭉 뻗은 가지 사이로 풍성하게 자란 이파리들이 적당한 그늘을 만들어주고 있었다.

최대한 편하게 자리를 잡고 앉았다.

일반적으로 공력을 쌓을 때 취하는 가부좌는 하지 않았다.

자세는 딱히 상관이 없었다. 애초에 영겁혈륜의 연공에는 축기라는 개념도, 특별한 자세도 없었다. 그렇기 때문에 굳이 다른 이들의 그것을 따라 할 필요는 없었다.

나무에 등을 기대고 발을 쭉 뻗어 따사로운 햇살을 받으며 등을 기대고 앉아 있는 그의 모습은 마치 한가로이 노니는 한량과도 같아 보였다.

가장 편안한 자세. 눈을 감고 정신을 집중하며 영겁혈륜의 구결을 떠올렸다.

기억을 타고 하나씩 떠오르는 구결들.

아무런 의미조차 가지지 않는 구결들이 모이고 그것들을 되뇌며 떠오르는 것은 한줄기 붉은 감정.

내면 깊숙한 곳에 묻혀 있던 살의가 떠오르기 시작했다.

하지만 무시했다.

구체화하려는 그 붉은 감정에서 내면의 시선을 거두며 모습을 갖추어 나가는 것을 거부했다.

그 대신 각인시키고자 하는 것은 기.

당연히 그 모습 따윈 알 수 없다.

보이지 않고 들은 적 없고 만질 수도 없다. 하지만 분명히 있다는 것은 느낄 수 있다. 그럼 분명 스스로에게 각인시킬 수 있다.

영겁혈륜의 인도에 따르면 간단하게 각인시킬 수 있는 살의와는 달리 그것을 인도해 줄 것은 아무것도 없다.

하지만 분명 궤는 다르다 한들 그는 이미 보이지 않는 무언가를 각인시킨 전례가 있다.

눈을 감자 세상은 어둠에 잠겼다.

빛이 사라진 세계에는 온갖 잡음이 제 세상인 양 설쳐 대며 머릿속을 울려대었다. 명상에 익숙하지 않은 몸은 쉽게 집중의 세계로 빠져들지 못했다.

목유현은 머리를 가볍게 흔들었다. 조급해할 필요는 없었다.

성급한 마음가짐으로 얻을 수 있는 것이 없다는 사실을 그는 너무나도 잘 알고 있었다.

다시 눈을 감고 어둠에 잠긴다.

하지만 이미 세상의 소리에 물든 몸과 정신은 깊은 어둠 속으로 빠져들기에는 역부족이었다.

"……"

그리고 속으로 영겁혈륜의 구결을 외울 때마다 끊임없이 붉은 살의가 치밀어 오르고 피를 갈구하는 욕망이 스멀스멀 기어 올라왔다.

분명 파문 하나 일지 않아야 할 명상에 몰입하기에는 최악의 환경.

그렇다 한들 포기하지 않는다. 변명하지 않는다. 실패를 생각하지 않는다.

단지 할 수 있는 것을 하고 최선을 다할 뿐이다.

목유현은 눈을 감고 살의를 억누르며 세상을 고요하게 만들어 나갔다.

일각이 지나고 한 시진이 지나고 어느덧 반나절이 지났다.

편안한 자세라지만 반나절 동안 미동도 하지 않았기에 팔다리가 사시나무 떨 듯 떨리고 쥐이라도 걸린 듯 저려왔다. 마치 그 자신의 몸이 아닌 듯 감각이 옅어지는 기분이었다.

몸이 지친 만큼 정신은 더욱 피폐해져 있었다.

영겁혈륜이 일으키는 살의를 저항하는 것은 그만큼 심력

의 소모가 큰 일이었다.

하지만 그 살의에 굴할 수는 없었다.

울컥 치밀어 오르는 살의를 겨우겨우 찍어 눌러 내리며 다시 눈을 감고 기의 심상을 잡아나가기 위해 목유현은 명상으로 들어갔다.

목유현은 눈을 떴다.

어느덧 가물었던 해가 다시 중천에 떠 있었다. 하루가 지난 셈이다.

몸을 움직이려 할 때마다 뼈들이 서로 격렬히 마주하는 소리가 전신에서 울려 퍼졌다. 무리가 가지 않게 조심스레 몸을 풀었다. 어느 정도 정상상태를 회복한 후에는 주변을 돌아다니며 열매를 따고 먹을거리를 구해왔다. 노숙 생활만 수년을 넘게 겪은 그에게 풍성함의 보고인 산이란 먹을거리가 넘쳐나는 창고나 다를 바 없었다.

배를 채운 후에는 다시 명상의 세계로 빠져들었다.

그렇게 하루가 지나고 이틀이 지나고 일주일이 지나고 한 달이 흘렀다.

그동안 그의 일과는 틀에 박힌 듯 똑같았다. 기의 모습을 찾아 명상의 세계에서 길을 구하고, 배가 고프면 배를 채우고, 몸이 굳어지면 몸을 풀고, 참을 수 없을 정도로 피로가 닥쳐오면 눈을 붙이고, 누가 본다면 마치 청량한 자연을 벗 삼아 도를 닦는다는 명목 아래 시간만 축내는 사이비 도사와 같은 취급을 할 터이다.

하지만 그의 내면을 들여다본다면 그런 한가한 소리 따윈 절대 나오지 못할 것이다. 그의 내면은 흉포한 야수가 날뛰는 것처럼, 어두운 야밤에 거친 풍랑이 몰아치는 것처럼 혼란스럽기 짝이 없었다. 그 풍랑 안은 잠시 들여다보는 것만으로 쇠 비린내가 코끝을 찔러 버릴 것 같았다. 영겁혈륜의 구결을 되뇌는 시간이 길어질수록 살의는 마치 거센 파도처럼 그의 정신을 잠식하려 하고 있었다.

그 붉은 심상을 몰아내며 순수한 기의 심상을 갈구하는 시간은 계속해서 흘러만 갔다. 나무 기둥에 새겨지는 혼적의 개수가 대략 이백이 넘어가고 있었다.

언제부터였을까. 목유현이 기억하기로는 이틀 전부터일 것이다.

아니, 사흘은 넘은 듯했다. 이미 시간 감각은 사라진 지 오래였다.

영겁혈륜 구결의 살의 속에서 우연히 떠오른 밝은 무언가의 심상을 놓치지 않은 채로 겨우겨우 붙잡아 도달한 곳이다.

시도 때도 없이 명상을 방해하던 살의도, 배고픔도, 몸의 고통도 느껴지지 않았다. 그렇게 떠들어대던 잡념들도 지쳤는지 자취를 감추었다.

새가 지저귀는 소리, 물이 흐르는 소리, 수풀이 기지개를 켜는 소리, 향긋한 풀 냄새, 코끝을 간질이는 바람의 손길에서 느껴지는 꽃의 향기, 살갗을 매만지는 햇빛의 따사로움, 평소 보고도 느낄 수 없었던 감각의 향연이 홍수처럼 쏟아졌다.

그렇게 시간이 지나고, 물밀 듯이 몰려왔던 감각의 파도들도 잠잠해지고, 이제 더 이상 그는 아무것도 들리지도 느껴지지도 않았다.

세상은 활동을 멈춘 듯 적막만이 가득 차 있었다. 침묵한 세상 속에 그저 그만이 존재하는 것 같았다.

그렇게 침묵하는 세상 속을 목유현은 침잠해 들어가고 있었다.

잊었다.

지루함도, 몸의 아픔도, 배고픔도 잊었다.

감각도 기억도 잊었다. 그 자신도 잊었다.

잊음으로 구분이 없어졌다. 주변과 그를 구별할 수 없었다.

완벽한 동화.

스스로를 세상의 색으로 덧칠해 버리자 세상을 떠도는 기 또한 그를 세상의 일부로 인식했고, 그 또한 자신을 세상의 일부로 인식했다.

피아를 구분하던 벽이 사라지자 셀 수 없는 많은 것들이 쏟아져 들어왔다.

그저 태초부터 존재한 공간이었던 것처럼 세상을 구성하는 기운들이 전신을 채워 나가기 시작했다.

그 기운들의 모습을 구체화해 나갔다.

자연이 품고 있는, 아니, 자연 그 자체와도 다름없는 기의 심상을 구결의 인도에 따라 잡아낸다.

끝없는 명상 속에 심연처럼 잠잠해진 그의 내부에 한줄기 빛이 모습을 드러냈다. 그 빛은 누구보다 밝게 빛나고 누구에게도 구속받지 않는 자유로움과 강함을 품고 있었다.

그 빛을, 그 심상을 구체화하고 구체적인 형태로 고정시킨다.

누구보다 밝고 강한, 스스로의 힘으로 빛나는 그 모습을 잡아나갔다. 그렇게 구체화된 형태는 마치 하늘 위의 태양처럼 빛나고 있었다.

기의 형상이 심상으로 각인되고 난 직후 영겁혈륜의 공능이 발휘되기 시작했다. 각인된 자연의 기를 자가동력의 핵으로 삼은 영겁혈륜은 무서운 속도로 주변의 기운들을 빨아들였다.

설산의 정상에서 작은 눈덩이가 구르고 굴러 결국에는 눈사태를 일으키듯 처음 각인된 기운은 지극히 소량이었으나 그것은 주변에서 끌어들인 기운으로 스스로를 불려 나갔다.

눈에 보이지도 않을 티끌만 한 기운들이 모이고 모여 손톱만 해지고, 다시 그것들이 모여 주먹만 한 크기로 단단하게 고정되었다. 그렇게 고착되고 안정화된 기운들은 이제 그의 주변에 머물며 완전히 그의 통제하에 들어와 있었다.

전신에 힘이 넘쳐흘렀다.

원래 그의 몸 안에 있던 쥐꼬리만 한 내공은 이미 영겁혈륜 안에 포함되어 흔적조차 남지 않았다.

대신 그의 주변에 있는 기운들이 쉴 새 없이 그의 전신을 경유하며 활력을 불어넣고 있었다. 그리고 그 기운들은 영겁 혈륜에 의해 밖으로 내보내져 그의 주변을 이루는 절대의 영 지로 재편되고 있었다.

순조로웠다.

예상과 이론에 불과했던 그의 불안을 말끔히 씻어버릴 만 큼의 성과였다.

불안해할 이유는 없었다.

그런데 마음속에 남아 있는, 도저히 씻겨 내려갈 생각을 하 지 않는 이 앙금은 무엇일까?

그때였다.

영겁혈륜의 통제 안의 공간에서 알 수 없는 이물감이 느껴 졌다.

그리고 그의 내면에서 갑작스레 울컥하고 무언가 급격한 감정이 치솟아올랐다.

그의 의지를 따라 기운을 불려 나가던 영겁혈륜이 갑작스레 고삐가 풀려 버린 망아지처럼 날뛰기 시작했다.

감정은 한없이 붉었다.

그 감정은 순식간에 그의 내면을 덮어버리고 머릿속을 잠식해 버렸다.

수습할 틈도 없이 그의 내면을 먹어치워 버리고 있었다.

지금 머릿속에 가득 찬 생각은 오직 하나.

살(殺).

죽이고 싶었다.

보이는 것 모두, 살아 있는 것이라면 모두 죽여 버리고 싶었다.

눈앞에 사람이 있다면 갈기갈기 찢어 내팽개쳐 버리고 싶었다.

잔인하게 죽음을 맞이한 이의 시체에서 뿜어져 나오는 증오와 분노를 마음껏 들이켜고 싶었다.

그것은 명백한 살의.

세상에서 가장 짙붉은 감정.

필사적으로 저항해 보지만 그 저항을 파죽지세로 밀고 들어온다.

눈꺼풀로 굳게 닫혀 있는 눈동자로 짙은 핏기가 솟아올랐다.

영겁혈륜 내에 내재된 지독하기 짝이 없는 살의가 그의 의지를 물들여 나가기 시작했다.

순수하게 빛나고 있던 공간도 서서히 붉게 물들어갔다.

[그래, 이게 네 본성이야. 참을 이유 따윈 조금도 없어. 저기 약하디약한 벌레들을 모조리 먹어치워 버리는 거야.]

목유현의 귓가에 누군가 속삭였다.

달콤하기 짝이 없는 유혹의 목소리.

그 목소리는 죽기 전의 그 목소리와 같았다.

그의 내면에 내재된 살의.

영겁혈륜으로 인해 구현된 살의의 목소리였다.

핏빛으로 물들어가는 공간이 누군가의 피를 갈구하듯 낮게 으르렁거렸다.

[자, 다시 시작하는 거야. 혈마의 재림이다.]

이대로라면 어떻게 될까?

살의에 밀리고 밀려 구석으로 몰려가는 그의 의지의 어느 부분이 떠오른 물음이었다.

뻔하지.

혈마가 다시 나타나는 것이다.

아마 이 근방의 사람들 태반이 죽어나가겠지.

그게 영겁혈륜이 존재하는 이유니까.

의지의 다른 부분이 대답했다.

그 순간에도 치솟아오르는 살의가 그의 의지의 마지막 부분마저 침식해 오고 있었다.

영겁혈륜은 강했다.

예전의 그의 이성을 가볍게 먹어치웠던 그 위력은 지금도 변하지 않았다.

목유현은 이성의 한줄기 끈을 붙잡고 치밀어 오르는 살의와 싸워 나갔다.

[왜 그렇게 거부하는 거지? 저 살의 또한 너에게서 나온 것일 뿐인데.]

목소리는 한심스러운 듯 혀를 찼다.

[힘이다. 네가 그토록 바라던 힘이다. 세상을 바꿀 수 있는 그런 힘이란 말이다!]

웃기지 마.

힘이라고? 힘을 준다고?

그 피에 미친 광기가?

자기가 누군지 알지도 못하고 자신의 옆에 있는 이를 단지 먹이로밖에 보지 않는 그것이 내가 바라는 힘이라고?

아니, 그건 단지 짐일 뿐이다.

스스로 통제할 수 없는 힘은 그저 짐일 뿐이다.

목유현의 눈앞에 떠오르는 것은 피로 물든 기억.

영겁혈륜에 빠져 처음 죽였던 이, 그는 한적한 산길에서 지나가는 행인들의 재물을 갈취하는 산적이었다. 그는 전신의 피를 모두 빨려 목내이가 되어 죽었다.

불어가는 피의 광기가 향한 곳은 어느 마을, 개구쟁이 아이들이 뛰어놀고 어미들은 흐뭇하게 그 광경을 지켜보는 웃음이 가득한 마을이었다.

그들은 모두 죽었다. 광기에 빠져 갓난아이 하나 남겨두지 않고 모두 죽여 버린 그날, 가족이 모두 살해당한 공포와 절망에 빠진 아이의 목을 들고 광소를 터뜨리던 그때를 도저히 잊을 수 없다.

굴하지 않는다.

절대 살의에 굴하지 않는다.

그것이 과거, 아니, 전의 삶에 혈마에게 희생되었던 사람들에 대한 최소한의 속죄였다.

그러니 필요없다.

광기로는 소중한 이들을 지킬 수 없다.

피로 물든 손으로는 속죄도, 청산도, 미래를 향한 걸음도 아무것도 할 수 없다.

더 이상 무력하게 바라만 보지 않는다.

내가 나아갈 길은 내 손으로 만들어가겠다.

그러니 꺼져라.

너 따윈 필요없다.

자연의 기로 구체화시킨 태양을 닮은 각인이 한순간 천지창조의 그것과도 같은 눈부신 빛을 내뿜었다.

온 세상을 하얗게 물들여 버릴 듯 태양이 빛을 발했다.

빛은 어둠을 살라먹고 퍼져 나갔다.

그 빛은 목유현의 의지 그 자체였다.

이번 생은 저번처럼 무력하게 살지 않겠다는 그의 의지였다.

그의 의지에 반응해 점점 밝아지는 빛이 무시무시한 기세로 주변에서 기를 빨아들여 갔다.

주변의 초목과 대지가 지진이라도 난 것처럼 흔들리고, 하늘을 유유히 나는 새들도 이변을 느끼고 달아났다.

끝없이 많은 기운이 그의 주변에 몰려 소용돌이치는 모습은 마치 태풍의 핵과도 같았다.

그 기운들은 주변을 둘러싸고 있던 공간에서 핏기를 빠르게 제거해 갔다.

살기를 가득 머금은 붉음이 점점 사라져 갔다.

[흐, 쓸데없는 투정을 부리는군. 어차피 결국은 살의를 받아들이게 될 것을.]

'개소리하지 말고 꺼져.'

아까 전과 비교하여 다소의 여유를 되찾은 목유현은 살의의 조소를 가볍게 무시해 버렸다.

방금 전과의 상황과는 반대로 이번엔 그를 잠식하던 살의가 마치 사냥개에 쫓기는 양처럼 구석에 몰렸다.

막다른 길에 몰려 발버둥쳤지만 결국은 목유현의 통제에 따르는 기운들에 의해 눌려 서서히 사라지기 시작했다.

[크, 제법 당당해졌군. 그래도 잊지 말라고, 나 또한 너일 뿐이라는 것을. 네가 영겁혈륜을 포기하지 않는 이상 머지않아 우린 다시 보게 될 거야.]

그리고 마지막 말을 남긴 채 스르르 자취를 감추고 말았다.

목유현은 속으로 아무도 듣지 못할 한숨을 쉬었다.

영겁혈륜을 다른 방식으로 재건한다는 행위 자체가 엄청난 모험에 가깝다. 하지만 다른 방식을 시도했음에도 피를 부르는 강렬한 살의가 이렇게 거세게 닥쳐올 줄은 그 자신도 예측하지 못했다. 다행히 살의에 잠식당하는 것을 저지하기는 했지만 아직 끝이 난 것은 아니었다.

다시 정신을 집중했다.

아직 영겁혈륜의 연공은 끝나지 않았다.

각인된 자연의 기를 따라 모여든 기운들을 갈무리한다.

아직 안정되지 못하고 안절부절못하는 그의 내부와 주변을 떠도는 기운들을 달래며 안정시켜 나갔다.

그러기를 얼마.

오랫동안 감겨 있었던 눈꺼풀이 살며시 열리며 반개한 눈 사이로 짙은 광망이 새어 나왔다.

"후우, 죽는 줄 알았네."

그의 의지가 일어남에 따라 새로운 영겁혈륜이 주인의 응답에 답하듯 가늘게 주위를 진동시켰다.

그렇게 영겁혈륜이 장악한 공간은 목유현의 반경 석 자

남짓.

 대략 짧게 팔을 뻗은 길이 정도였다.

 기껏 해봐야 작은 검의 길이 정도밖에 되지 않는 짧은 거리.

 하지만 그 길이는 그의 절대 권역과도 다름없었다.

 그를 무적으로 만들어주는 자신만의 간격, 무적의 간격이
었다.

 찰랑.

 목유현의 발이 냇물 안으로 들어갔다.

 산 정상에서 발원해 손길 하나 타지 않은 냇물은 밑바닥의
자그마한 모래 하나까지 뚜렷이 볼 수 있을 정도로 맑았다.

 냇물은 발목까지 찰랑거리며 기울어진 지면의 경사를 따
라 흘러내려 가고 있었다.

 목유현은 냇물 바닥에 양발을 굳게 디디고 눈을 슬쩍 감으
며 영겁혈륜을 일으켰다.

 새로운 각인이 환한 빛을 내며 그의 의지에 응답했다.

 보이지 않는 투명한 기운들이 그의 주변 석 자 안에 구축되
기 시작했다.

 그리고 그 공간을 출입하는 모든 것을 통제하기 시작했다.

 발목을 찰랑거리며 간질이던 물줄기는 슬그머니 주변으로
돌아 흘러내렸다.

 가볍게 머릿결을 매만지던 바람도 영겁혈륜에 의해 통제

되어 목줄을 맨 개처럼 얌전하게 되었다.

공간을 장악하고 있는 영겁혈륜의 심상을 조금 더 구체화 시켜 나갔다. 주변에 있던 물줄기들이 영겁혈륜의 인도에 따라 허공으로 솟아오르며 용솟음치듯 휘몰아치기 시작했다. 공중에 떠 휘몰아치는 소용돌이의 크기는 손바닥 정도였다. 바람 또한 그에 동조하듯 주변을 넘실거렸다.

목유현의 가슴 앞에서 영겁혈륜에 이끌려 휘몰아치는 작은 소용돌이의 모습은 보기 드문 진귀한 광경이었다. 주변의 기를 극히 세밀히 조종하여 수족처럼 다루지 않고서는 도저히 불가능한 기예였다. 하지만 그런 묘기를 아무렇지도 않게 하는 것이 바로 영겁혈륜의 공능이었다.

목유현의 눈이 떠짐과 동시에 소용돌이를 이루던 물방울들이 사방으로 쏟아지듯 퍼져 나갔다.

"나쁘진 않은데."

목유현은 슬며시 미소를 지으며 밖으로 걸어나갔다.

발걸음은 능선을 타고 산 아래로 향했다.

완벽하지는 못하지만 그래도 영겁혈륜의 각인을 다시 심상 속에 생긴 이상 산속에 머무르는 것은 시간낭비와도 다르지 않았다.

그는 머릿속에 담긴 정보들을 하나씩 나열해 나갔다.

그에게 일어날 일들,

그에게 필요한 일들,

그가 반드시 해야만 할 일들, 그리고 너무나도 후회하던 일들까지.

솔직히 그가 알고 있는 정보는 터무니없이 적었다.

그건 어쩔 수 없었다.

애초에 어릴 적의 그는 수련은 팽개치고 가출하는 데 시간을 보내기 일쑤였고, 가문이 몰락하고 강호를 떠돌 적의 그는 강호의 소문 따위에는 조금도 관심이 없었으니 말이다.

하지만 소소한 일들은 모른다 할지라도 강호를 진동시킨 사건들은 기억 속에 뚜렷이 남아 있었다. 그리고 그중 하나는 그에게 아주 도움이 되는 정보였다.

마음에 걸리는 것이 있다면 그것은 완전히 없애지 못한 채 임시방편으로 묻어버린 살의의 존재였다. 그의 추적을 피해 내부 어딘가로 모습을 감춘 살의는 구우일모(九牛一毛)와도 같이 도저히 찾아낼 수가 없었다.

목유현은 주변에 흩어진 영겁혈륜의 기운을 끌어올렸다.

무형의 기운이 공간을 장악하고 그의 명령을 기다리고 있었다.

그의 의지에 따라 무적의 창도 철벽의 방패도 되는 만능과도 같은 존재였다.

문제는 그의 내부 속에 몸을 숨긴 살의에 잠식당하는 순간 이 양날의 칼은 그 즉시 자신의 목 줄기를 베어버릴 수도 있다는 점이었다.

대책을 강구해야 했다. 몸 안에 언제 터질지 모르는 화약더미를 매단 것과도 다름이 없는 상황이었다.

주변에서 갖가지 소리가 들려왔다.

부스럭거리는 소리부터 소곤거리는 소리까지 여러 가지 잡음이 들려오고 있었다. 하지만 그가 신경을 쓸 이유는 없었다. 그의 머리는 살의를 배제하는 방법을 강구하는 것만으로도 가득 차 있었다.

영겁혈륜이 장악한 공간이 소리를 차단하며 그의 집중을 도와주었다.

그러는 와중에도 걸음은 착실히 앞을 향해 나아가고 있었다.

하지만 사고에 몰두하는 것과 반비례로 발머리가 인적이 있는 곳의 반대방향으로 가고 있는 것을 목유현은 아직 눈치채지 못하고 있었다.

"하, 길을 잃은 건가?"

목유현은 쓴웃음을 내뱉었다.

사고에서 깨어나 발걸음이 멈추었을 때 그의 시야에 들어온 것은 인적이라고는 손톱만큼도 없는 깊은 숲 속이었다. 주변을 둘러보아도 햇볕 한 점조차 들지 않을 정도로 잔뜩 돋아나 있는 거목뿐이었다.

"어느 쪽이 하산하는 길이었지?"

전혀 기억나지 않았다.

　잠시 고민하던 그는 이내 영겁혈륜을 끌어올리고는 나무 위로 경쾌하게 신형을 뻗었다. 목유현의 신형은 단 세 번 발을 놀린 것만으로 넉 장 높이의 나무 꼭대기에 닿아 있었다. 나무의 끝부분을 한 손으로 붙잡고 주변을 둘러보았다. 주변은 수해(樹海)라는 단어가 연상되듯 온통 우거진 나무들로 가득했다. 한마디로 어디로 가야 하는지 분간조차 하기 힘들었다.

　잠시 두리번거리던 그의 눈가가 잔뜩 찌푸려졌다.

　어디선가 익숙한 냄새, 소리가 들리고 있는 까닭이었다.

　저 멀리서 그의 후각을 자극하는 것은 늪처럼 진득하고 진창과도 같이 질척거리는 감촉을 가지고 있었다.

　그것은 피, 시체, 그리고 죽음의 냄새였다.

　그 냄새는 신선하고도 강렬했다.

　그곳을 향해 신형을 날렸다.

　무게를 싣자 낭창거리는 나무의 탄력을 받아 목유현의 신형이 활시위를 떠난 살처럼 쏘아져 나갔다.

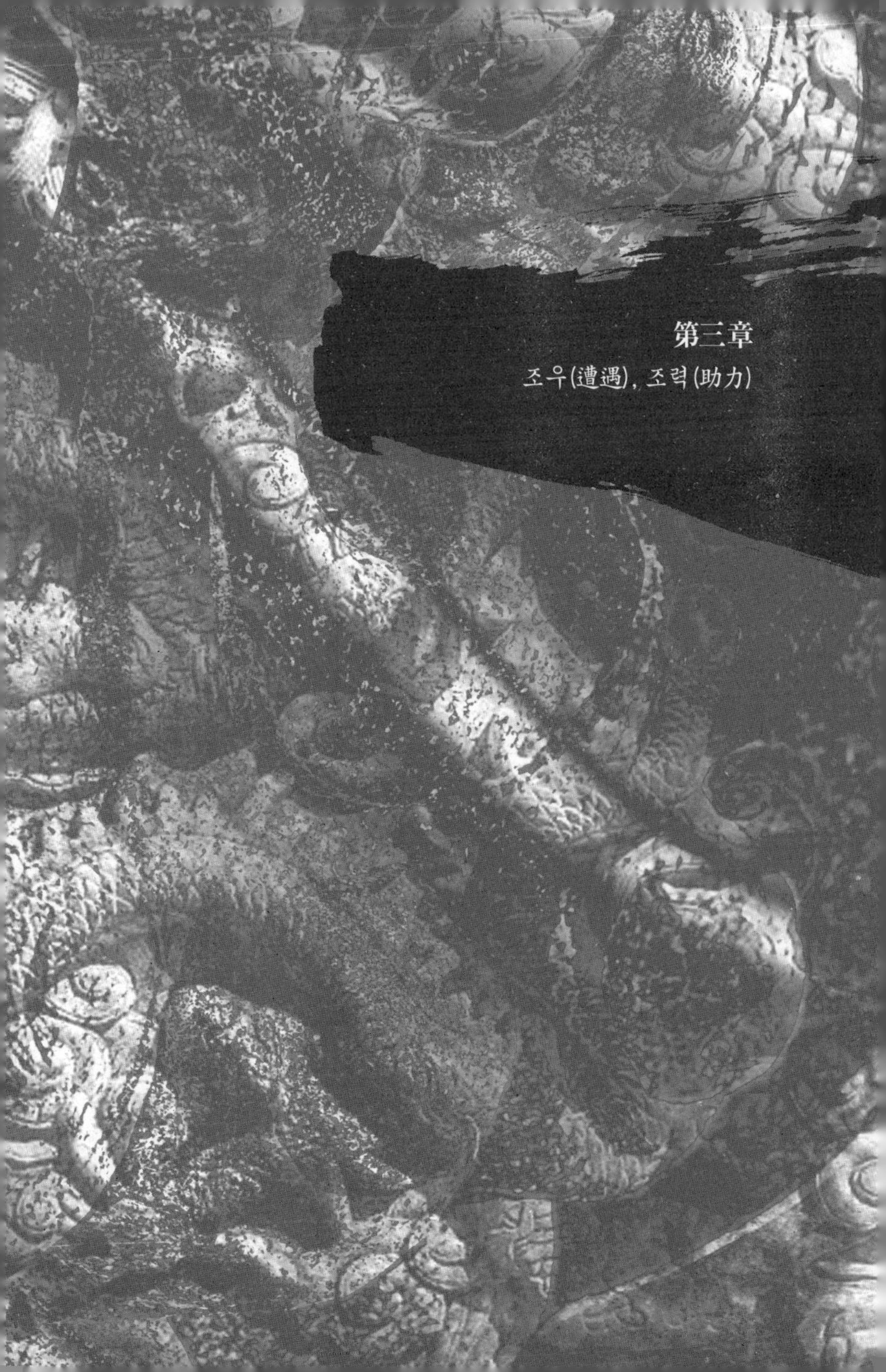

第三章
조우(遭遇), 조력(助力)

轉輪魔羅

전륜마라

　천절살마(千節殺魔) 편마관은 오늘 아주 기분이 좋았다.

　장 속에 틀어박힌 숙변처럼 귀찮기 짝이 없던 일 하나를 해결할 수 있었기 때문이다.

　서너 주 전쯤 동정호 푸른 물에 쪽배 하나를 띄우고 유유자적 시간을 보내고 있었던 것이 일의 발단이었다.

　언제나 한 가지 방면에—주로 취향에 맞는 사냥감을 물색하는 것에—매우 뛰어난 그의 후각은 그날도 주인의 기대를 배신하지 않았다. 그는 그 후각에 따라 자신이 타고 있는 쪽배로 아리따운 묘령의 여인 한 명을 초대할 수 있었다.

　물론 언제나 그렇듯 상대의 수락 여부는 조금도 신경 쓰지 않았다. 그녀가 타고 있는 배는 군선에 비할 만큼 크고 휘황찬란했으며, 주변에는 많은 수의 호위가 있었지만 먹이를 노리는 매처럼 기회를 엿보는 편마관에게는 그다지 큰 장애가 아니었다.

그리고 그녀가 바람을 쐬러 선미에 홀로 나온 틈을 타 그녀를 무사히 초대하는 데 성공했다.

그리고는 밤을 지새워 가며 그녀에게 자신의 살인 취향을 낱낱이 보여주며 시꺼멓기 짝이 없는 죽음의 공포와 마주하는 것이 얼마나 즐거운지 몸으로 새겨줄 수 있었고, 공포와 고통에 울부짖는 그녀와 함께 너무나도 만족스러운 시간을 보냈다.

그리고 즐거운 시간을 선사해 준 그녀에게는 동정호 바닥에 있다는 전설의 용궁을 구경할 수 있도록 손수 배려해 주었다.

거기까지는 전혀 문제가 없었다.

하지만 그녀의 신분이 옥에 티였다.

호남성 상권의 삼분지 일을 장악하고 있는 호남상단연합의 일원인 원룡상단의 금지옥엽이 바로 그녀였던 것이다.

수백에 달하는 인원이 동정호 주변을 샅샅이 뒤진 결과, 그들은 수십 갈래로 토막 나 물고기 밥이 되어버린 원룡상단의 고명딸을 찾아낼 수 있었다. 꿈에도 생각지 못한 금지옥엽의 비참한 최후에 활화산이 폭발하듯 진노한 상단주는 엄청난 자금을 투자해 범인을 추적해 나갔고, 결국 편마관의 흔적을 발견했다.

결국 그에게는 광범위한 수배령이 내려졌고, 무수히 많은 낭인들과 현상금 사냥꾼들이 그의 목을 노리고 달려들었다.

덕분에 요 몇 주간 편마관은 그들의 등쌀에 못 이겨 나름 힘든 하루하루를 보내고 있었다.

하지만 힘들다는 기준은 어디까지나 그의 주관적 판단으로, 그를 쫓는 이들은 편마관의 흔적을 놓치지 않는 것만으로도 스물에 달하는 이들의 목숨을 잃어야 했다.

아까까지만 해도 상황은 크게 다르지 않았다. 편마관은 수십에 달하는 현상금 사냥꾼과 낭인들에게 포위당한 채 꼬리가 빠져라 줄행랑을 치고 있었다.

물론 자신이 전력을 다한다면 그들 대부분을 북망산으로 보내 버릴 수도 있겠지만 혼자 감당하기에는 수가 확실히 부담스러웠다.

덕분에 고통으로 절여 공포에 질린 이를 잘게 잘게 토막쳐 버리는 그의 취미를 제대로 누려보지 못하고 있었다.

하지만 오늘 그는 우연히 한 가지를 눈치챘다.

자신을 추적하는 이들의 수요가 평소에 비해 절반에 불과하다는 것이다.

이유는 알 수 없었다. 수 주에 걸친 추격 끝에 집단 간에 시비가 생겨서 갈라진 건지 아님 교대로 추적을 하기로 한 건지는 전혀 상관없었다.

수가 준 이상 다 죽여 버리면 그만이니까. 그는 힘이 부친 듯 속도를 줄이며 그들을 유인하고, 거짓 상처를 입으며 그들 모두를 자신의 간격으로 끌어들였다.

그리고 그들이 충분히 간격으로 들어왔다고 생각되는 동시 그의 성명 병기 천절편(千節鞭)이 피를 탐하며 미친 듯이 날뛰기 시작했다.

그는 자신의 별호에 천절이 붙은 이유를 여과없이 제대로 보여주었다.

성명 병기 천절편을 이루는 천 개의 마디가 마치 각각 살아 있는 것처럼 요동치며 주변을 휩쓸고 상대를 갈기갈기 찢어 나갔다.

편마관의 손목 움직임에 반응해 주변을 압박해 나가는 천 절편의 모습은 흡사 칼날의 비가 내리는 것처럼 보일 정도로 화려하고도 현란하기 짝이 없었다.

편마관의 만족스러운 웃음이 극에 달했을 때 그의 뒤를 쫓 던 열여덟의 낭인, 열여섯의 현상금 사냥꾼 모두 천절편에 의 해 갈기갈기 찢어져 땅바닥에 흩뿌려져 있었다.

"이 잔악한 놈!"

원릉상단의 보표이며 이 무리를 이끄는 수장인 이환명은 이를 갈며 노호성을 내뱉었다.

잠시 현상금 사냥꾼, 낭인들로 이루어진 선두와 헤어진 사 이 그들은 모두 편마관에 의해 죽어 있었다. 남은 것은 원릉상단의 보표 열 명뿐이었다.

"그거 마음에 드는 칭찬인데? 감사의 표시로 네놈의 그 망할 주둥이는 정성과 애정을 듬뿍 담아 천 갈래로 찢어주지."

편마관은 옆집 개가 짖느냐는 표정으로 여전히 만면에 잔혹한 미소를 지으며 다가오고 있었다.

여전히 편마관을 추적해 온 이쪽의 수가 더 많았지만 모두 편마관의 기세에 밀리고 있었다. 그가 한 발짝 내디딜 때마다 주변의 침음성이 깊어졌다.

편마관은 수중의 천절편을 찰싹 땅바닥으로 내려쳐 가며 입맛을 다셨다. 메기처럼 두툼한 입술은 더 많은 피가 필요하다는 듯 검붉었다.

다가오던 그의 발걸음이 문득 멈추어 섰다. 그의 쭈욱 찢어진 양 눈은 우측의 수풀에 닿아 있었다.

"킁킁, 쥐새끼가 한 마리 숨어 있었네?"

편마관은 수풀을 향해 왼손을 가볍게 털었다. 그의 소매에서 머리카락보다도 얇은 침들이 쏟아져 나갔다.

촤악.

수풀을 가르며 모습을 드러낸 한 자루의 검이 쏟아지는 암기의 비를 걷어냈다.

그와 동시에 모습을 드러낸 것은 한 명의 여인이었다.

그녀는 이 살풍경하기 짝이 없는 광경에 고운 아미를 잔뜩 찌푸리고 있었고, 검을 쥐고 있는 오른손은 전율과 충격으로 부르르 떨리고 있었다.

"이거, 이거, 꽤나 어여쁜 쥐새끼로군."

편마관의 눈이 새로 등장한 여인의 전신을 훑어 내렸다.

삼협의 물을 그대로 퍼 입혀놓은 듯한 짙푸른 도포에 허리춤에 매어 있는 것은 비례에 맞지 않을 정도로 긴 검신을 가진 검, 도가와 속가의 분위기를 적당히 버무려 놓은 듯한 복색은 중원 전체를 통틀어도 단 하나밖에 없었다.

"오호라, 청성에서 오신 아가씨인가? 진심으로 반가운걸."

"이쪽은 조금도 반갑지가 않아요."

편마관과 마주한 그녀는 검을 겨누며 날카롭게 응수했다.

그녀가 검을 겨누고 있음에도 편마관의 표정은 여전히 여유로울 뿐이었다.

"이거 정말 고민이 되니 어찌할지 모르겠는데?"

"무얼 말이죠?"

그녀의 물음에 편마관은 대꾸하지 않았다. 지금 그의 머릿속은 다분 행복한 문제로 고민을 거듭하고 있었다.

'죽일까? 아니, 죽이면 조금 귀찮아질 텐데 어쩌나.'

청성이란 이름을 우습게 보는 것은 아니었다. 그 이름은 분명 중원 전역을 울리는 무림의 태두, 구파일방의 일좌로 그들의 무력은 실로 상상을 초월하는 경지에 있다. 하지만 눈앞에 있는 여인에게서는 그런 압도적인 기운이 전혀 느껴지지 않았다.

굳이 비유를 하자면 갸름한 선을 지닌 고양이가 앙탈을 부리는 기분이라고 할까? 애초에 이렇게 시체로 산을 쌓아놓은 그를 앞에 두고 평정심을 유지한다는 것은 보통 담이 크지 않고서는 힘든 일일 것이다.

그러고도 자신의 앞에 나선 것은 정도문파의 협객이라는 쓸데없는 허울 때문이겠지. 편마관은 메마른 입술을 혀로 축이며 눈앞의 먹이를 좀 더 샅샅이 살펴보았다.

실로 보기 드문 미인이었다. 움직이기 편하게 묶어놓은 머릿결은 삼단처럼 윤기가 흐르고, 얇고 가냘픈 얼굴선은 청초하면서도 단아함을 자아내었다. 잘게 흔들리면서도 자신을 노려보는 눈동자는 깊고도 그윽한 아름다움을 담고 있었다. 오뚝하게 선 콧날과 잘 익은 과실처럼 붉은 입술은 그녀의 얼굴을 도드라지게 강조해 주고 있었다. 게다가 푸른 도포 사이 얼핏 얼핏 드러나는 그녀의 윤곽은 나올 곳은 나오고 들어갈 곳은 들어가 그 매력을 더했다.

"정말 잔인하군요. 왜 이런 살겁을 저지르나요?"

"어차피 죽는 것이 사람의 인생, 언제 죽든 그것이 무슨 상관일까?"

"……."

그녀는 기가 막힌 듯 아무런 대꾸도 하지 못했다.

'죽일까? 하아, 죽여? 좋아, 죽인다. 앞날 따위 알 게 뭐냐.'

사람을 죽이고 고통에 발버둥치는 모습을 보는 것은 그의 쾌락이고, 그중 미인의 발버둥을 보는 것은 지고의 쾌락이었다. 눈앞의 자태에 그녀가 대문파의 제자라는 것도 이미 머릿속에서 사라져 있었다.

어차피 주변 인기척 따윈 느껴지지도 않았다. 모두 죽여 버리고 입을 막아버리면 알 게 무엇이겠는가?

"소저, 위험하니 피하시오!! 이놈은 잔악무도한 살인귀라오!!"

이환명이 갑자기 무리 사이로 끼어든 그녀를 보더니 대갈하며 경고했다.

자신들의 위기에 다른 이를 얽혀들게 할 생각은 조금도 없었다.

"네놈들은 닥치고 있어, 망할 것들아!"

편마관의 손목이 그리는 움직임과 함께 천절편이 춤추듯 날뛰었다.

원룽상단 일행을 가르는 천절편은 마치 이지를 가진 것처럼 날뛰었다.

보표들이 검을 휘두르며 채찍에 저항했지만 파도처럼 그들을 휩쓰는 채찍의 물결은 쉴 틈 없이 그들을 압박하고 있었다.

편마관은 그녀에게서 등을 돌린 채로 원룽상단의 이들을 향해 천절편을 휘둘렀다.

검을 쥔 그녀의 오른손에 힘이 들어갔다. 발을 힘껏 내디디며 훤하게 드러난 편마관의 등을 향해 검을 베어내었다. 유려하면서도 강한 힘을 지닌 곡선이 그녀의 검을 통해 그려졌다.

생각보다 강한 기세에 완전히 경시하지는 못했는지 편마관은 등을 돌려 천절편을 마주 뻗어냈다.

그의 공력을 머금고 막대처럼 곧게 뻗은 천절편이 그녀의 검에 맞섰다.

챙, 챙, 캉!

"큭."

그녀의 검은 유려했고, 면면부절 끊어짐이 없으면서도 충분히 강한 기도를 가지고 있었지만, 편마관의 공격을 감당하기에는 다분히 부족한 면이 있었다.

서로가 공격을 마주할수록 점점 둔기를 내려치는 것 같은 둔탁한 소리가 앞서기 시작하더니 찰나도 지나지 않아 그녀는 일방적으로 수세에 밀렸다.

도를 상대하는 것처럼 강하게 베고, 검을 다루는 것처럼 구석구석을 찔러오며 채찍 특유의 변화무쌍한 움직임까지 편마관의 천절편의 공격은 도저히 종잡을 수 없을 만큼 상대하기 힘들었다.

"헤헤, 주 요리는 정성들여 먹는 것이 예의이니 안타깝더라도 조금만 기다리거라."

그렇게 조롱하며 한 발을 살짝 뒤로 뺀 편마관은 다시 재차 닥쳐오며 강한 공력을 응집시킨 일격을 가했다.

새빨간 이무기가 입을 쩍 벌리고 다가오는 형상의 공격은 바로 편마관의 무공 영사천편(靈蛇千鞭)의 절초 중 하나인 이

목절수(璃目切壽)였다.

그녀는 이름 그대로 목을 물기 위해 달려드는 이무기를 보고 깜짝 놀랄 수밖에 없었다.

그녀는 직감했다.

어설픈 검을 가지고는 저 공격을 막아낼 수 없다는 것을.

공격을 막아내기 위해 떠올린 것은 가장 익숙하면서도 자신있는 검로.

그리고 그녀의 검이 그 심상에 따라 초식을 그려내려 했다.

하지만 뻗어나가던 검은 암초에 막힌 함선마냥 뚝 멈추어 버렸다.

그녀는 그제야 깜박하고 있었던 것을 상기했다는, 다분히 당혹스러운 표정으로 뒤로 물러서며 편마관의 공격을 맞서 나갔다.

하지만 그런 미봉책으로는 편마관의 매서운 일격을 상대하기에는 부족했다.

"꺅!!"

천절편을 마주하는 순간 강력한 경력에 밀려 나가 버린 그녀는 분홍빛 입술로 한 줄기 피를 흘리며 주저앉아 무릎으로 겨우 몸을 지탱했다.

편마관은 주저앉은 그녀를 먹이를 바라보는 뱀의 눈길로 훑은 후에 다시 원릉상단의 이들을 상대하기 시작했다.

그녀의 수세에 손을 보태려던 이환명과 원릉상단의 보표

들은 손을 보태기도 전에 그녀가 패퇴하고 다시 편마관의 천절편이 닥쳐옴에 그저 뒷걸음질 칠 수밖에 없었다.

"크억!"

"아악!!"

막을수록 탄력을 더해가는 천절편의 움직임에 현혹당해 두 명의 보표가 비명을 나지르며 나가떨어졌다. 피 칠갑을 해 너덜너덜해진 얼굴로 고통에 절규하던 그들은 이내 힘없이 머리를 땅바닥에 처박고는 숨이 끊어져 버렸다.

"젠장! 아가씨의 원수가 눈앞에 있는데……."

"이런 바보 같은 놈들을 보았나? 원수타령도 힘이 있어야 하는 일이라고!"

예상치 못한 수입이 들어와 기분 좋게 휘파람까지 불어가 며 천절편을 휘두르는 편마관의 모습에 남은 이들의 가슴에 진득거리는 무력감이 차올랐다.

이환명은 피가 턱을 타고 철철 흘러내릴 정도로 입술을 깨 물어가며 검을 휘둘렀지만 날랜 매처럼 여기저기서 휘몰아치 는 천절편을 막아내는 것조차 버거웠다.

원릉상단의 보표들은 한 명씩 줄어들었고, 그럴수록 남은 이들의 부담은 더욱 커졌다. 결국 일각 후, 제 발로 대지를 디 디고 있는 이는 시종 기분 나쁜 웃음을 흘리는 편마관과 푸른 무복의 여인, 그리고 이환명뿐이었다.

쓰레기처럼 주위에 널려진 죽음은 비현실적으로 역겨움을 불러일으켰다.

묘령의 여인, 청성파의 일대제자 서예소는 경련으로 떨리는 몸을 검을 지지대 삼아 일으켰다.

시체가 즐비한 참상에 절로 욕지기가 치밀어 올랐지만 겨우 삼켜냈다.

제대로 된 방비 없이 막아낸 편마관의 절초에 의해 그녀는 경미하지 않은 내상을 입고 말았다.

얼굴선을 타고 흐르는 핏줄기를 옷소매로 닦아내며 서예소는 애써 침착함을 유지하려 했다.

그녀는 알고 있었다.

지금 상황에 불필요한 흥분이나 더 이상의 공포는 최악의 결과만을 가져다줄 뿐이다.

지금은 조금이라도 빨리 힘을 회복시켜 저자를 상대해야 했다.

하지만,

'역시 검이 나아가지를 않아!'

자신의 검이 생각대로 움직이지 않았다.

심마, 그녀의 검을 잡고 있는 족쇄였다.

그녀가 품고 있는 고민은 마음에 족쇄를 채우고 그 족쇄는 검을 움켜쥐고 쉬이 놓아주질 않았다.

하지만 지금 그 문제를 해결하지 않는다면 남는 것은 죽음

뿐이었다.

"소저, 지금이라도 몸을 빼시오. 가만히 있다가는 이 악한에게 어떤 꼴을 당할지 모르오!!"

"예끼, 이놈이 왜 자꾸 남의 밥상에 초를 치려 그러나. 그 입을 단매에 뽑아주마."

하지만 이환명의 외침에도 서예소는 몸을 빼지 않았다.

홀로 남은 이환명의 손과 눈이 점점 어지러워져 갔다.

"네놈은 저년을 느긋하게 죽인 다음에 후식으로 쳐 죽여주마. 사지를 하나하나 잘라 네놈의 입에 모두 처박아주지. 흐흐."

"크윽!"

챙강.

이환명의 손아귀가 찢어지고 손을 벗어난 그의 검이 바닥을 구르며 애처로운 소리로 울었다.

"자, 어떻게 죽으면 좋을지 자알 생각해 놓아라. 네 의견도 적당히 반영해 줄 터이니."

다리와 팔의 힘줄을 끊어 도망치지 못하게 한 후 나중에 처리할 요량으로 다가갔다. 편마관은 기분이 좋은 듯 숫제 콧노래까지 흥얼거리고 있었다.

"쿠쿠, 오늘 기분 한번 제대로 나는데? 가는 길에 적당한 촌구석에 들러서 되는대로 몇 놈 더 죽여야지. 토막토막 정성껏 잘라 일진 좋은 날을 기념하는 게 좋겠군."

그의 혼잣말에 서예소와 이환명의 얼굴이 새하얗게 질려

갔다.

그때였다.

"제대로 미쳤군. 고작 그런 같잖은 힘을 가지고 사람 목숨을 쥐락펴락하는 것이 좋나?"

마치 서리가 내린 듯한 싸늘한 목소리가 편마관의 귀를 울렸다.

"누구냐?"

누군가의 목소리에 편마관은 깜짝 놀라며 옆을 돌아보았다.

그곳에는 목유현이 만년설보다 더 차가운 눈으로 그를 응시하고 있었다.

"뭐냐, 네놈은?!"

'언제 나타난 거지?'

눈치채지 못하는 사이 등 뒤를 점하고 나타난 목유현의 등장에 편마관은 인상을 구기며 대갈성을 내뱉었다. 조금도 목유현의 기척을 알아채지 못했기에 그의 한편에는 식은땀이 흘렀지만 절대 내색하지 않았다.

"같잖은 힘에 취해 날뛰는 놈에게 가르쳐 줄 이름 따윈 없거든."

"이 빌어먹을 애새끼가!"

편마관의 이마에 핏줄이 터질 듯이 부풀어 올랐다. 마치 야차와 같은 얼굴로 목유현의 모습을 훑어나갔다. 그의 눈에 보이는 목유현은 허름하기 짝이 없는 복색에 기도는 평범했다.

허리춤에 찬 검을 얹어 잘 봐줘도 기껏 해봐야 낭인으로밖에 보이지 않았다.

'하! 내가 오늘 좀 흥분했나 보군. 저런 애새끼가 아무리 세봐야 얼마나 세겠어.'

그는 머릿속에 떠오르는 여러 가지 분석을 한마디로 일축하며 천절편을 꽈악 움켜쥐었다.

간이 부은 애새끼에게 정성 어린 교육을 몸 구석구석 새겨줄 생각이었다.

"크윽. 소협, 이 악한과 마주하지 말고 몸을 피하시… 크악!"

"네놈은 만날 똑같은 소리밖에 못하냐?"

소리치는 이환명의 머리를 오른발로 땅바닥에 처박으며 편마관은 인상을 구겼다.

이환명은 한줄기 비명과 함께 그대로 정신을 잃어버렸다.

편마관은 악귀와도 같은 형상으로 정면을 노려보고 있었다. 눈앞의 애새끼의 미소가 그의 기분을 구겨놓고 있었다.

"널 절대 곱게 죽이지는 않을 테다. 네 살점은 하나하나 얇게 발라 소금으로 절이고 손가락, 발가락은 하나씩 잘라서 돼지 먹이로 주지. 그리고 팔다리를 모두 자를 때까지 살려둔 다음 민둥산이 된 몸뚱어리를 강물에 던져 고기밥으로 만들어주마."

편마관의 입이 진득한 살기를 띠며 섬뜩한 경고를 내뱉었다.

눈앞의 상대를 천 갈래 만 갈래로 찢어버리지 않고서는 분이 풀리지 않을 것 같은 말투였다.

하지만 정작 그 말을 듣고 있는 목유현은 살기등등한 그의 시선을 조금도 신경 쓰지 않았다.

"할 수 있다면 얼마든지."

"하하! 지금 네놈 앞에 계신 분이 누구라고 생각하느냐? 천절살마 편마관님이시다. 이 몸이 갈래갈래 조각을 내 죽인 목숨만 기백에 달하지. 그러다 보니 이제 숫자를 세는 것조차 잊어버렸어."

"그것참, 자랑처럼 말하는군."

"당연하지. 그렇게 죽이고도 이렇게 살아 있는 것은 내 힘의 상징이다!"

"하아!"

목유현이 자못 안타까운 한숨을 내뱉었다.

편마관은 목유현의 한숨을 기세가 수그러든 것으로 생각했는지 만면에 음흉한 웃음을 흘렸다.

"왜? 아랫도리가 쪼그라드느냐? 무서우냐? 이미 늦었다. 넌 절대 쉽게 죽여주지 않을 테니까. 기대해도 좋을 것이야."

"소협, 빨리 몸을 피하세요. 이 이상 희생자를 늘릴 수는 없어요."

뒤에서 들리는 소리에 목유현의 시선이 그쪽으로 향했다.

차갑게 굳어 있던 목유현의 눈동자에 문득 이채가 서린다.

좀처럼 보기 힘든 그녀의 미모보다 그의 시선이 향하는 것은 서예소로부터 흘러나오는 기도와 그녀가 입고 있는 의복, 그리고 움켜쥔 검에 향해 있었다.

삼협의 물을 그대로 퍼 입혀놓은 듯한 짙푸른 도포에 허리춤에 매어 있는 것은 비례에 맞지 않을 정도로 긴 검신을 가진 검, 도사의 풍모를 가지면서도 속세의 면모가 짙게 배어 있는 외양. 그것을 종합했을 때 그의 머리가 출력해 준 정보는 하나밖에 없었다.

"너, 청성의 문인이군."

편마관에게 말할 때와 달리 다소 친근함마저 느껴지는 목소리였다.

"예, 맞아요."

그녀는 난데없이 나타난 이에 대해 살짝 아미를 찌푸리며 긍정을 표했다.

지금 저 사람은 눈앞에 있는 이가 이 자리의 모두를 죽이려고 하는 것을 모르는 걸까? 그녀의 머릿속에 의문이 떠오를 정도로 목유현의 표정은 너무나도 평탄했다. 마치 이런 광경이 너무나도 익숙한 것처럼.

그런 그녀의 생각을 아는지 모르는지 목유현은 여전히 느긋한 얼굴로 물음을 던졌다.

"그럼 혹시 하관철을 알고 있나?"

"대사형이세요. 지금 이런 이야기를 할 때가 아니에요. 빨리 몸을 피하세요!"

다급한 그녀의 목소리에도 목유현은 조금의 변화도 없었다.

"호오, 그래? 그거 잘됐군."

"무, 무엇이 말이죠?"

"하아, 듣자듣자 하니까 애새끼가 하늘 높은 줄 모르고 별미친 개발악을 다 해대는구나. 지금 네놈이 감히 네 목을 따주실 염왕 앞에서 그 입을 나불거리고 있는 것이냐!!"

편마관은 머리 꼭대기까지 열이 차오른 듯 새빨간 눈으로 그를 뚫어지듯 응시하고 있었다. 그의 말 한마디 한마디에는 살기가 뚝뚝 떨어지고 있었다.

"당… 당신, 지금 빨리 도망쳐요!"

편마관의 전신에서 뿜어져 나오는 흉포한 기도에 서예소의 목소리가 떨리기 시작했다.

그런 그녀를 향해 목유현은 단 한 마디로 된 물음을 던졌다.

"왜?"

"왜, 왜라니, 지금이 어떤 상황인지 모르는 거예요?"

"무슨 상황이긴, 고작 같잖은 힘 가지고 설치는 놈 하나밖에 없잖아?"

목유현의 입꼬리가 스륵 올라가며 명백한 비웃음을 그렸다.

그 순간 편마관의 이성이 뚝 소리를 내며 그대로 끊어졌다.

"내 그 입을 갈기갈기 찢어주마."

편마관의 눈에 비치는 목유현의 모습은 잘 쳐줘봐야 저잣거리에서나 굴러먹을 초짜 낭인으로밖에 보이지 않았다. 그런 애송이가 말끝마다 꼬박 꼬박 말대꾸를 하며 자신을 비웃고 있는 것이다.

그 분노를 오른팔에 담아 탄력적으로 내려쳤다.

그의 오른손에 들린 천절편이 쐐액 바람을 가르는 소리를 내며 목유현에게 쇄도했다.

목유현은 미동도 하지 않았다.

편마관은 천절편을 바로 목유현에게 내려치지 않은 채로 손목을 살짝 비틀었다. 그러자 천절편을 이루는 천 개의 마디가 각각 살아 있는 것처럼 요동쳤고, 목유현의 주변은 그 칼날에 완전히 포위되었다.

편마관은 그 포위망을 한 번에 조이지 않고 느긋하게 돌려가며 목유현을 압박했다.

전후좌우를 완전히 둘러싼 천절편의 마디에 빠져나갈 곳은 도저히 보이지 않았다. 편마관의 입이 이죽거리며 안에 갇힌 목유현을 조롱했다.

"왜 아무 말이 없느냐? 그 입을 놀려보아라. 후회하느냐? 아니면 아랫도리라도 적셔 움직일 수가 없느냐?"

그의 조롱에도 목유현은 입가에 차가운 미소를 지은 채 그저 묵묵히 편마관을 바라보고 있을 뿐이었다. 맹수 앞에 벌벌 떠는 토끼 같은 모습을 예상했던 편마관은 예상에 못 미치는 반응에 아쉬운 듯 혀를 찼다.

그리고는 놀고 있는 왼손의 소매를 떨쳐 자그마한 침을 쏘아냈다. 오른손의 천절편이 그려내는 화려한 움직임으로 유도한 사각을 이용하는 것이었다.

애초에 살점을 조금씩 베어내고 손가락, 발가락을 마디대로 하나하나 자르며 농락하기에는 천절편은 조금 과한 병기였다. 각각의 마디들이 날카로운 톱니로 되어 있는 천절편은 조금만 스쳐도 살점을 잔뜩 물고 늘어지기 때문에 적당히 요리하는 것은 귀찮기 짝이 없는 작업이었다. 혹시나 열이 받쳐 손목에 힘을 더했다가 냉큼 죽어버리면 매우 곤란했다. 그랬기에 일단 사냥감을 암기로 제압하려는 것이었다.

하지만 목유현의 마혈을 노리고 날아간 암기는 편마관의 예상을 깔끔하게 빗나갔다. 편마관이 발출한 우모침은 마치 질척거리는 늪 속에 던져 넣은 것처럼 흐물거리더니 이내 힘을 잃고 땅바닥으로 떨어지고 말았다.

"어엉?"

"고작 이 정도로 큰소리를 친 건가?"

새로운 영겁혈륜이 그의 주변 석 자를 완전히 장악했다.

이곳은 그의 권역.

영겁혈륜이 말하고 있었다.

저 채찍은 그의 공간을 절대 뚫을 수 없다고.

목유현은 미소를 머금으며 다음 공격을 기다렸다. 눈앞의 놈 소매에서 작은 침들이 그를 향해 날아왔다.

하지만 닿지 않는다. 공간을 가득 메운 영겁혈류의 기운이 그의 마혈을 노리는 우모침을 가볍게 몰아내 버렸다. 마치 살아 숨 쉬는 생물과도 같이 주인을 해치려는 모든 위협을 배제한다.

목유현의 비웃음에 흥분한 편마관이 천절편의 목을 죄고 있던 목줄을 풀어 날뛰게 했다. 여태껏 그를 몰아넣는 것에 주력하던 것이 아닌 하나하나의 톱날 같은 마디들이 목유현을 향해 이빨을 드러냈다.

하지만 역시 닿지 않았다.

"수류(殊流)."

목유현의 입이 달싹거림과 동시에 그의 주변에는 모든 것을 말살하는 무적의 장벽이 들어섰다. 영겁혈류가 일으킨 무형의 기운이 철벽이 되어 목유현의 주변을 막아섰다.

성난 맹수처럼 쇄도해 온 천절편은 영겁혈류에 밀려나 목유현의 주변만을 스쳐 지나갈 뿐 다가오지조차 못했다. 천절편이 재차 닥쳐왔지만 결과는 변하지 않았다. 주인을 해치는 모든 것을 밀어내는 무적의 장벽에 밀려나는 그 모습은 마치 천절편이 편마관의 의지를 무시한 채 스스로 꼬리를 마는 것으로밖에 보이지 않았다.

어떤 적의에도 뚫리지 않는 무적의 방패. 그것이 영겁혈류이 구축하는 철벽, 수류였다.

"뭐… 뭐야?"

편마관은 당황스러운 기색을 숨기지 못했다.

편마관의 공격은 목유현에게 조금도 닿지 않았다.

목유현을 토막 내버리기 위해 내려치는 천절편이 마치 그의 의지를 무시하는 것처럼 애먼 곳만 내려치고 있었다. 편마관의 얼굴에도 당황함이 배어 나오기 시작했다. 무언가 이상했다. 전신을 끌어들이는 늪에 빠진 것 같은 묘한 감각이 등골을 스멀스멀 타고 기어오르며 그의 기분을 불쾌하게 만들었다.

서예소는 자신의 눈을 믿을 수가 없었다.

마치 꿈을 꾸고 있는 듯했다.

눈앞의 이가 처음 나왔을 때 그녀는 안타까움을 금할 수가 없었다.

이 포악한 살인마에게 희생당할 이가 늘어난 것이다. 그리고 그건 분명 그녀의 과실이었다.

자신이 편마관을 감당하지 못했기에 도출되는 결과였던 것이다.

새로 나타난 이는 이 살풍경을 보고도 대범하게 편마관을 신경조차 쓰지 않았다.

마치 상대도 되지 않는 하수를 대하듯 말하고 있었다.

하지만 서예소는 그의 말을 믿을 수가 없었다.

신용의 문제가 아니다. 능력의 문제인 것이다.

눈앞의 편마관의 무위는 다분 일류의 경지를 훌쩍 뛰어넘고 있었다.

노발대발하는 편마관의 모습을 보며 그녀는 그의 죽음을 확신했다.

하지만 서예소는 아직 자신이 완벽하게 서지 않았다.

족쇄가 달린 검이 그녀의 자신감을 막아서고 있었다.

그녀가 고민하는 사이 편마관의 천절편이 피를 갈구하며 허공을 찢어발겼다.

그 매서운 모습에 그녀의 머릿속에선 갈기갈기 찢겨진 목유현의 모습이 절로 그려졌다.

하지만 닿지 않았다.

어떤 공격도 목유현의 주변에서 맴돌 뿐 그를 스치지도 못했다.

마치 합의하에 이루어지는 연무를 보듯 편마관의 천절편은 황당할 정도로 그의 주변만 내려칠 뿐이었다.

하지만 그녀의 눈에는 보였다.

목유현의 지근으로 다가간 천절편이 무언가에 의해 옆으로 밀려나는 것을.

그리고 그의 사각을 노리던 우모침 또한 마찬가지로 어떤 힘에 밀려 아무런 성과도 내지 못한 채 바닥에 떨어지고 말았다.

'호신강기? 아니야. 저건 호신강기가 아니야.'

알 수 없는 강대한 힘이 그를 해하려는 모든 것을 밀어내고 있었다.

천절편을 아무리 내려쳐도, 자신의 절기를 쏟아부어도 목유현은 꿈적도 하지 않았다. 마치 천절편이 자신의 것이 아닌 것인 양 저놈의 근처에만 가면 말을 듣지 않았다.

편마관의 머릿속에서 무언가 경고성이 울렸다. 그 소리의 출처는 수없이 많은 싸움에서 편마관을 지켜준 본능이었다. 하지만 머리끝까지 흥분으로 가득 찬 그는 그 소리를 무시했다.

"내 목숨을 가져갈 염왕은 도대체 언제 오는 거지?"

저놈의 저 비웃음을 보면 속에서 열불이 끓어 도저히 제정신을 차릴 수가 없었다.

짜증이 골수까지 치밀어 오른 편마관은 모든 공력을 천절편에 쏟아부었다.

"죽어라, 이 망할 애새끼야!!"

그의 오른손이 천절편을 통해 펼쳐 내는 것은 그의 무공 영사천편의 최후 초식 사신천절(蛇身千節)이었다.

꿈틀거리는 뱀의 채찍이 주변을 잠식해 가며 사방팔방으로 먹이의 목을 잡아 뜯어놓으려 달려왔다.

하지만 아무것도 닿지 않았다.

목유현은 그 자리 그대로 털끝만큼도 움직이지 않았지만 천절편은, 편마관 필생의 공격은 목유현의 털끝조차도 건드리지 못했다.

　하늘이라도 찢어버릴 듯 닥쳐왔던 그의 천절편은 목유현의 영겁혈륜이 구현한 공간, 수류에 막혀 허탈하게 애먼 땅바닥만만 내려칠 뿐이었다.

　"젠, 젠장……."

　"지독해. 코가 썩어버릴 것 같아. 네놈 몸에서 나는 피 냄새 말이야."

　뿌리라도 박은 듯 움직이지 않던 목유현의 발걸음이 한 발짝 앞으로 내디뎌졌다. 그리고 편마관의 발도 그 자신도 모르게 뒤로 한 발짝 물러섰다.

　"으으……."

　"아무 거리낌 없이, 이유없이, 단지 죽이는 게 즐겁냐? 그렇다면 내가 네 발톱과 이빨을 모두 뽑아주지. 사냥당하는 기분을 느낄 수 있도록 말이야."

　편마관의 눈에는 목유현의 다가오는 발걸음이 지옥의 사신처럼 보였다.

　도망쳐. 어떻게든 살아야 한다.

　그의 어떤 공격도 통하지 않았다.

　전의를 상실한 편마관은 등을 돌리고 젖 먹던 힘까지 다해 도망치기 시작했다.

　그런 그의 모습에 목유현은 여유롭게 오른 검지를 들더니 도망치는 그의 뒷머리를 가리켰다.

　"절명(絶命)."

그리고 또다시 입술이 달싹이는 순간 들려진 그의 손가락을 통해 무형의 경력이 발출되었다.

목유현의 검지에서 발출된 무형의 기운은 그의 선고와 동시에 편마관의 오른 발목을 정확히 꿰뚫었다.

"컥."

발목을 꿰뚫은 경력에 그가 휘청거리는 사이 왼 발목에도 절명의 기운이 파고들었다. 양 발목에 손가락만 한 구멍이 뚫린 채로 편마관은 끈 떨어진 인형처럼 널브러졌다.

"크악!!"

발이 타들어가는 듯한 고통이 전신에 사무치며 땅바닥을 보기 흉하게 나뒹굴었다.

목유현은 느긋하게 걸어가 널브러진 편마관의 팔목에 발을 사뿐히 올려놓았다.

그리고 비틀었다.

"으악!"

"남의 고통만 즐기지 말고 자신의 고통도 즐겨보는 게 어때?"

목유현은 싱긋 웃으며 다른 팔목도 발로 밟아 비틀어 버렸다.

그리고 마지막으로 편마관의 단전을 발뒤꿈치로 찍어버렸다.

단전이 깨지는 고통과 충격에 폐 속의 바람이 일순간에 빠지는 듯한 단말마를 남기며 편마관은 그대로 정신을 잃어버렸다.

거품을 물고 기절해 버린 편마관을 뒤로하며 목유현은 고개를 돌렸다.

자신의 눈앞에 보이는 것은 묘령의 여인.

무엇의 우연인가?

생각지도 않은 만남이 생각지도 않은 우연을 낳았다.

자신을 위해 목숨을 바친 친우의 사매.

그녀가 친우를 어떻게 생각하는지는 모른다.

하지만 그 오지랖 더럽게 넓은 자신의 친우가 같은 문파 내에 있는 사매를 소중히 여기지 않을 리가 없겠지.

그렇다면 좋다.

친우가 조금이라도 아주 조금이라도 기뻐할 수 있다면 그걸로 좋은 것이다.

'아주 조금, 네가 나에게 해준 것에 비하면 손톱만큼도 되지 않는다. 이번에야말로 너의 우정에 보답하마.'

목유현은 친우의 호탕한 웃음소리를 떠올리며 살며시 미소를 지었다.

"거기."

"…네?"

서예소는 생각지도 못한 광경에 넋을 잃고 바라보다 목유현의 목소리에 깜짝 놀라 대꾸했다.

"관철은 잘 지내고 있나?"

그녀는 순간적인 상황의 변화를 받아들이지 못하고 다분히 반사적인, 당혹스러운 목소리로 대답했다.

"아… 대사형은 잘 지내세요."

"좋아."

목유현은 만족스러운 얼굴로 살며시 미소를 지었다.

"저기, 대사형과는 잘 아는 사이신가요?"

"친우다, 목숨을 줘도 아깝지 않은."

목유현은 단호한 목소리로 대답했다.

그대로 등을 돌린 목유현은 시선 밑에 엎어져 있는 편마관을 발끝으로 두들겼다.

이미 정신을 잃은 편마관이었지만 발끝으로의 충격에 벌레마냥 꿈틀대었다. 발끝에 닿는 두툼한 촉감을 감지한 목유현은 편마관의 품속에서 주머니 하나를 꺼내 들었다. 충격으로 슬쩍 열린 틈 사이로 은자가 둔탁한 금속의 광택을 빛내고 있었다.

"이건 내 부수입으로 갖도록 하지."

목유현이 품속으로 주머니를 집어넣으며 말했다.

그녀는 멍하게 고개만 끄덕일 뿐이었다.

"끄응……."

그때 뒤에서 낮은 신음성이 들려왔다.

편마관의 발에 밟혀 잠시 정신을 잃은 이환명의 입에서 나온 소리였다.

"가까운 마을로 가려면 어디로 가야 하지?"

"네?"

"마을로 가는 길을 묻고 있다."

서예소는 겨우 정신을 차리고 오른쪽을 가리켰다.

"이쪽으로 세 시진 정도 더 가시면 돼요."

"그렇군. 고맙다."

목유현은 간단하게 감사를 표하며 등을 돌렸다.

그의 발걸음은 서예소가 가리킨 방향을 향하고 있었다.

"자, 잠깐만요!"

그녀는 자신도 모르게 목유현의 소매를 붙잡았다.

그녀조차 스스로의 행동에 깜짝 놀랐지만 그 연유는 알 수가 없었다.

소맷자락을 붙잡힌 목유현이 뒤를 돌아보았다.

"무슨 일이지? 여기서 더 도와달라는 말은 정중히 사양하고 싶은데 말이야. 이쪽도 갈 길이 바쁘다고."

"소, 소협의 성함은 어떻게 되죠?"

자신도 짐작키 어려운 행동에 혼란에 빠진 그녀의 입이 아무렇게나 먼저 꺼낸 질문이었다.

"남의 이름을 묻기 전에 자기소개부터 해야 되지 않나?"

"아… 저는 청… 성의 제자인 서예소예요. 구해주신 소협의 은혜에 감사드려요."

"목유현이다."

목유현은 그녀가 미처 말을 꺼내기도 전에 몸을 돌리더니 순식간에 사라져 버렸다. 표홀하기 짝이 없는 신법에 그녀는 낮은 침음성을 흘렸다.

“…신비한 사람… 이네.”

그녀의 눈으로 봐도 약관에 살짝 못 미치는 청년, 아니, 소년이었다.

허약해 보이는 체구, 허름한 복식, 지저분한 외관, 평범한 기도는 아무리 봐도 낭인 정도로밖에 보이지 않았다.

하지만 일류의 경지를 가볍게 넘어서는 편마관을 마치 장난감처럼 해치워 버린 그 무위는 무섭기 짝이 없었다.

지잉.

그녀는 낮게 울음을 토하는 검을 꾸욱 움켜쥐었다.

“으으……”

뒤에서 재차 이환명의 신음성이 들려왔다.

그녀는 생각을 접으며 재빨리 이환명에게로 다가갔다.

품속에서 하얀 천과 금창약을 꺼내 약간은 어색한 손놀림으로 상처 부위를 처리했다.

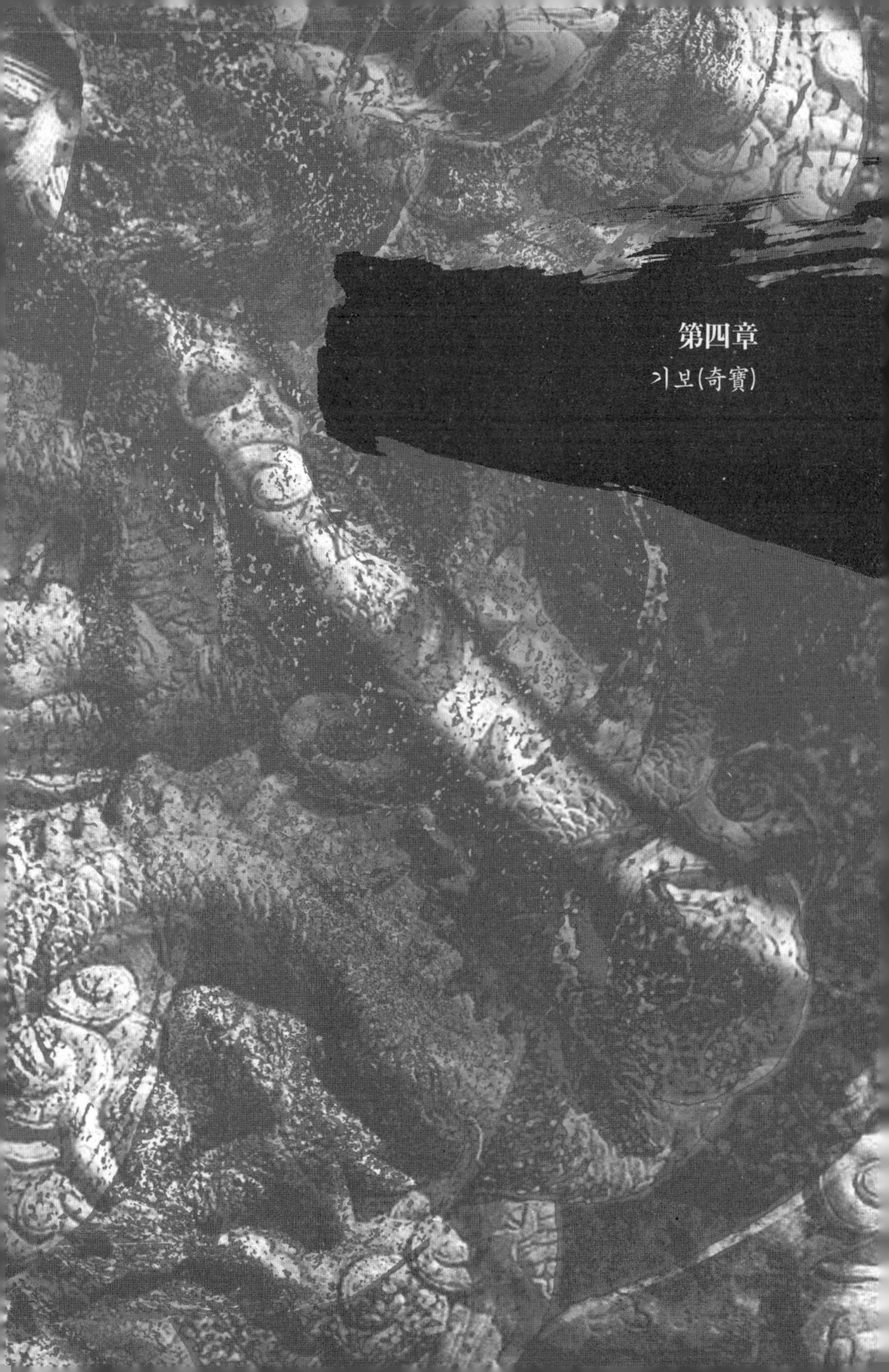
第四章
기보(奇寶)

轉輪魔羅
전륜마라

　광서성 북부에 위치한 록채현 외곽에는 지준객잔이라는 적당히 큰 객잔이 있다.

　현의 외진 곳이면서도 비교적 사람의 발걸음이 잦은 곳에 위치하는 이 객잔은 평균적인 규모에 주방의 요리 솜씨 또한 무난한 편이며 구성원들도 적당히 친절한, 말 그래도 적당함의 표본인 객잔이었다.

　단점이라 하면 특출 나게 자랑할 만한 것이 없다는 게 되겠지만, 그건 대부분의 객잔들이 가지고 있는 문제이기 때문에 그다지 큰 허물은 되지 못했다.

　단점이라 불러주기도 그런 단점을 제외하면 정말 적당히

좋은 객잔이었기에 지준객잔은 언제나 적당히 붐빌 정도로 손님들이 자리하고 있어야 하지만 오늘만은 예외였다.

그 이유가 무엇인가 보니, 객잔의 구석에 자리 잡고 있는 이들이 그 원인이었다.

하나같이 몸에 무기를 들고 있는 것이 척 봐도 무림인들이었고, 높은 확률로 문제를 일으키는 그들이 인상까지 잔뜩 쓰고 있으니 사람들이 마음 편히 식사를 할 수 있을 리가 없었다.

대체적으로 깔끔한 차림에 통일된 복식과 기세로 미루어 보아 정파의 성향을 띠는 그들은 식사를 하면서도 주변을 경계하는 것을 게을리하지 않고 있었다.

그들은 잘 정련된 칼끝 같은 기세로 주위를 경계하고 있었다. 이미 그들의 주변에 있던 객들은 등 뒤에 돋아 오르는 소름에 절로 식사를 빨리 끝내고 황급히 자리를 비웠다. 그 덕에 무림인들의 주변 자리들만이 휑하니 비어 있는 진풍경이 연출되고 있었다.

주방에서 그 상황을 바라보던 주인은 혹시라도 무슨 일이라도 일어날까 전전긍긍했지만 나가달라는 말은 입 밖에도 내지 못한 채 그저 애꿏은 점소이만 타박하고 있었다.

그때였다.

입구를 넘나드는 따사로운 노을빛을 가리고 있던 발이 열리며 인영이 하나 객잔으로 모습을 드러냈다.

그 인영은 약관 즈음으로 보이는, 아니, 아직 약관도 채 되어 보이지 않는 청년이었다.

넝마까지는 아니지만 여기저기 흙먼지가 뽀얗게 덮여 본래의 색조차 헷갈리는 청색 무복에 허리춤에 한 자루 검을 매고 있는 그 모습에 객잔의 시선이 잠시 청년에게 집중되었으나 이내 다시 되돌아갔다.

요 근래 들어 광동과 광서 남부에 출몰하는 왜구의 소탕 작전이 한창이었고, 관병만으로는 그 수를 감당하기 힘들었기에 중원 전역의 낭인들이 그 모자란 전력을 메우고 있었다. 그리고 그들 중에는 방금 전과 같이 소년의 태를 아직 씻어내지 못한 이들도 적지 않았다.

청년은 객잔을 스윽 둘러보더니 비어 있는 자리를 향해 걸어갔다.

그 자리는 잔뜩 경계의 태세를 바짝 조이고 있는 무림인들의 지척이었다.

청년이 자리에 가까이 감에 따라 경계의 눈초리가 조금씩 더해갔지만 청년은 전혀 신경 쓰지 않는 듯 태연히 자리에 앉았다.

자리에 털썩 앉은 청년은 점소이를 힐끗 바라보았다.

"주문 받을 생각이 없나?

청년의 말에 점소이는 슬그머니 무림인들이 있는 곳을 바라보더니 총총걸음으로 청년에게 다가왔다.

"어서 오십시오. 어떤 걸 주문하시겠습니까?"

"소면에 교자 하나. 최대한 빠르게."

"예, 금방 가져다 드리겠습니다."

점소이는 주문이 빨리 끝났음을 마음속으로 감사하며 후다닥 주방으로 뛰어갔다. 청년을 바라보던 무림인들도 청년에게서 별다른 수상함이 느껴지지 않자 이내 시선을 돌리며 전방을 주시하기 시작했다.

목유현은 마치 역병이라도 옮을 것처럼 음식을 놓고 후다닥 자리를 떠나는 점소이를 뒤로하며 젓가락을 들었다.

제대로 된 음식을 여유롭게 먹는 것은 얼마 전까지의 그에게 있어서 사치와도 같았다.

정확히는 그의 가문이 몰락하고 나서 죽는 순간까지 단 한 번도 마음 편히 먹을 것을 삼켜본 적이 없다.

친지와 모든 이들이 죽고 망령처럼 세상을 부유하던 그때에는 단지 살기 위해 먹었다.

무엇을 먹는지는 관심없었다. 누군가가 남긴 찌꺼기든 땅바닥에 떨어진 조각이든 그저 살기 위해 먹었다. 오로지 복수와 절망뿐이던 시절이었다. 살아 있다는 사실조차 사치였다.

그리고 혈마가 되고 나서는 음식을 섭취한다는 개념 자체가 없었다. 피와 살의가 그의 양분이고 원동력이었다. 아니, 혹시 먹는다는 행동양식이 있었다 한들 끊임없이 몰려오는 적들 앞에서 그럴 여유조차 존재할 리가 없었다.

그런 의미에서 이런 소소한 먹을거리라 할지라도 먹는다는 행위 자체가 목유현에게 있어서는 상당히 즐거운 일이었다.

혀 위에서 살포시 춤추고는 잘게 흩어져 버리는 부드러운 교자피의 감촉과 적절히 식욕을 자극하는 만두소, 그리고 식도를 타고 넘어가는 따뜻한 국물을 음미했다.

옆자리들의 무림인들이 조잡한 무공으로 내뿜는 기세 따위는 그의 주변에 자리한 영겹혈류에 막혀 아무런 영향도 끼치지 못했다.

느긋한 마음가짐으로 눈앞에 놓인 소면과 교자를 해치우는 그의 귓가로 옆자리의 속삭임이 들려왔다.

"국주, 주변에 특이한 징후는 전혀 보이지 않습니다."

"그런가. 다행이군. 조금만 더 수고해 주시게나."

"표국 전력의 팔 할 이상이 투입되어 있습니다. 너무 불안해하지 않으셔도 됩니다."

"아닐세. 내 오랫동안 강호의 밥을 먹으면서 하나 배운 것이 있다면 고요함 뒤에는 반드시 폭풍이 따른다는 것일세. 아무 일 없을 때일수록 더욱더 방비를 철저히 해야 할 것이야. 표국의 인원들에게 경계를 소홀히 하지 말라 일러주시게나."

"그리 이르겠습니다."

"곧 소아가 이곳에 도착할 걸세. 그러면 분명 큰 힘이 될 것이네."

"알겠습니다. 그럼 저도 마을 밖의 인원에게 나가보도록 하겠습니다.”

“흐음. 오늘은 이미 날이 졌으니 방을 잡고 하루 묵어가도록 할 터이니 다른 이들도 교대로 휴식을 취하도록 잘 배려해 주시게나.”

“알겠습니다.”

‘분에 넘치는 물건을 가지고 있나 보군.’

목유현은 마지막 남은 교자를 입으로 가져갔다.

저들의 입장에서는 지근거리에 있는 다른 이들조차 듣기 힘들 정도로 속삭이고 있었지만 영겁혈륜으로 인해 감각이 확장된 목유현에게 있어서는 귓가에 대고 이야기를 하는 것과도 다름없었다.

‘저 관인가?

국주라 불린 인물이 앉은 탁자 뒤로 커다란 관이 보였다.

좀처럼 보기 드문 회백색으로 짜인 관이었다.

다만 길이는 다섯 자 내외로 그리 부족하진 않았으나 너비가 한 자에도 채 이르지 못해 사람이 쓰는 것이 아닌 다른 것의 수납 용도로 여겨졌다.

으스스함을 풍기는 회백의 색조가 관이라는 매개와 어울려 절로 눈살이 찌푸려질 정도의 불길함을 풍겼다.

그가 관을 바라보는 시선을 느꼈는지 그 주변의 무림인 중 하나가 시선을 그에게로 돌려 노려보았다.

신경을 끄라는 무언의 시위였다.

그 시선을 느끼며 목유현은 이내 관심을 꺼버렸다.

정파로 보이는 이들이 대낮부터 불길함을 풍기는 관을 지니고 있는 모습은 충분히 호기심을 가질 정도로 드문 일이었지만 그로서는 딱히 신경 쓸 일이 아니었다.

그런데도 불구하고 무언가 목유현의 시선을 잡아끄는 것이 있었다.

알 수 없는 이끌림에 잠시 고개를 갸우뚱거렸으나 이내 신경을 껐다.

저것이 어떤 귀물이든 간에, 그리고 그 귀물로 인해 저들이 무슨 일을 겪든 자신과는 조금도 상관없는 일이었다.

마지막 교자가 식도를 타고 위로 넘어가는 것을 느끼며 목유현은 자리를 털고 일어났다.

"다섯 문 되겠습니다."

수중의 주머니에서 엽전을 다섯 개 꺼내 넘겨주었다.

"하루 묵는 데 얼마지?"

"지금은 이인실밖에 남지 않았습니다만?"

"상관없어."

"그럼 이십 문 되겠습니다."

돈은 부족하지 않았다.

편마관으로부터 빼앗은 주머니에는 당분간 사용하기에 여유로울 정도의 돈이 들어 있었다. 물론 그리 넉넉하지는 않았지만 당장 부족함을 느끼지 않을 정도는 되었다.

목유현에게 엽전을 넘겨받은 점소이는 총총걸음으로 위층
으로 올라가는 계단으로 뛰어갔다. 살벌한 분위기를 풍기고
있는 아래층으로부터 최대한 빨리 멀어지고 싶은 탓인지 그
를 안내하는 점소이의 발걸음은 꽤나 빨랐다.

방은 두어 평 남짓으로 이인실치고는 좁아터진 편이었다.

가구라고는 침대 하나에 작은 수납장 하나가 전부였고, 그
나마도 군데군데 낡고 좀먹어 삐걱거렸다. 세월의 흔적이 고
스란히 남아 있는 침상은 목유현의 무게가 더해지자 흡사 고
통을 호소하듯 끼익거렸다.

모포와 침목은 관리가 부실한 듯 다분 쾌쾌한 냄새가 배어
있었지만 조금도 상관이 없었다.

비를 막아줄 지붕이 있고 바람을 막아줄 벽이 있으며, 몸을
뉘일 침대가 있고 목을 받쳐 줄 침목이 있으며, 체온을 유지
해 주는 모포가 있다.

보잘것없는 하나하나라 할지라도 오랫동안 세상을 부유한
그에게 있어서는 더할 나위 없이 만족스러운 것들이었다.

침상 반대편 조그맣게 뚫려 있는 채광창으로부터 붉그스
름한 노을이 방 안으로 스며들어 오고 있었다.

"아직 해가 지려면 조금 남았나?"

잠시 침상에 누워 있던 목유현은 불현듯 벌떡 일어나 다시
아래층으로 내려갔다.

아직 아래층에는 살벌한 기세를 뿌리는 이들이 그대로 남아

있었고, 그 탓에 여타 손님의 모습은 찾아볼 수 없었다.

　　목유현은 거리로 나왔다.
　　발걸음은 북적거리는 시전으로 향했다.
　　"어서 옵쇼!"
　　그는 포목점에서 걸레라고도 해도 믿을 옷가지들을 처분하고 그나마 나은 옷으로 갈아입었다.
　　가까스로 거지꼴을 모면한 그는 다분히 느긋한 발걸음으로 시전 거리를 돌아다니며 건량과 잡다한 물건들을 구입했다.
　　"햐! 오늘도 장사 잘되는구먼!"
　　돌아가는 그의 귓가로 건들거리는 목소리가 흘러들어 왔다.
　　"요즘은 참 경기가 좋지?"
　　답하는 소리는 자못 경쾌했다.
　　목유현은 물끄러미 시선을 돌려 소리가 나는 곳을 보았다.
　　남들보다 머리통 하나는 족히 더 큰 체격에 살짝 출렁거리는 뱃살, 얼굴에는 짙게 파인 상흔, 한 덩치에 한 인상 하는 전형적인 주먹패가 있었다.
　　그들 주변은 공터처럼 텅 비어 있었다. 인파로 북적거리는 시전 거리에도 절대 그들 옆에는 아무도 가지 않으려는 것만으로도 그들의 평소 행실을 알 수 있었다.
　　그들은 무엇이 좋은지 킥킥대며 말을 이어나갔다.
　　"아까 갔던 그 집에선 제대로 수금해 왔냐?"

"날 뭐로 보고 하는 소리냐? 당연히 해왔지."

"개털인 도박꾼 집에 뭐 받을 게 있다고?"

"없어. 정말 탈탈 털고 면상을 푸르죽죽하게 털어도 나오는 것 하나 없었지. 근데 그 집 딸내미, 고년이 나이는 어려도 싹수가 보이더라고. 꽤나 반반해. 그래서 냉큼 데리고 왔지."

목유현의 발걸음이 멈췄다.

"큭큭. 눈깨나 높은 네놈에게 그런 평가면 꽤나 돈 좀 만지겠군. 그래, 먼저 시식은 했냐?"

한 명이 누런 이를 드러내며 음흉한 웃음을 흘렸다.

"당연한 소리 하면 섭하지… 라고 하고 싶지만 낮에는 별로 안 댕겨서 말이야. 모름지기 거사란 밤에 이뤄져야 하는 법이지. 일단 골방에다 짱박아놨지."

"어이쿠, 학사님 나셨네. 그만 놀고 일이나 마저 하세나. 떵가떵가 농땡이 치면 우리 두령님께서 분통을 터뜨리실 테니 말이야."

록채에서 이름난 고리대금업자의 주먹들인 그들은 험악한 인상 가득 웃음을 흘리며 다음 먹이를 물색해 나갈 준비를 했다.

그런 그들을 목유현은 아주 지그시 노려보았다.

그들이 알아볼 수 있을 정도로 지긋한 시선이었다.

"어이, 너. 뭘 꼴아보냐! 아, 시팔! 저 새끼 눈깔 좀 보래요."

"눈깔을 확 파버릴라!"

생각 그대로 자신에게 다가오는 이들을 바라보며 목유현의 눈이 차가운 광망을 흩뿌렸다.

"시바, 지금 말이 말처럼 안 들리냐?"

네 명이 한 쌍으로 뭉쳐 있던 그들은 능숙하게 길을 가로막더니 바로 옆의 골목으로 그를 몰고 갔다. 주변의 몇 없는 사람들은 그 모습을 보고도 아무 일도 없는 듯 제 할 일을 하고 있었다. 이미 건달패들에게 시달릴 대로 시달린 사람들에게 자신들과 관계없는 타인이 낭패를 보는 이런 광경 따윈 이제 아무래도 좋은 익숙한 일인 것이다.

"잘됐네. 일하기 전에 푼돈이나 좀 챙겨야겠다."

"시바, 좋은 말로 할 때 그냥 가진 것 탈탈 털어내라. 지금이라면 얼굴 좀 곤죽으로 만들어주고 속곳은 남겨주마."

맨 앞에 나선 건달이 양 주먹을 꼬나 쥐며 목을 으쓱거렸다.

뒤에 선 이들은 날붙이를 꺼내 들었다.

목유현의 입꼬리가 싸늘하게 걸려 내려오지 않았다.

그들은 자신의 허리춤에 매달린 검을 경계하고 있었다.

아마도 낭인 정도로 생각하고 있는 것이겠지.

그럼에도 그다지 위기감이 보이지 않는 것은 길거리에 굴러다니는 낭인쯤은 가볍게 처리할 수 있다는 그들의 자신감을 보여주는 것이었다.

"입에 아교를 칠했냐? 쳐 죽고 싶어서 아예 환장을 했구먼."

아무도 보려 하지 않는 좁은 골목에서 주먹패들과 마주한 목유현은 오른손을 가볍게 털었다.

그 순간 영접혈륜이 일어나며 손에 진득하게 묻은 피를 털어버렸다.

가진 것을 몽땅 내놓지 않으면 팔을 잘라 버리겠다고 쏘아붙이려던 건달은 밑동밖에 남지 않은 오른팔을 보고도 상황 파악이 되지 않은 듯 벙찐 표정만을 지을 뿐이었다.

"크아악!!"

고통은 생각보다 늦게 몰려왔다.

건달은 피가 분수처럼 솟아오르고 예상치 못한 상황과 출혈에 의한 충격으로 의식을 잃고 그대로 땅바닥에 엎어졌다. 목유현의 발이 쓰러진 동체를 다른 건달들이 있는 곳으로 걷어차 버렸다. 데굴데굴 굴러가 부들부들 몸을 떠는 모양새로 봐선 반 각 내에 제대로 된 치료를 받지 않으면 그대로 골로 가버릴 것 같았다.

그를 둘러싸고 있던 다른 이들도 눈앞의 상황을 아직 뇌가 미처 처리하지 못한 듯 멍한 표정을 짓고 있다.

목유현은 표정 하나 변하지 않은 채로 걸음을 옮겼다.

뚜벅뚜벅 걸어 제일 뒤 목유현의 진로를 가로막았던 이의 앞에 섰다.

이로써 목유현이 거꾸로 그들의 진로를 모두 막아버린 셈이 되었다.

구석에 갇혀 버린 생쥐 같은 몰골들에게 목유현의 빙하처럼 차가운 어조가 흘러나왔다.

"아프냐?"

목유현은 피가 철철 넘쳐흐르는 건달의 손목을 발로 밟아 비틀었다.

"크아악! 아파! 아프단 말이야!"

이미 좁은 골목 안은 팔을 잘린 건달의 비명과 남은 이들의 동요로 가득 차 있었다. 쓰러진 동료와 남은 이들, 그리고 목유현을 바라보던 무리 중 하나가 마음을 정한 듯 칼을 뽑아 들었다. 그들은 모두 허리춤에 찬 박도를 꺼내 들었다.

"크윽! 젠장! 모두 덮쳐!! 수는 우리가 많다!"

그리고는 목유현을 향해 칼을 힘차게 내려쳤다.

수가 많다는 것은 언제나 힘이 되는 법인지 잠시 우물거리던 나머지 이들도 칼을 휘두르며 달려들었다.

챙!

"어?"

하지만 그들이 원하던, 칼이 육신을 써는 소리는 들리지 않았다. 대신 그들의 귓가에 들린 것은 전방과 측면을 노리고 휘두른 세 개의 쇠붙이가 서로 거칠게 마주하는 소리였다.

목유현은 한 발짝도 움직이지 않은 채 무심한 눈초리로 그들을 바라보았다. 당황스럽지만 길거리에서 오래 굴러먹은 경험이 세 명의 몸을 움직였다.

제이격을 찔러 넣었다. 하지만 결과는 같았다.

목유현의 주위로 간 칼들은 마치 보이지 않는 손에 이끌리는 것처럼 궤도가 뒤틀리더니 결국 서로의 칼이 다른 칼들의 진로를 막아섰다.

이제야 건달들은 이것이 우연이 아님을 알게 되었다.

그리고 깨달았다.

자신들이 먹이라고 생각했던 청년이 사실은 먹이사슬의 윗줄에 놓일 맹수였음을.

전의를 잃은 손에서 칼이 떨어져 나와 땅바닥을 뒹굴었다.

"옛날 법에 남의 물건을 훔치려 한 자는 팔을 잘라 버린다고 했지?"

포식자가 내뱉는 무미건조한 말투에 건달들은 소름이 돋고 본능적인 공포가 샘솟아 올랐지만 이미 퇴로는 목유현에 의해 막혀 있었다.

"아니, 손목이었던가? 어쨌든 상관없지."

웃음을 머금은 말이 끝남과 동시에 목유현의 신형이 빙글 돌아 다른 이들에게로 향했다.

동료들의 처참한 모습에 공포에 질린 도를 뻗어보지만 목유현의 몸에는 닿지 못했다.

목유현이 손을 돌려 팔을 베어내었다.

스걱.

마치 칼로 종이를 잘라내는 것 같은 소리가 자그맣게 귓가를 자극하고 여태껏 평생을 같이해 온 오른 손목이 떨어져 나가는 고통은 뇌수를 뽑아내듯 닥쳐왔다.

"끄, 끄악!!"

그들의 입에서 지옥에 떨어진 망자와도 같은 울음이 밖으로 터져 나왔다.

"너희 같은 쓰레기들은 정말 어디든지 있네."

쓰러져 있는 그들의 모습 위로 스르르 하나의 잔상이 스쳐지나간다.

그것은 망령처럼 세상을 부유하던 때의 자신.

단지 다른 것이 있다면 그때는 모든 것을 털려 쓰러져 있는 이가 자신이었다는 것뿐이다.

죽이지는 않는다.

다만 오른 손목을 하나씩 잘라놓을 뿐.

언제고 그들이 밑동밖에 남지 않은 손목을 볼 때마다 자신을 떠올릴 수 있다면 그걸로 족하다.

목유현은 고꾸라진 그들 중 하나에게 다가갔다.

엎어져 있는 그의 손목을 밟아 비틀었다.

"크악!!"

"엄살 피우지 말고 일어나라. 빨리 일어나지 않으면 정말로 죽을 테니."

쓰러져 있는 건달에게 자신의 팔을 밟아 비트는 사신의 느긋한 어조는 다분 비현실적이었다. 아니, 이 모든 상황이 비현실적이었다.

건달은 비틀거리며 떨리는 남은 왼손으로 벽에 기대 억지로 몸을 일으켰다.

팔에 힘이 들어가지 않았다.

다리는 떨리고 눈은 침침하다.

고통은 턱밑까지 올라와 정신을 미치게 하고 반쯤 보이는 사신의 칼날은 서슬이 퍼렜다.

하지만 일어나야 한다.

그렇지 않으면 반쯤 들이밀어진 사신의 칼날이 언제 자신의 목을 칠지 모르기 때문이었다.

벽을 붙잡고 비틀거리는 건달에게 느긋하면서도 싸늘한 목소리가 명했다.

"네 녀석의 근거지, 그곳으로 안내해 주어야겠어."

연화라는 이름을 가진 열다섯 살의 소녀는 체념과 절망, 그리고 공포가 깃든 눈동자로 멍하니 천장을 바라보고 있었다.

굳세게 마음을 먹어야 한다고 다짐하고 또 다짐해도 닥쳐올 잔인한 현실을 생각하면 그저 파도 앞의 모래성처럼 허물어질 뿐이었다.

연유는 매우 간단했다.

도벽(賭癖)이 심한 아비의 도박 빚이 고리대금업자의 손아래 부피를 불리고 불려 집안 모든 재산이 이자를 갚는 데 탕진되었고, 결국은 그녀까지 이자로 팔려오게 된 것이다.

　그녀는 자신의 전신을 음탕한 눈빛으로 바라보던 주먹패의 눈빛을 떠올릴 때마다 오한에 시달리며 커다란 눈망울이 습기로 뿌옇게 젖어들었다.

　그때 밖에서 무언가 소란스러운 소리가 들려왔다.

　아마도 그녀를 데려가기 위해 누군가가 오고 있는 것이리라.

　그렇게 생각할 수밖에 없는 그녀의 눈에 다시금 짙은 체념의 그림자가 스며들었다.

　하지만 소리는 다가오지 않고 그 부피만 키워 나갈 뿐이었다.

　"아악!!"

　누군가의 비명성이 사방을 울리고, 그녀는 깜짝 놀라 문을 바라보았다.

　무언가 밖에서 일이 일어나고 있었다.

　하지만 들리는 것은 오직 비명뿐.

　그녀는 두려움으로 온몸을 사시나무처럼 부르르 떨었다.

　문이 벌컥 열리고 모습을 드러낸 것은 우락부락하고 음탕한 시선으로 번들거리는 주먹패가 아닌 왜소해 보이는 한 청년이었다.

　목유현은 성난 사람들에 의해 매타작당하는 이들을 차가운 눈으로 바라보았다.

　그는 단신으로 고리대금업자의 소굴로 걸어 들어갔고, 그들은 목유현의 손에 들린 건달을 보고는 손에 날붙이를 꼬나

쥔 채로 목유현에게 달려들었다.

하나하나가 고리대금업자에게 비싼 몸값으로 고용된, 말 그대로 거리에서 산전수전을 다 겪은 주먹들이었지만 그건 그들 세상의 이야기였다.

온갖 고함과 욕설을 퍼부으며 목유현에게 달려들었던 이들은 이내 비명을 내지르며 땅바닥에 널브러졌다.

거리의 사람들은 상상을 초월하는 고리와 폭력으로 자신을 압박하던 주먹패들이 비명을 싸지르며 쓰러지자 한달음에 몰려와 그동안의 울분을 한꺼번에 풀었다.

상정하지 못한 사태에 재산을 싸들고 도망가려던 고리대금업자는 분노에 찬 사람들에게 걸려 지붕에 거꾸로 매달렸고, 그의 창고는 피해를 본 사람들이 몰려들어 깨끗하게 비워버렸다.

차가운 시선으로 그들을 바라보고 있는 목유현의 옆에는 아직 피어나지 않은 꽃봉오리마냥 청초함을 간직한 소녀가 서 있었다.

방금까지 체념에 물들어 있던 소녀, 연화는 조금도 생각지 못한 일들의 연속에 당황했다.

하지만 그녀는 보았다.

빠끔히 열린 문 사이로 눈앞의 이 남자가 저기 쓰러져 있는 주먹패들을 물리치는 것을. 그리고 그는 자신을 골방에서 꺼내주었다.

그녀는 고개를 돌려 옆의 남자 목유현을 바라보았다.

아직 상황 파악이 다 되지 않았다.

모든 것을 일목요연하게 파악하기에는 그녀의 나이가 너무 어렸다.

불안하게 떨리는 눈동자를 바라보던 목유현의 입이 열렸다.

"이것을 받아라."

품속에서 꺼낸 것은 만질거리는 가죽으로 된 작은 주머니였다.

짤랑거리는 두둑함이 손안을 가득 메우자 연화는 깜짝 놀란 눈망울로 목유현을 바라보았다.

목유현은 다소 누그러진 표정으로 그녀에게 말했다.

"저놈들이 가지고 있던 돈의 일부다. 이걸로 생활비는 할 수 있겠지?"

"저… 저기……."

그녀는 무언가 말을 꺼내려 했으나 목유현은 그녀의 말이 이어지기를 기다려 주지 않았다.

"그리고 너의 아비에게 전해라. 도박을 끊지 않는다면 저 놈들과 똑같이 만들어주겠다고."

바닥을 긁어내리듯 깔리는 그의 목소리에 그녀는 대꾸조차 못한 채 그저 고개만을 끄덕였다.

목유현은 물끄러미 그녀를 바라보더니 이내 등을 돌려 발걸음을 옮겼다.

잠시 멍하게 바라보던 그녀는 이내 목유현에게 땅에 머리가 닿을 정도로 고개를 숙였다.

"감사합니다. 감사합니다. 정말 감사합니다."

이제야 그녀는 알 수 있었다.

그가 자신을 구해준 것을, 그리고 자신의 손에 들린 것은 돈이 가득 담긴 전낭임을.

이유는 알 수 없었다. 하지만 그건 어찌 되었든 상관없었다. 분명한 것은 그가 자신을 구해주었다는 사실이다.

연화는 목유현에게 다시 한 번 크게 고개를 숙이고는 종종걸음으로 집을 향해 뛰어갔다. 지옥으로 끌려오던 때와는 달리 그녀의 발걸음은 지극히 가벼웠다.

그리고 목유현의 시선은 멀어져 가는 소녀의 등에 닿아 있었다. 점점 작아져 가는 소녀의 등에 겹쳐 보이는 것은 바로 자신의 여동생이었다.

너무나도 소중했지만 결국 지켜내지 못한 여동생.

목유현의 눈동자에 한순간 아련함이 깃들었다.

그렇게 멀어져 가던 소녀를 바라보던 목유현은 그녀가 보이지 않을 때에서야 다시 걸음을 옮겼다.

第五章
절혼주(絶魂柱)

전륜마라 轉輪魔羅

　　지준객잔 일층 자리의 대부분은 여전히 일단의 무림인들이 차지하고 있었다. 그들은 광서성 남부에서 꽤나 이름이 알려진 금정표국의 표사들이었다. 그리고 그들의 수장인 금정표국의 국주 오추검(烏追劍) 서인기는 애써 초조함을 감추며 탁자 위의 찻잔을 들었다 놓았다를 반복하고 있었다.

　　지금 속은 초조함과 긴장, 기분 나쁜 예감으로 시커멓게 타들어가고 있었지만 자신은 표국의 수장, 표국의 일원이 있는 곳에서 함부로 드러낼 수조차 없었다.

　　그는 자신을 이리 근심케 하는 하나의 귀물을 다분히 원망스러운 눈길로 바라보았다. 그 눈길이 향한 곳에는 불길한 회

백색을 띠는 하나의 관이 요요한 빛을 뿌리며 자리하고 있었
다.

저 불길한 회백색의 관을 발견하게 된 것은 다분히 우연히
벌어진 일이었다.

그가 일생을 바쳐 일구어낸 표국은 근래 들어 신용과 명성
을 얻으며 광서 남부에서 유명세를 타기 시작했고, 그에 따라
많은 이들이 표국에 몸담기 위해 그 문을 두들겼다. 그리고
그들을 위한 숙소를 증축하는 도중이었다.

숙소의 증축을 책임지는 인부 하나가 그에게 무언가를 발
견했다고 보고해 왔다.

땅속에서 모습을 드러낸 것은 비례가 다분히 이상한 관이
었다.

오른 면에 단호한 필체로 절혼(絶魂)이란 글자가 음각되어
있는 관은 처음 대면에서부터 피부에 벌레가 기어다니는 듯
한 음습함과 불길함을 풍겼다.

내용물이 궁금하여 불길함을 참아가며 관을 열어보려 했
지만 마치 만 근의 바위로 안을 봉해놓은 것처럼 조금도 꿈적
하지 않았다.

이 관의 정체는 표국에서 가장 연륜이 깊은 오 총관에 의해
밝혀졌다.

예전부터 오랜 낭인 생활을 거치며 강호의 경험이 풍부했
던 오 총관은 짙은 회백색의 관과 절혼이라 음각된 글자를 보

자마자 크게 대경하며 그 자리에 있던 모든 이를 물렸다.

그리고 오 총관은 다급한 움직임으로 관을 표국주의 거처로 옮겨놓았다. 주위를 탐색하고 아무도 없음을 확인하고 나서야 한숨을 내쉬며 입을 열었다.

절혼주(絶魂柱). 저주받은, 저주로 가득 채워진 악의의 기둥.

그의 입에서 나온 관의 내용물은 말 그대로 서인기의 상상을 아득히 초월하는 것이었다.

오십 년 전 온 강호를 피로 씻어버린 초거대 세력 극무련.

단일 세력으로는 무림 최강이라 칭해지던 마교조차 마각을 드러낸 극무련의 공세를 단 사흘도 버티지 못했다. 갑작스럽고 무기력한 마교의 몰락에 깜짝 놀란 정과 사는 서둘러 손을 붙잡고 무림 전체를 아우르는 연합 전선을 구축했고, 그럼에도 전력의 오 할을 희생하고 나서야 그들의 발호를 저지하고 궤멸시킬 수 있었다.

그 극무련이 무림연합에 비해 턱없이 모자란 수적 열세를 메우기 위해 내세웠던 비밀 병기가 바로 이 관이라고 말했다.

처음 무림연합과 극무련이 마주한 천평산의 혈투에서 극무련은 백팔 개의 회백색 관을 꺼내 들었고, 그 관에서 나온 넉 자 길이의 기둥이 박히는 순간 대지에는 오로지 죽음만이 가득했다고 말했다. 그 전투에서 오 총관은 모든 동료를 잃고 홀로 시체에 파묻혀 구사일생으로 살아났다고 비통한 표정으로 말했다.

서인기는 그 이야기를 듣는 즉시 깊은 근심에 빠졌다.

자신들이 도저히 감당할 수 없는 귀물이 나타난 것이다.

분수에 맞지 않는 귀물은 반드시 피를 부른다.

강호에 절대적인 비밀은 없다는 사실을 서인기는 너무나도 잘 알고 있었다.

그는 제일 먼저 이 관을 본 모두의 입을 단단히 막아 통제시켰다.

그리고는 오 총관과 몇날 며칠 방도를 강구한 끝에 하나의 결론을 내렸다.

그 방법이란 이것을 감당할 여력이 있을 만한 문파, 공명정대한 명문정파에 이 관을 넘기는 것이었다.

그들이 그 대상으로 생각한 것은 광서성의 패자 청룡문이었다.

백 년에 가까운 세월 동안 광서성에 뿌리를 내리고 있는 그들은 광서 전역과 강남무림에 막대한 영향력을 발휘하는 검문이었다. 게다가 대대로 문주들이 공명정대한 협객으로 매사를 사리와 이치에 맞게 처리하며 협의를 숭상하는 문파로도 이름이 높았다.

서인기는 가장 신뢰하는 심복인 만 표두를 통해 그들의 상층부에 관에 대해 적은 서신을 전달했다. 하지만 어째서인지 그들에게서는 응답이 없었다.

몇날 며칠을 기다려도 기대하는 대답이 오지 않자 서인기는 기다림에 지쳤고, 결국 중대한 결단을 내렸다.

표국을 이끌고 이 관을 직접 청룡문으로 가져가기로 한 것이다. 그는 확신하고 있었다. 그들도 실물을, 이 회백색의 관을 본다면, 그리고 이 불길함을 마주한다면 분명 생각이 달라지리라고. 그때가 되어서야 그는 두 다리를 쭉 뻗고 잠을 청할 수 있게 될 것이다.

그리고 만일을 대비하여 그가 자랑스럽게 여기는 외동딸을 불러 표행에 동행하도록 그녀의 문파에 요청하였다.

짜락.

객잔 입구의 발이 들리며 누군가 안으로 들어섰다.

짙푸른 청색의 무복을 입은 묘령의 여성이었다.

그 인영을 본 서인기의 입가에 안도의 기쁨이 어렸다.

그는 벌떡 자리를 박차고 일어나며 그 인영을 향해 다가갔다.

"소아야, 이제 도착했구나."

"아가씨, 오랜만입니다."

다른 표국의 인원들도 모두 한결같은 반가움을 표했다.

"오랜만에 뵈어요, 아버지, 여러분."

서예소는 자신을 맞이하는 국주와 다른 이들에게 가볍게 고개를 숙였다.

"그래, 지지난 중추절 이후 보지 못했으니 거의 일 년 반 만이로구나. 그동안 별일없었으냐?"

"별일… 은 없었죠."

"백 장로님은 무탈하시고?"

그녀의 사부 청성제일검 청파신검(靑波神劍) 백인엽의 근황을 떠올린 서예소는 자신도 모르게 살포시 웃음을 머금었다.

그녀를 처음 보는 젊은 표사들은 푸른 수국같이 청초한 그녀의 웃음에 눈을 떼지 못하고 뚫어지게 바라보다 고참 표사들의 핀잔에 슬며시 시선을 돌렸다.

"사부님이야 여전하시죠. 청성산 꼭대기에 움막을 지으시고 두문불출 나오질 않으세요."

"여전하시군."

서예소의 어깨를 가볍게 두드리는 그의 다정한 손길에서 숨길 수 없는 자랑스러움이 배어 나왔다.

"음? 혹시 다툼이 있었느냐? 손톱이 부서져 있구나."

딸의 손을 바라보던 서인기의 목소리가 낮게 가라앉았다.

"아, 반나절 동안 조금 고생을 했어요."

"그게 무슨 말이냐?"

그녀는 이곳으로 오던 중 편마관과 원룡상단의 싸움을, 그리고 자신이 끼어들고 위기에 처했으며, 목유현이 나타나 도와준 일을 간략하게 설명했다.

“후우, 그런 일에는 함부로 끼어드는 게 아니다. 큰일 날 뻔하지 않았느냐?”

“마두가 선량한 이들을 살해하는 것을 마냥 지켜보고만 있을 수가 없었어요.”

“능력이 부족할 때 물러설 줄 아는 것이 무림의 철칙이다.”

서인기는 단호한 어조로 딸에게 충고했다.

“네, 알겠어요.”

“그건 그렇고, 목유현, 목 소협이라고 했느냐? 나중에 만나면 꼭 사례를 해야겠구나.”

“예, 저도 그럴 생각이에요. 대사형과 친분이 두터운 사람 같아 머지않아 만날 수 있겠죠.”

“그나저나 약관 정도에 천절살마를 장난감 가지고 놀 듯 다룰 수 있는 무위라……. 무시무시하구나.”

“…그렇죠.”

그녀는 목유현의 기괴한 무공을 떠올리며 살짝 상기된 얼굴로 말을 받았다.

“이게 그것이로군요.”

서예소의 시선이 서인기 옆에 놓인 절혼관으로 향했다.

“그래, 사자 뱃속의 기생충 같은 것이지. 후우.”

“청룡문에선 아직 제대로 된 기별이 없나요?”

“어쩔 수 없단다. 우리가 직접 가지고 가는 수밖에.”

그는 절혼관을 보며 깊은 근심이 섞인 한숨을 내뱉었다.

“그래, 오늘은 여기서 하루를 보내기로 하였으니 일단 쉬
도록 해라. 새 옷은 표사들을 시켜 가져다 놓도록 하마.”
“네, 고마워요, 아버지.”
그녀는 서인기에게 고개를 숙이며 고참 표사를 따라 위층
으로 올라갔다.
그리고 서인기의 지시를 받은 표사 하나가 관을 메고 그 뒤
를 따랐고, 나머지 이들은 각자 배정받은 방을 향해 모두가
일사불란하게 움직였다.
객잔의 주인은 일층을 비우려는 그들의 모습에 순간 환호
했으나 몇몇이 남아 경계를 취하는 모습을 보고 다시 인상을
찌푸렸다. 그리고는 저들로 인한 손해를 속으로 셈하며 애꿎
은 점소이를 타박했다.

방으로 돌아온 목유현은 침상 위에 누워 천장을 바라보았
다.
구석에 검푸른 곰팡이가 슬어 있는 천장은 푸릇푸릇 물들
어 있었다.
날은 어느덧 저물어 창을 통해 보이는 밖은 제법 어둑어둑
했다.
쿵쿵.
그때 누군가 문을 두드리는 소리가 들렸다.
“누구지?”

목유현은 침상에 누운 채로 문을 향해 입을 열었다.

"이보시오, 잠시 나와보시오."

짐짓 퉁명스러운 소리가 충격으로 삐그덕거리는 문을 통해 들리더니 이내 벌컥 문이 열렸다.

모습을 드러낸 것은 우락부락한 덩치의 사내와 막대기처럼 마른 이였다.

복색으로 보아하니 아까 전 객잔 아래층을 차지하고 있던 표국의 일원으로 보였다.

"이보시오, 사람 말이 들리지가 않소?"

먼저 말을 꺼낸 것은 수령이 백 년은 되었음 직한 커다란 통나무 같은 사내였다. 그는 침상에 누워 자신을 바라보고 있는 목유현의 시선이 불쾌한 듯 눈을 부라렸다.

"무슨 일이지?"

잠시 혀를 차던 사내는 주머니를 뒤적거리더니 은자 하나를 꺼냈다.

"우리 표국이 지금 표물을 수송함에 있어 이 객잔에 하루 묵기로 했는데 방이 하나가 모자라오."

빼빼 마른 이가 뒷말을 받았다.

"그러니 지금 이 방을 빼서 다른 곳으로 옮겨주시길 바라오. 사례는 섭섭지 않게 쳐줄 터이니."

말과 함께 오른손에 든 은자를 탁자에 내려놓았다.

그들의 표정은 제법 당당하고도 뻣뻣했다.

마치 자신들의 말을 듣는 것이 당연하다는 태도였다.

"별로 생각없는데?"

목유현은 여전히 침상에 누워 양손을 머리에 괸 채로 말했다.

"하아, 우 표사, 내가 이러니까 낭인들은 잘 대해줄 필요가 없다고 하지 않았소. 이런 놈들에겐 역시 그저 힘을 보여주는 것이 제일 잘 통하는 방법이오."

통나무처럼 각이 진 사내가 옆에 있는 마른 사내에게 혀를 차며 말했다.

"난들 그러고 싶지 않겠소. 하지만 국주께서 절대 사적인 일로 소란을 피우지 말라 하셨으니 이럴 수밖에 없지 않겠소. 저기 당신, 그냥 이 은자를 받고 다른 곳으로 옮기는 곳이 어떻겠소? 이곳 하루 숙박비가 동 스무 전이니 이래 봬도 다섯 배나 쳐주었다오."

목유현은 마치 적선이라도 하듯 깔보는 말투의 그들을 무심한 눈동자로 바라보았다.

"조금도 필요없어."

솔직히 자리를 비워주는 것은 어렵지 않았지만 전혀 그러고 싶은 마음이 생기지 않았다.

두 사람은 몇 번을 더 말했으나 목유현은 똑같은 대답만을 입에 담았다.

변하지 않는 목유현의 태도에 꼭지가 돈 듯 덩치 큰 표사의 인상이 팍삭 구겨져 더욱 험악해졌다.

"이, 이놈이 혼쭐이 나야 정신을 차리겠구나! 그래도 예의로 대해주려고 했거늘!"

"주제에 말을 못 알아먹는군. 우 표사, 소란이 나지 않게 적당히 처리하시구려. 국주께서 아시면 좀 피곤해지니."

덩치가 큰 사내, 우 표사라 불린 이가 붉으락푸르락 흥분된 얼굴로 성큼성큼 걸어왔다.

"어이, 이봐. 사람이 좋은 말로 할 때 알아들어야지. 네놈의 귓구멍을 이 몸이 훤히 뚫어 이제 말을 제대로 알아듣게 해줄 터이니 감사하다고 엎드려 빌 준비나 하거라."

"하아, 말이 안 통하는군."

그들을 무시하는 듯한 목유현의 태도에 우 표사는 킁킁 코로 김을 뿜어내며 허리춤에 달린 검으로 손을 뻗었다.

그리고 그의 솥뚜껑만 한 손이 검파(劍把)에 닿는 순간,

"검을 뽑으면, 죽는다."

영혼의 바닥을 긁어내리듯 낮게 으르렁거리는 소리가 우 표사의 귓가에 울렸다.

그는 형언할 수 없을 정도의 한기에 절로 몸을 떨었다.

"으윽, 이게 무슨 사술이냐?"

우 표사는 식은땀을 흘리며 한 발짝 물러섰고, 그의 모습에 놀란 비쩍 마른 사내도 목유현을 경계하며 허리춤의 검을 뽑아 들어 겨누었다.

“사술? 마인이로구나.”

“남이 쉬고 있는 곳에 맘대로 쳐들어와 난동을 피우며 하는 말이 그야말로 가관인데?”

목유현이 몸을 돌렸다.

그들의 눈에 보이는 목유현의 모습은 평범함 그 자체였다.

그 또래의 평균, 게다가 무예를 수련한 흔적도 듬성듬성 보일 뿐 그 외 비범한 면모는 찾아보려야 찾아볼 수가 없었다.

하지만 자신의 등골을 타고 흐르는 이 식은땀은 뭐라 말인가?

“힘으로 해결하는 게 너희가 원하는 방식이라면 똑같이 해주지.”

한줄기 광망이 그의 눈에 깃들었다.

영겁혈륜이 주인의 의지를 타고 주위에 전개되었다.

주변 석 자가 완전히 목유현의 통제에 들어갔다.

그와 동시에 평범하기 그지없던 목유현의 기도가 급변했다.

그제야 목유현의 방에 들어왔던 표사 둘은 무언가 잘못 건드렸음을 느낄 수가 있었다.

“무슨 일인가?”

“웬 소란이야?”

하나둘 방에 모습을 드러내는 것은 금정표국의 표사들이었다. 방에서 난 소란을 듣고 달려온 것이었다.

그들이 가장 먼저 본 것은 식은땀을 흘리며 검을 겨누고 있
는 표사 둘의 모습이었다.

"어떻게 된 건가?"

"기묘한 사술을 쓰는 마인입니다. 조심하십시오!"

우 표사는 목유현의 미소가 더욱 짙어지고 있는 것에 불안
감을 느끼며 다른 이들에게 충고의 말을 던졌다.

"후후, 마인인가? 웃기는군."

말이 끝남과 동시에 목유현의 신형이 엿가락이 늘어지듯
쭈욱 늘어나 우 표사에게 닿았다.

"크악!"

목유현의 손바닥이 우 표사의 오른뺨을 그대로 올려붙였
다.

분명 뺨을 가격했지만 들리는 소리는 둔탁한 몽둥이의 소
리가 났고, 우 표사가 문을 박살 내며 날아가는 모습은 마치
달리는 마차를 정면으로 들이받은 것 같았다.

"그리고 너도 있었지."

다른 이들이 반응하기도 전에 목유현의 다른 손이 우 표사
와 같이 들어왔던 마른 사내의 목을 잡아챘다.

"이놈!! 그 손 놓지 못하겠느냐!"

다른 모든 이들이 검을 뽑으며 대갈성을 질렀다.

"놓지 못하겠다면?"

손에 매달린 사내가 괴로운 듯 버둥거렸지만 목유현은 손

을 풀지 않았다.

"그래, 청성파의 지원을 바라는 것은 무리겠구나."

"네, 지금 내부 사정이 썩 좋지가 못해요. 저도 밖으로 나오기가 좀 힘들었어요."

그녀는 다분히 안타까운 표정을 숨기저 못했다.

서인기의 호출에 자신의 사형제 중 두서넛은 그녀와 함께하고 싶어했지만 지금 청성파는 보유하고 있던 소수의 절정비급을 유실해 비상사태에 돌입해 있었다. 일대제자와 장로들로 구성된 감사단이 문파를 샅샅이 훑어내고 있어 그 분위기는 숭숭하기 그지없었다.

"후, 청룡문의 지원이 있었다면 고민할 필요도 없는 것을."

"그건 정말 아쉬워요."

"어쩔 수 없는 일이지. 그래, 오늘은 푹 쉬어라. 내일부터는 강행군이 될 터이니."

"네, 알겠어요."

문을 나서려는 서인기에게 가볍게 고개를 숙이던 그녀의 귀에 문밖으로부터 웅성거리는 소리가 들려왔다.

서인기도 그 소리를 들었는지 표정을 살짝 굳히며 문을 벌컥 열었다.

"크악!!"

그 순간 익숙한 누군가가 문을 뚫고 날아와 벽에 처박혔다.

　두툼한 입으로 선홍빛의 피를 쏟으며 정신을 잃은 이는 서인기에 아주 익숙한 이였다.

　"우 표사! 이게 어떻게 된 일인가?"

　서인기가 그의 상세를 확인하는 동안 서예소는 우 표사가 날아온 방향으로 뛰어갔다.

　그곳에서 그녀가 본 것은 컥컥대며 버둥거리는 표사의 목을 붙잡고 낮게 웃음을 흘리고 있는 목유현이었다.

　"목 소협?!"

　그녀는 그의 모습과 이 상황에 깜짝 놀라 소리쳤다.

　목유현의 날카로운 눈이 스윽 돌아가 그녀와 마주쳤다.

　그의 눈에 깃들었던 잔광이 슬쩍 비틀어졌다.

　"이게 어떻게 된 일인가요? 일단 그 팔을 놓아주세요. 그분은 저희 표국의 표사예요."

　그녀는 숨이 넘어갈 듯 얼굴이 보라색이 되어버린 표사를 보며 다급하게 말했다.

　"이거 금세 또 만나는군."

　목유현은 마치 그녀의 말을 듣지 못한 것처럼 만면에 여유로운 미소를 지으며 목을 잡은 손을 더욱 높이 쳐들었다.

　그의 손에 붙들린 표사의 얼굴은 이제 보랏빛이다 못해 반쯤 죽어가고 있었다.

　"목 소협!!"

　그녀가 깜짝 놀라 소리치자 목유현은 싱긋 웃으며 손의 힘을 풀었다.

털썩 내려앉은 표사는 거센 기침을 뱉으며 바닥을 굴렀다.

"뭐, 죽일 생각까진 없었으니까 그리 놀랄 필요는 없어."

"네놈!!"

고통으로 몸부림치는 동료의 모습에 흥분이 머리끝까지 솟은 표사들이 뛰쳐나가려 했으나 다급히 손을 뻗는 서예소의 제지로 그 뜻을 이루지 못했다.

그녀는 편마관을 가볍게 격살하던 목유현의 무위를 잊지 않고 있었다.

그와 싸워 득이 될 것이 하나도 없다는 것도 너무나도 잘 알고 있었다.

"진정하세요. 그리고 저분을 데리고 모두 제자리로 돌아가세요."

"아, 아가씨?"

"빨리 가도록 하세요!"

서슬이 퍼런 그녀의 목소리에 남은 이들은 서로 눈치를 보며 주저하더니 이내 그녀를 남기고 모두 방을 나섰다.

"목 소협, 또 뵙는군요."

"그렇군."

목유현은 느긋한 발걸음으로 침상에 걸터앉았다.

"그래, 다른 사람들은 물리고 무슨 일이지?"

"일단 소란이 일어난 것에 대해 사과를 드릴게요."

그녀는 정중하게 포권을 취했다.

어떠한 연유로 인해 표국 사람들과 시비가 붙었는지는 알 수 없었지만 육감으로 그것에 대한 언급은 최대한 자제했다. 누가 잘못했는지의 시시비비는 나중의 문제였다.

목유현은 그녀의 사과를 본 체 만 체했다.

"게다가 아까는 제가 미처 감사의 성의를 다 전하지 못했으니까요. 저에게 기회를 주지 않으시겠어요?"

"감사는 관철에게 해. 나는 친우에게 은혜를 갚는 것뿐이니까."

"은혜라면?"

"그건 굳이 말해줄 필요를 못 느끼겠는데?"

어차피 말해줘 봐야 믿을 리도 없겠지만 굳이 말해줄 생각도 없었다.

그의 말에 박혀 있는 가시를 느낀 그녀는 슬쩍 화제를 바꾸었다.

"대사형의 친구 분이라고 하셨죠? 동향이신가요?"

"그래."

목유현은 아예 침상에 양팔을 베고 누워버렸다.

"더 할 말이 없다면 나가줬으면 좋겠는데 말이야. 잠 좀 자려는데 어느 표국에서 깨워서 말이지."

목유현의 어조에는 명백한 축객의 의사가 듬뿍 배어 있었다.

이유는 단순했다.

그는 서예소가 그다지 마음에 들지 않았다. 아니, 마음에 들지 않는다기보다는 다소 꺼림칙했다.

거리에서 구해준 연화라는 소녀가 그의 여동생을 떠올리게 했다면 눈앞의 서예소 또한 누군가를 떠올리게 했다.

그뿐이었다.

그다지 자신과 대화할 생각이 없어 보이는 목유현의 행동에서 축객의 의도를 읽어낸 서예소는 분홍빛 입술로 가벼운 한숨을 내쉬었다.

"네, 그럼 오늘은 이만 가도록 할게요. 하지만 전 분명 소협에게 은혜를 졌고, 소협이 뭐라 하셔도 전 그 은혜는 반드시 갚을 거예요."

그녀는 가볍게 고개를 숙이고는 방을 나섰다.

객잔을 떠들썩하게 울리던 소동이 끝나자 빠끔히 고개를 내민 객잔 주인과 점소이는 안도의 한숨을 내쉬었다.

반파되어 덜렁거리는 문과 반쯤 박살나 금이 쩌억 가버린 문을 보고 객잔 주인은 '이래서 무림인이란 것들은 안 돼'라며 한숨을 내쉬고는 점소이를 마구 닦달하며 쌓인 화를 풀었다.

"흠, 그랬군요."

서예소는 서인기와 함께 정신을 차린 우 표사에게서 자초

지종을 들었다.

"내가 다른 이들에게 무례를 범하는 일은 자제하라고 하지 않았느냐?"

서인기는 당황스럽기 짝이 없는 사태에 지끈거리는 머리를 손가락으로 꾹꾹 눌렀다.

"저, 정말 죄송합니다, 국주님."

목유현의 방으로 쳐들어갔던 두 표사는 깊숙이 머리를 숙였다.

"이미 벌어진 일은 어쩔 수가 없지요. 아니, 차라리 잘되었어요. 두 분이 아니었다면 목 소협의 존재를 모를 수도 있었을 테니까요."

"그래, 어떻게 할 것이냐?"

"가능하면 목 소협을 표행에 끌어들이는 게 좋겠지요."

"할 수 있겠느냐? 우리에게 별로 좋은 감정은 없을 텐데 말이다."

"일단 시도는 해봐야겠지요."

다음날 아침이 밝았다.

창을 타고 슬며시 넘어 들어와 눈을 간질이는 따사로운 아침 햇살을 느끼며 목유현은 몸을 일으켰다.

침상 밑에 둔 날이 달려 있지 않은 검을 허리춤에 찬 그는 반쯤 박살 난 문을 열었다.

"좋은 아침이에요, 목 소협."

"이번엔 또 무슨 일이지?"

문 앞에는 서예소가 방긋 웃음을 지으며 서 있었다.

그리고 굳은 얼굴의 서인기가 그녀의 옆을 지키고 있었으며, 뒤편에는 몇몇의 표사들이 당장에라도 달려들 기세로 검파를 잡고 있었다.

"목 소협께 제안을 할 게 있어요. 설마 친우의 사매인데 말도 들어보지 않고 쫓아내시지는 않겠죠?"

"……."

무언을 긍정으로 여긴 그녀는 미소를 더욱 활짝 피우며 말을 이어나갔다.

"지금 제 친가인 금정표국에서는 정말 중요한 표물을 운반하고 있어요. 목적지는 청룡문이 있는 계림이에요. 이 표행, 같이 가시지 않겠어요?"

계림이라면 그가 가려는 목적지와 다소 방향이 갈렸다.

"그다지 내키지 않는데?"

목유현은 어깨를 으쓱거리며 말했다.

"그러니까 부탁이 아니라 제안인 거죠. 일단 금전적인 보상은 확실히 할게요."

"돈은 그리 필요하지 않아."

"제가 비록 대사형과 교류가 깊지는 않지만 대사형은 저에게 살갑게 잘 대해주세요. 책임감이 아주 강하신 분이라서요.

목 소협이 제게 베푼 은혜, 정성스레 포장해서 대사형께 그대로 전해 드릴게요.”

“호오.”

그녀 입장에서는 도박 수에 가까운 판단이었다.

아무리 생각해도 그녀가 현재 가지고 있는 것 중 목유현의 반응을 이끌어낼 수 있는 가용 패는 대사형의 존재밖에 없었다. 하지만 그리 승산이 없다고 판단하지는 않았다. 그만큼 하관철을 이야기할 때의 목유현의 표정은 각별했다.

“목 소협, 이 서 모도 소협께 도움을 부탁드리겠소. 어제 표사들의 무례는 이 서 모가 허리 굽혀 사과하겠으니 화가 있거든 푸시고 표행을 도와주시기를 바라오.”

서인기가 포권을 취하며 가볍게 허리를 숙였다.

그의 눈에 비치는 목유현은 평범하기 짝이 없는 청년이었다.

하지만 서예소의 말에 따르면 목유현은 분명 자신보다 한두 수는 위에 있는 고수였다.

아직 표국을 향해 직접 칼을 들이민 이들은 없었으나 왠지 모를 불안감이 그의 가슴속에 앙금처럼 남아 가시지 않고 있었다. 그런 마당에 구대문파의 일대제자인 자신의 딸이 적극적으로 나설 정도의 고수의 참여는 두 손 들어 반길 일이었다.

“표물을 노리는 적이라도 있나?”

“다행히 아직은 없어요.”

“그럼 사양하도록 하지. 이쪽도 좀 바쁘거든.”

목유현은 다시 어깨를 으쓱거렸다.

“하는 김에 더 도와주세요. 친우가 아끼는 사매를 도우는 일이잖아요.”

“친우의 사매에게 자립심을 키워주는 것도 나쁜 일은 아니겠지.”

목유현은 웃고 있었지만 그 속에 담긴 어조는 단호했다.

그것을 읽은 서예소는 더 이상의 설득을 포기했다.

“어쩔 수 없군요. 이거라도 받으세요. 약소하지만 저를 도와주신 보답이에요.”

그녀는 다분 아쉬움을 숨기지 않으면서 품 안에서 주홍빛 주머니를 꺼내 들었다. 보기에도 두툼한 양감의 주머니 안에는 은자가 가득 담겨 있었다.

“이건 사양하지 않도록 하지.”

목유현은 냉큼 주머니를 받아 들고는 품속에 갈무리했다.

서예소와 서인기의 눈길에 표국의 인원들이 쫙 갈라지며 길을 열었다.

다들 이글거리는 표정으로 찔러 죽일 듯 목유현을 노려보고 있었지만 정작 당사자는 아무렇지도 않았다.

목유현이 객잔을 벗어나 밖으로 나가는 것을 본 서예소는 아쉬운 듯 가볍게 혀를 찼다.

“하아, 조금 안타깝네요.”

“어쩔 수 없지 않느냐? 이제 곧 출발할 터이니 모두 준비하도록 하게.”

“네, 알겠습니다.”

못마땅한 표정으로 목유현의 뒷모습을 노려보던 이들도 이내 눈길을 거두고는 각자 준비를 하기 시작했다.

목유현은 자못 느긋한 발걸음으로 북쪽을 향해 걸어가고 있었다.

목적지는 광서의 북쪽에 있는 귀주의 어느 계곡. 그곳에는 영겁혈륜의 먹이가 되어줄 ‘그것’이 있었다.

그의 생각대로라면 ‘그것’을 얻었을 때 영겁혈륜은 폭발적으로 발전할 수 있을 것이다.

과거 그의 기억 중 몇 안 되는 중요한 정보, 강호를 말 그대로 피로 듬뿍 절였던 사건 중 하나였기에 그의 기억 속에는 매우 상세한 정보로 남아 있었다.

“관철의 사매라……. 재미있는 아가씨로군. 그다지 마음에 들진 않지만 말이야.”

언젠가 하관철로부터 이야기를 들은 기억이 어렴풋이 나는 것 같았다. 상세한 내용도, 대화의 분위기도 제대로 기억이 나진 않았지만 분명 그에 관한 이야기를 들어본 적이 있었다.

“굳이 떠올리려 할 필요는 없겠지.”

목유현은 이내 생각을 접으며 발걸음을 옮겼다.

떠오르지 않을 정도로 어렴풋하다는 것은 그다지 중요하지 않다는 것과도 일맥상통하니 그리 신경 쓸 필요는 없었다.

*   *   *

밝은 태양이 쨍쨍 내리쬐는 낮임에도 이곳은 마치 한밤중처럼 어둡고 음침하기 짝이 없었다.

지하의 밀실인 듯한 공간에는 두 명의 인영이 마치 어둠 속에 녹아들 듯 자리하고 있었다.

“그들이 출발했더군요.”

그중 한 사람이 먼저 입을 열었다.

어둠 속을 타고 흘러드는 목소리에는 주위와는 전혀 어울리지 않는 유쾌함과 여유가 녹아들어 있었다.

“그런가. 후후, 우리도 준비를 마쳤다네.”

중후함과 경박함이 뒤섞인 기묘한 중저음이 먼저의 말을 받았다.

“그거 듣던 중 반가운 소리군요. 더 필요한 것은 없으십니까?”

“충분히 많은 지원을 받았지. 것보다 이 일을 끝냈을 때 약속을 지킬 준비나 해놓게나.”

“걱정은 전혀 하실 필요가 없어요. 이미 넉넉할 정도로 준비를 해놓았으니까요.”

“좋아, 그 말 믿도록 하지.”

똑똑.

그때 낮게 문을 두드리는 소리가 어둠 속을 타고 들어왔다.

“두령, 준비가 끝났소.”

“알았다. 그럼 나중에 보도록 하지.”

“건투를 빌지요.”

서로의 시선이 강하게 마주치며 잠시 노려보던 거한은 이내 몸을 돌리더니 어둠 속에서 사라졌다.

“그나저나 신안(神眼)께서는 왜 이리 일을 귀찮게 처리하라 하시는 거지요? 하긴 난 시키는 대로 잘하면 될 뿐이지만요. 후후.”

홀로 남은 남자는 어둠 속에서 낮게 읊조리며 알 수 없는 웃음을 흘렸다.

第六章
습격 (襲擊)

轉輪魔羅

전륜마라

"후우, 지루하구먼."

"그러게 말이다. 우리도 작업반에 끼어 있었으면 좋았을 것을."

산 중턱에서 두 명의 인영이 주변을 훑어 내리면서 잡담을 나누고 있었다.

부리부리하면서 전체적으로 날렵해 보이는 그들은 허리춤에 매인 거치도를 아쉬운 듯 쓰다듬고 있었다.

"망할, 하필이면 주사위에서 쌍 일이 나오다니 운이 없어도 이렇게 없을 수가 있나?"

"오랜만의 학살에 못 껴서 아쉬운 것은 나도 마찬가지니

닥치고 있자. 생각하면 할수록 아쉬워지잖나."

"쩝."

그들이 자리하고 있는 것은 산의 능선의 중턱, 능히 한눈에 능선을 담을 수 있으면서도 다른 이들의 눈에 잘 띄지 않는 장소였다. 수풀에 슬쩍 몸을 숨기며 주변을 돌아보던 한 명의 눈이 살기로 번들거리며 기쁨을 표시했다.

"저기 저쪽, 손님 오셨다."

"어디, 어디? 오오, 정말이군."

누군가 산길을 타고 느긋한 발걸음으로 걸어가고 있었다.

"마침 작업장 쪽으로 가고 있군. 어쩔 거냐?"

"난 귀찮으니 네가 죽여라."

"좋아."

동료의 대답에 응대한 이는 곧 옆에 놓아둔 활을 집어 들고는 시위를 잡아당겼다.

시위에 걸려 있는 화살의 끝은 마치 톱날처럼 삐죽삐죽했다.

한번 살에 박히면 살점을 통째로 드러내지 않고는 빼낼 수조차 없는 지극히 죽이기에 실용적인 물건이었다.

"이곳으로 온 것을 원망해라. 후후."

그는 살기로 번들거리는 웃음을 흩뿌리며 잔뜩 휘어진 시위를 놓았다.

목유현은 산길을 타고 록채현을 지나 북상했다.

그리 높지 않은 산길이지만 사람의 발길이 닿지 않은 탓인 지 꽤나 험한 편이었다. 우거진 수풀은 뻣뻣하게 몸을 굳히고 길을 열어주지 않았다. 그런 나뭇가지들을 쳐내며 조금만 나아가려 해도 하루가 다 갈 지경으로 수목이 우거져 있었다.

하지만 목유현에게는 그다지 상관없는 일이었다.

마치 뻣뻣하게 고개를 들고 있던 수풀이 그에게 경의를 표하듯 스스로 길을 열어주는 것처럼 보였다. 실제로는 영겁혈 륜의 기운이 주변을 둘러싼 채로 다가오는 것을 허락하지 않는 것이지만 얼핏 보기에는 그렇게밖에 보이지 않았다.

그때였다.

저 멀리서 익숙한 냄새가 풍겨왔다.

영겁혈륜을 통해 진득하게 느껴지는 익숙한 향기는 죽음의 냄새였다.

목숨을 건 싸움과 죽음, 그리고 피와 서로를 죽이고자 하는 진득한 살의.

아주 익숙하기 그지없는 것들이었다. 향기는 매우 짙었다.

영겁혈륜은 비상식적일 정도로 피 냄새에 민감했다.

날붙이들이 격렬히 마주치는 소리가 대지를 가득 메우고 있었다.

이것은 개인과 개인의 싸움은 아니었다.

아마 단체끼리의 전투일 것이다.

매우 높은 확률로.

'관철의 사매인가.'

잠시 멈추어 한숨을 내쉰 목유현은 바람을 가르는 소리에 오른손을 뻗어 그것을 움켜쥐었다.

"흐음."

손을 펼쳐 보았다.

오른손에는 톱날처럼 끝 전체가 갈퀴 같은 역할을 하는 모양새의 화살이 쥐어져 있었다. 기능을 추구한 듯 그 외에는 일체의 장식조차 보이지 않는 굉장히 효율적인 모양새였다. 이런 화살은 보통 한번 박혀 들어가면 그 주위의 살을 모두 뜯어내지 않고서는 좀처럼 빠져나오지 않는 지독함을 자랑했다.

목유현의 목을 노리고 쏘아진 이 화살을 손이 낚아채지 않았다면 분명 목을 꿰뚫었을 것이다. 목을 화살로 관통당하고 새로운 숨구멍을 뚫어진 상태로 살아 있을 사람은 없으니 이것은 그를 죽이기 위해 쏘아진 것이었다.

그는 고개를 돌려 화살이 날아온 방향을 바라보았다.

화살이 날아온 것은 능선의 중간 부분이었다.

아래서는 그들의 모습이 잘 보이지 않았다.

하지만 영겁혈류으로 인해 확장된 그의 감각이 그들이 몸을 숨긴 위치를 포착했다.

싸늘한 미소를 머금은 목유현의 입이 살짝 달싹거렸다.

"순속(瞬速)."

그와 동시에 목유현의 신형은 마치 엿가락이 늘어나듯 쭈욱 늘어나 순식간에 그들에게 닿았다. 공기 저항 따위는 가볍게 무시하는 그 움직임은 마치 공간이 그를 밀어내는 것처럼 보일 정도였다.

그들이 있던 곳은 적당히 높은 고도에 주변의 산세를 손바닥처럼 살펴볼 수 있는 요지이면서 밑에서는 눈에 잘 띄지 않아 몸을 숨기기에 적합한 장소였다.

"네놈들은 누구지?"

"허억!"

능선의 수풀로 몸을 가리고 있던 두 명의 장한은 갑작스레 자신의 뒤에서 들리는 물음에 대경하여 수중의 거치도를 뽑아 들어 뒤로 겨누었다.

푸른 무복을 입고 있는 약관의 청년, 불운하게도 이곳을 지나갔기에 목표로 삼았던, 방금 자신이 활을 겨누고 톱날 같은 화살을 쏘아낸 인영이었다.

거치도를 잡은 양손에 힘이 잔뜩 들어가 도첨이 부르르 떨렸다.

언제 그의 뒤를 잡았는지 조금도 인식하지 못했다. 그것은 적어도 그보다 한 수 위의 존재라는 말과도 일맥상통했다. 옆의 그의 동료도 같은 생각인지 상대를 경시하지 못한 채 조심스레 칼을 겨누고 있었다. 서로 눈빛을 교환한 그들은 이내 목유현의 앞과 뒤를 점했다.

당황한 와중에도 한 치의 빈틈도 보이지 않고 유리한 위치를 점하는 그들의 모습은 분명 수많은 실전이 뒷받침되지 않고는 나오기 힘든 기민한 움직임이었다.

"네 정체가 뭐냐?"

"그건 이쪽이 먼저 물은 것 같은데?"

"놈들이 비밀리에 고용한 전력이로구나. 그렇다면 여기서 죽어줘야겠다."

그를 앞뒤로 포위한 이들의 기세가 더욱 흉흉해졌다.

"대답하기 싫다면 상관없지. 네놈들 말고도 내 물음에 답해줄 놈들은 저쪽에도 많은 것 같으니."

목유현의 시선이 슬쩍 돌아 영겁혈륜이 말해준 그곳으로 향했다.

"네놈!!"

슬쩍 찔러본 유도에 그들은 적의를 더욱 불태웠다.

"그렇군. 네놈들을 정리한 다음 저쪽으로 가보도록 하지."

비웃음 섞인 목유현의 말에 그들의 살기가 더욱 짙어지더니 두 명의 칼끝이 동시에 목유현의 전신을 향해 쇄도해 왔다.

정면의 공격은 머리를, 후방의 공격은 양발을 베어나갔다.

정면의 도는 오른쪽으로 비스듬히 호를 그리고 후방의 도는 왼쪽으로 비스듬히 호를 그리며 닥쳐왔다. 서로가 서로의 궤적을 방해하지 않고 적을 몰아넣는 정교하게 짜인 한 편의 군무처럼 빠져나갈 틈새 하나 보이지 않는 양면의 포위 공격이었다.

먹이를 노리고 몸을 날리는 맹수의 발톱처럼 날카롭고 재빨랐다.

어디에도 목유현이 몸을 피할 수 있는 공간은 보이지 않았다.

하지만 상관없었다.

피할 생각 따위는 조금도 없었으니까.

그의 주위에서 잠자고 있던 영겁혈륜이 일어나 공간을 장악해 나갔다.

영겁혈륜이 장악한 공간의 기운이 보이지 않는 방패가 되어 그 주인을 위협하는 흉기를 밀어내었다.

흡사 보이지 않는 손이 칼날을 잡고 궤적을 비트는 듯 거치도들은 스스로 주인의 의지에 반해 목표의 바로 앞에서 방향을 틀어 서로가 서로의 공격을 막아섰다.

챙!

굳게 믿던 동료의 칼날이 서로를 밀어낸다.

장한들은 놀라 대경하며 황급히 물러섰다.

"이 무슨 사술이냐? 비겁한 놈 같으니!"

"기습에 합공당하는 건 이쪽인 것 같은데. 착각인 건가?"

빈정거리는 말과 함께 목유현의 몸이 엿가락 늘어지듯 잔상을 길게 남기며 정면의 장한 코앞에 나타났다.

준비 동작도 발을 움직이는 모습도 보이지 않았다.

마치 공간이 그의 명령을 받들어 밀어내는 듯한 움직임이었다.

"큭."

목유현의 신형이 코앞에 닥치고 나서야 장한이 거치도를 휘두르려 했지만,

"늦어."

이미 도를 쥐고 있던 양 손목은 육체와의 연결이 끊어진 채 허공을 유영하고 있었다. 손목을 잃고 바닥에 쓰러진 장한의 복부를 목유현이 오른발로 걷어차 버렸다.

"크악!!"

"죽어랏!!"

복면 사이를 뚫고 비명이 치밀어 올랐다.

양 손목을 잃고 바닥을 나뒹구는 동료의 비참한 모습에 다른 장한이 분노에 찬 도초를 연이어 쏟아내었다.

하지만 닿지 않는다. 목유현의 지근거리에 다다른 도는 주인의 의지를 배신하고 궤적을 틀어버렸다.

목유현의 손이 움직였다.

어린아이의 장난스런 손길에 꽃망울이 떨어지듯 손목들이 허공으로 솟아올랐다. 그리고 이내 이 능선에서 멀쩡하게 양 손을 쓸 수 있는 이는 목유현을 제외하고는 아무도 없었다.

　제일 처음의 장한이 밑동만 남은 손목으로 몸을 지탱하여 일어나 신형을 날리려 했지만 어느새 나타난 목유현의 오른발이 그를 다시 넘어뜨리고 잘린 손목을 밟아 비틀어 버린다.

　"끅… 끄윽……."

　발버둥쳐 보지만 빠져나가기는커녕 손목을 밟고 있는 발에 힘만 더해질 뿐이다. 짓이겨지는 고통 속에 발버둥치는 그 모습을 본 다른 장한의 눈에 결의의 빛이 어리었다. 서로 눈빛을 교환한 그들은 어금니 사이에 끼워놓은 독단을 혀로 빼내어 힘껏 깨물었다.

　끄득.

　작은 돌덩어리를 씹는 소리와 함께 독단이 깨지며 한 방울의 독이 새어 나왔고, 동시에 두 명의 고개가 모두 힘을 잃고 바닥으로 떨어졌다.

　저주에 찬 두 쌍의 눈동자가 목유현을 노려본 채로 생기를 잃어갔다.

　"죽었나?"

　갑작스레 고개를 떨어뜨린 그들을 살펴보았지만 이미 살아 있는 이는 없었다. 자신의 목숨을 앗아가는 자에 대한 저주에 찬 눈동자가 원한을 담아 그를 노려보고 있었다.

　"정보가 노출될 것을 방지하기 위해 스스로 목숨을 끊는다……. 가볍게 볼 놈들은 아닌데, 노리는 적이 없다 했더니 이런 놈들이었잖아."

목유현은 혀를 차며 신형을 날렸다.

표국의 행로는 강행군이라 불려도 지장이 없을 만큼 빠른 속도로 이동하고 있었다. 게다가 그 시간을 더욱 단축하기 위해 질러가는 길은 험로 그 자체였다.

표국의 인원들은 작은 단도로 우거진 수풀을 헤치며 전진해 나가고 있었다.

마을을 나선 지 그리 오랜 시간이 지나지 않았지만 산의 밤은 빨리 오는 만큼 하늘은 이미 거뭇거뭇하게 그 색을 바꾸어 나가고 있었다.

"그나저나 날이 금방 어두워지는군요. 걸음을 서둘러야 할 것 같습니다."

서인기의 옆에서 그를 보필하는 오 총관이 말을 꺼냈다.

"그렇군. 조금만 더 가면 마을이 나오지 않는가?"

표국의 관할 밖이긴 해도 대강의 지리는 알고 있는 서인기가 되물었다.

"네, 걸음만 서두른다면 앞으로 한두 시진 안에 마을에서 휴식을 취할 수 있을 것입니다."

"좋아, 오늘은 그곳에서 밤을 보내도록 하지. 표두들에게 일러 일행을 독려하라고 전해주게나."

"알겠습니다."

표두들에게 말을 전하러 가는 오 총관을 보며 서인기는 좀처럼 진정되지 않는 마음을 가다듬었다.

표행은 순조로웠다.

심히 걱정했던 것과는 달리 자신들이 무엇을 운송하는지 알려지지도 않을뿐더러 표행에 있어 언제나 일어나게 마련인 작은 시비조차 일어나지 않았다.

게다가 청성파의 일대제자인 서예소도 이 표행에 합류했다. 구대문파의 일대제자가 가지는 무위와 위상을 생각해 본다면 이보다 더 든든한 전력은 없었다.

하지만 가슴속에 남아 있는 이 앙금과도 같은 불안함은 도대체 무엇이란 말인가?

표국의 일행이 나아가고 있는 지형이 시야에 들어왔다.

좁은 길목과 그 옆에는 높다랗게 솟아오른 절벽들이 자리하고 있었다.

산과 산 사이를 잇는 능선에 해당하는 이 지형은 길을 질러 가는 데 있어 상당히 유용해 이 주변의 상단이나 표행 길에 자주 이용되는 곳이었다.

하지만 잘 생각해 보면 매복하기도 아주 좋은 장소이기도 했다.

길은 좁고 험난하며 안으로 들어가 앞뒤를 장악당한다면 분명 낭패를 보기 쉬운 지형이었다.

매복에 생각이 닿는 순간 불안감이 엄습했다.

목 끝을 타고 오르는 불안감은 머리를 사로잡는다.

불안감이 보여주는 것은 저 절벽 위에 습격이 있을 시 닥칠
수 있는 표국의 모습이었다.

"잠깐, 잠시 멈춰라."

그 불길한 느낌은 틀리지 않았다.

쐐액.

말이 끝나기도 전에 화살이 공기를 가르는 소리가 주변을
가득 메웠다.

"컥."

"아악!"

눈앞의 두 표사가 날아온 화살에 목이 꿰뚫려 땅바닥에 고
꾸라졌다.

"장 표사!! 전 표사!!"

옆의 오 총관의 입에서 놀람의 비명이 터져 나왔다.

"기습이다! 모두 대형을 갖추어라!"

서인기는 내공을 끌어올려 표국의 인원들에게 황급히 고
함을 내질렀다.

삽시간에 하늘에서 화살 비가 내려왔다.

목숨을 탐하려는 잔혹한 빗줄기가 갑작스런 기습에 전혀
예상하지 못했던 표국의 인원에게 쏟아졌다. 그나마 경험이
풍부한 고참 표두들이 검을 휘두르며 화살 비에 저항했지만
중과부적이었다. 화살 비가 멈추었을 때 다섯에 달하는 이들
이 이미 차가운 시체가 되어 바닥을 뒹굴고 있었다. 게다가

많은 이들이 크고 작은 부상을 입은 상태였다.

오랜 표행으로 노련한 표두들과 고참 표사들은 예상외의 사태에도 어떻게든 자신의 목숨을 지킬 수 있었지만 아직 실전 경험이 모자란 신참 표사들의 피해가 컸다.

방금 전 목숨을 잃은 표사들도 모두 경험이 미천한 신참 표사들이었다.

"크윽! 심 표두, 표사들을 이끌고 전방을 막아주게나. 오 총관 자네는 부상자와 신참 표사들을 모아 가운데로 가도록 하게."

서인기가 다급히 지시를 내렸다.

심 표두라 불린 대머리의 장한이 호통을 치며 표사들을 주변으로 모아 대열을 갖추었고, 오 총관은 몇몇을 이끌고 부상 입은 자들을 인의 장벽 안으로 끌고 와 상세를 살폈다.

"아버지, 저도 심 표두와 같이 전방을 지키겠어요."

하지만 그는 고개를 저으며 검을 뽑아 들고 나서려는 서예소를 잡아 만류했다.

"아니다. 너는 뒤로 가서 천 표두와 함께 관을 지키거라. 아마 저들이 노리는 건 저것일 테니."

"아버지!!"

"방해다!! 표국의 전력과 운용에 익숙하지 않다면 내 말을 따라라!! 당장!! 이렇게 말다툼할 틈이 없다! 빨리 뒤로 빠져 관을 지키러 가거라!"

서슬이 퍼런 서인기의 외침에 서예소는 양 입술을 힘주어 꾹 다물고는 곧 뒤쪽으로 몸을 날렸다.

아직 적의 모습은 드러나지 않았다. 하지만 그들에게 적의를 가지고 공격을 쏟아부은 적이 이대로 그냥 물러나 줄 리는 없다.

얼마 지나지 않아 복면의 괴한들이 좌우 절벽 위로 모습을 드러냈다.

전신을 칠흑과도 같은 흑포로 통일한 복면인의 수는 어림잡아도 표국의 전력보다 절대 적지 않았다.

그들은 한 손에는 방금 일부 표사들을 비명에 보내 버린 단궁을, 다른 손에는 무게추가 달린 밧줄을 들고 있었다.

"네놈들은 누구냐? 왜 우릴 공격하는 것이냐?"

서인기의 입에서 노기로 가득 찬 고함이 쏟아져 나왔지만 대답은 없었다.

좌측 절벽에 서 있는 우두머리로 보이는 장한의 손이 하늘 위로 올라갔다.

그에 맞춰 시위가 팽팽하게 당겨진 활이 표국의 인원들에게로 향했다.

곧바로 장한의 팔이 내려가고 화살이 핏빛 호를 그리며 쏟아졌다.

"화살을 주의하라!!"

"진영을 갖춰라!"

둥글게 진영을 갖춘 표사와 표두들이 침착하게 화살을 걸
어냈다.

활의 강도보다 휴대성에 중점을 둔 단궁이었기에 위력 자
체는 그리 크지 않았다. 게다가 이번에는 처음의 기습과는 달
리 대부분의 인원이 대비를 하고 있었기에 활에 대한 피해는
거의 없었다.

하지만 이번의 화살은 단지 시선을 끄는 용도에 불과했다.

표국의 인원들이 화살을 막는 동안 복면인들의 일부가 절
벽 위에 고정시킨 무게추가 달린 밧줄을 던져 밑으로 활강하
듯 내려왔다.

안정적으로 절벽 밑으로 내려온 이들은 이내 허리춤에 매
여 있던 거치도를 빼어 들었다.

어둑해지는 석양에 비춰진 칼날은 살기를 머금고 요요히
빛나고 있었다.

그들이 표국의 인원들에게 칼을 겨누어 압박하는 사이 최
소한의 인원을 제외한 나머지가 절벽 아래로 내려왔다.

상대적으로 우위를 차지할 수 있는 지형을 버려두고 내려
와 칼을 맞댄다는 것은 그들의 실력에 절대적으로 자신이 있
다는 소리였다.

표국 인원들의 얼굴에 짙은 분노와 긴장감이 어렸다.

"모두 죽여라! 언제나 그렇듯 한 명도 살려둘 필요는 없
다!"

우두머리의 입에서 명령이 떨어지자마자 복면인들이 쇄도하며 그들의 거치도가 살초를 뿜어냈다.

"절대 진영을 무너뜨리지 마라! 동료의 등을 지키고 등을 지켜주는 동료를 믿어라!!"

서인기의 외침에 표국의 진영은 단단하게 뭉치며 닥쳐오는 적의 공격에 대비했다.

서로의 무기가, 서로의 살의가 맞부딪쳤다.

복면인들의 도법은 무인의 그것이라기보다는 낭인들의 그것에 가까웠다.

지극히 난폭하고도 짐승같이 닥쳐오는 도의 궤적에 십수 년 강호의 칼밥을 먹고살았던 고참 표사들조차 찔러오고 베어오는 칼날을 막는 데 급급할 뿐 제대로 된 반격을 하지 못했다.

고참 표사들도 그럴진대 경험이 미천한 표사들은 어떻겠는가. 그들은 일초 일초를 겨우겨우 버텨가며 목숨 줄을 부지하고 있을 뿐이었다. 그것도 표두들이 각 요지에 서서 진형이 무너지지 않게 붙잡아주기에 가능한 일이었다.

"아악!!"

젊은 표사의 목에 한 줄기 상흔이 생기며 피분수가 솟아올랐다.

"운서야!!"

그의 등을 지키던 표사는 동료이자 친우의 죽음에 노성을 지르며 검을 휘두르지만 복면인들의 거치도에 막혀 아무런 효용을 발휘하지 못했다. 오히려 분노에 찬 칼끝이 허공을 가르며 생긴 빈틈으로 파고들어 온 도첨에 이내 목이 꿰뚫려 버렸다.

"큭."

서인기는 가문에 내려오는 검공인 오추검법을 극성으로 펼쳐 냈다.

손목과 전신 관절의 탄력을 유동적으로 움직여 예측하기 힘든 사각으로 검을 찔러 넣는 것이 오추검법의 요체. 서인기는 변칙적인 변초와 허초로 눈을 혼란시키고 삽시간에 적의 요혈을 노리고 들어가는 비장의 절초들을 일거에 쏟아내었다. 자신이 빨리 주변을 정리하고 표국의 일원들을 돕지 못한다면 피해가 커질 것은 바로 불을 보듯 뻔한 일이기 때문이었다.

하지만 표국 내의 제일고수인 그에게는 다섯 명의 복면인이 붙어 그를 좀처럼 놓아주지 않았다. 사각을 찔러드는 그의 공격도 다수의 적에 포위당한 상태에서는 좀처럼 성과를 거두지 못했다. 그가 결정적인 일격을 찔러 넣으려 하면 바로 주변의 복면인들이 측면으로 찔러 들어왔기 때문이다. 그는 서서히 기어 올라오는 초조함을 억지로 삼켜 넣으며 쉬지 않고 검을 휘둘렀다.

서인기의 눈이 슬며시 그의 딸이 있는 곳으로 향했다.

서예소는 관을 가진 천 표두와 함께 일행의 가장 중심부에 있었다.

저들은 서예소가 입은 청성의 푸른 도포조차 신경 쓰지 않았다.

그 말은 보복을 두려워하지 않거나, 이 자리에서 아무도 살려두지 않겠다는 말과 일맥상통했다.

주위를 둘러보았다.

이미 표국 전력의 이 할 정도는 땅바닥에 고개를 박은 채 유명을 달리한 상태였고, 그들의 공백만큼 다른 이들의 피해 또한 더욱 커져 가고 있었다.

그에 비해 복면인들의 피해는 거의 전무했다.

아주 잠시 대등하게 보였던 것은 눈의 착각이라고 비웃을 정도로 일방적인 전투 양상이었다.

서인기의 표정이 점점 굳어져 갔다.

승기는 보이지 않았다.

지금은 어떻게든 표국의 인원들이 필사적으로 버텨내고 있지만 복면인들의 무력은 표국만으로는 감당할 수 있는 수준이 아니었다.

'도대체 이들은 어디서 나온 거지?

표국의 인원들은 승기 한번 잡지 못한 채 일방적으로 밀리고 있었다.

　서인기의 눈에 체념의 빛이 감돌다 이내 사라졌다.

　자신은 죽더라도 그의 딸만은 살려 보내야 했다.

　청성파의 일대제자로 앞날이 구만리 같은 딸이었다.

　이렇게 정체도 모르는 이들의 칼날에 비명횡사할 만큼 값싼 목숨이 아니었다.

　'하지만 저 관을 저들에게 넘겨줄 수도 없다.'

　분명 그의 딸을 도주시키는 것은 그리 어렵지 않을 것이다.

　자신과 남은 표두들이 길만 열어준다면 청성의 상승 무공으로 도주하는 서예소를 따라잡는 것은 굉장히 어려울 것이다.

　하지만 그의 딸이 빠진다면 저 관을 절대로 지켜낼 수 없었다.

　'청룡문에서 정보가 새어나간 것인가?'

　알 수 없었다.

　하지만 분명 어딘가의 입을 통해 정보가 빠져나갔을 것이다.

　서인기의 검이 다섯의 복면인에게 막혀 활로를 찾지 못하고 있는 동안에도 표국의 인원은 하나씩 줄어들고 있었다.

　게다가 표국의 인원을 정리한 일부의 복면인들이 아직까지 버텨내고 있는 표두들과 고참 표사들을 상대로 합공에 들어가면서 전황은 점점 더 불리해져 갔다.

수없는 표행을 함께하며 형제보다 친밀했던 부하들은 하나씩 목숨을 잃어가고 있었다.

이미 표국의 인원이 이루었던 진영은 구멍이 나 서로가 서로의 방패가 되고 창이 되는 기능 따윈 없어진 지 오래였고, 일단의 복면인들은 이미 관을 지키고 있는 서예소에게로 몸을 날리고 있었다.

그 모습에 서인기의 마음이 급해졌다. 하지만 혼신의 힘을 다해 뻗어내는 검도 복면인들의 합공에 무위로 돌아갈 뿐이었다.

"미안하다, 이놈들아. 오늘 여기가 우리 죽을 자리인가 보구나."

표국의 수석 표두인 천종현은 자신의 주변에 있는 표사들에게 사과의 말을 던졌다. 칠 척에 가까운 거한이 머리를 긁적이며 사과를 던지는 모습은 무거운 분위기 속에서도 가벼운 웃음을 자아내었다.

"괜찮습니다, 수석 표두님."

"어차피 사나이 인생, 동료를 지키다가 죽는 것이 무엇이 아쉽겠습니까?"

"동료들이 죽을 각오로 싸우고 있는데 저희도 이렇게 있을 수는 없지 않습니까?"

죽음으로 가득 찬 전장 속에서 그들의 전의가 불타오르기 시작했다.

전열의 후방에서 관을 지키고 있던 그들은 표국의 최정예인 천향단이었다.

표국의 최정예로서 중요 목표인 관을 보호하고 적의 진영에 빈틈이 보일 시 그 빈틈을 요격할 날카로운 창이 되었어야할 그들조차 그 역할을 수행하기에는 적과 표국의 전력 차가막심함을 깨닫게 되었다.

일발역전을 위해 뒤에서 기회를 노리고 있던 그들이었지만 더 이상 시간을 지체하다가는 자신들의 동료들이 모두 죽음을 맞이할 것을 알게 된 것이다.

일곱의 천향단은 모두 검을 뽑아 들고 천종현의 지시를 기다렸다.

서예소도 긴장으로 딱딱해진 얼굴로 검을 꺼내 들었다.

"익현아."

"예, 수석 표두님."

천종현은 천향단에서 가장 막내인 주익현을 불렀다.

"너는 이 관을 들어라."

"알겠습니다."

바로 옆, 천향단이 보호하고 있던 관을 가리켰다.

하늘같은 단주의 명령에 주익현은 바로 관을 등에 메었다.등에 닿는 불길함을 가득 머금은 싸늘한 촉감은 불쾌하기 짝이 없었지만 불만을 토로할 여유 따윈 없었다. 그 모습을 지켜보던 천종현은 자신의 옆에 서 있던 서예소에게 고개를 숙이며 말했다.

"아가씨, 익현이를 잘 부탁드립니다. 저놈에겐 신혼의 제수씨가 기다리고 있습니다."

"그게 무슨 말이에요?"

"수석 표두님!!"

서예소의 목소리에는 당황스러움이, 주익현의 목소리에는 부끄러움과 노기가 섞여 있었다.

"저도 할 수 있습니다. 저도 잠자는 시간까지 아끼면서 검을 연마했습니다. 왜 저만 빼시려는 겁니까?"

주익현이 날카로운 목소리로 천종현에게 쏘아붙였다.

"이놈아, 우린 표국이고 이 관은 우리의 표물이다. 표사가 표물을 지키지 못한다면 그게 어찌 표사이며 표국이라 부를 수 있겠느냐? 지금 여기서 가장 강한 이는 아가씨이고 가장 날랜 이는 너다. 네가 관을 들고 아가씨가 너를 보조해 주는 것이 가장 이상적이란 말이다. 시간이 없어. 우리가 앞을 막을 테니 빨리 이곳을 빠져나가라. 아까 전의 록채현으로 간다면, 사람의 눈이 많은 곳으로 간다면 이들도 더 이상 쫓아오지 못할 것이다."

"하지만……."

"그렇게 고민할 필요 없다."

그때 옆에서 중저음의 목소리가 날아와 그들의 행동을 멈추게 했다.

진영의 뒤쪽, 천종현이 서예소와 주익현을 보내려 했던 그곳으로 흑의복면인의 우두머리로 보이는 이가 뚜벅뚜벅 걸어오고 있었다.

그의 주변에는 그림자처럼 세 명의 인원이 따르고 있었다.

"어차피 모두 여기서 죽을 것이다. 너희가 정할 수 있는 것은 누구를 살릴지가 아니야. 누가 먼저 죽을지이지."

한 자루 거치도를 휘두르는 다른 복면인들과는 달리 우두머리는 날이 시퍼렇게 서 있는 구환도를 꺼내 들었다. 도를 치켜들자 구환도의 도면에서는 짤랑거리는 기음이 귀를 어지럽혔다.

"죽여라."

그의 명령과 함께 그림자처럼 뒤를 따르는 세 명이 일제히 몸을 날렸다.

천향단의 표사들은 폭풍처럼 들이닥치는 세 흑의인의 도에 맞서나가고 있었다. 세 개의 거치도는 마치 한 몸에서 나온 것처럼 유기적으로 천향단의 빈틈을 노리고 찔러 들어온다. 이 세 명의 흑의인은 그들의 무리 중에서도 가장 강한 고수들이며 또한 흑의장한의 심복이기도 했다.

천종현을 비롯한 표두와 표사들이 이를 악물고 공격을 받아가며 반격의 불씨를 살려보려 하지만 전후좌우, 사방팔방을 점유하는 흑의인들의 거치도에는 빈틈이 보이지 않았다.

하지만 서예소는 그들을 도와줄 수가 없었다.

그의 앞에는 다른 이들보다 한층 더 짙은 흑의 장포를 걸친 우두머리가 서 있었기 때문이다.

"호오, 그게 대청성의 일대제자의 징표라는 청류검이로군. 내 언젠가는 청성의 검을 견식해 보고 싶었지. 오늘 그 바람이 이루어지는군. 후후."

"내가 청성의 제자임을 알면서도 우릴 해하려는 건가요?"

구대문파는 은혜도 잊지 않지만 원한 또한 절대 잊지 않는다.

그것이 문파 구성원의 결속을 더욱 단단케 하는 그들만의 철칙이었다.

"상관없지 않나? 어차피 죽은 자는 말을 할 수가 없지."

흑의인의 살기가 짙어졌다.

확고한 그의 말에 서예소의 표정이 다시금 어두워졌다.

"말이 너무 길었군. 자, 나를 빨리 죽이지 않는다면 네 소중한 식구들이 하나씩 죽어갈 것이다."

흑의인의 도는 분명 굳건하면서도 종잡을 수 없을 정도로 변화무쌍했다.

사각과 감각의 맹점을 절묘하게 파고드는 흑의인의 도는 머리를 친다 싶으면 어느새 몸통을 가르려 으르렁대고 있었고, 그것을 막으려 하면 어느새 다리를 노리고 있었다. 그러면서도 하나하나에는 무시 못할 경력이 담겨 있었다.

서예소는 가진 바 절초 중 하나도 꺼내볼 생각을 하지 못한 채로 단지 쏟아지는 공격을 막는 데 급급했다.

몸이 기억하고 있는 감각, 사천제일의 검파라는 청성의 검을 오랫동안 보아온 그녀의 눈과 청정의 산중에서 갈고닦아온 검이 반사적으로 검격들을 막아내지 않았다면 이미 도륙이 나도 열댓 번은 났을 법한 상황이었다.

“큭.”

게다가 호시탐탐 강건한 경력이 맞닿은 검신을 타고 몸으로 흘러들어 와 심맥을 뒤흔들어 놓는다.

이내 단전에서 청령심법이 일어나 몸을 헤집는 경력들을 몰아내지만 심맥이 입은 타격까지는 미처 감싸주지 못했다.

일격 일격을 받아낼 때마다 몸 안에 축척되는 타격에 머릿속 한 군데서는 경종을 울려댄다.

‘이대로라면… 반드시 죽는다.’

허리를 찌를 듯 다리를 베어내는 검을 겨우 비껴낸다.

하지만 흑의인의 검은 끈질기게 그녀의 곁에 달라붙어 목줄을 노렸다.

‘칠절만파(七絶萬波), 파고천변(波高千變), 천파만파(千波萬波)……’

머릿속은 끊임없이 상대의 도초를 막아설 칠십이파검의 절예를 뱉어낸다.

하지만 손은 그 검로를 단 일 초조차 제대로 그려내지 못했다.

찰나지간에 일곱 번을 베어 세상을 덮어버리는 파도를 그려낸다는 칠절만파는 파도는커녕 잔잔한 파문조차 일으키지 못했다.

마치 보이지 않는 손이 그녀의 검이 나아갈 길을 가로막은 듯, 초식은 맥이 끊겨 버리고 그녀의 청류검은 그저 힘없이 비틀댈 뿐이었다.

흑의인의 입에서 비웃음이 새어 나왔다.

"이게 청성의 검인가? 사천을 넘어 중원을 울린다는 청성의 도도한 물결이 고작 이 정도란 말인가? 한심스럽고 실망스럽군."

흑의인의 말에는 실망스러움이 잔뜩 배어 있었다.

"청성의 일대제자가 보여줄 수 있는 것이 고작 이런 것이라면 청성의 미래 또한 보지 않아도 뻔하군."

서예소는 반박하고 싶었지만 먹이를 노리는 뱀처럼 스멀스멀 검로를 바꾸는 흑의인의 검을 막아내기에도 힘이 부쳐왔다.

"끝이다."

"꺅!"

미처 막아내지 못한 일격이 서예소의 오른쪽 상완을 베고 지나갔다.

붉은 피가 의복을 물들이고 바닥을 적셨다.

힘줄이 상한 듯 검을 잡은 손에 힘이 들어가지 않았다.

검을 떨어뜨리지 않는 것은 그녀의 마지막 발악이었다.

"죽이기는 좀 아까운 미모이긴 하지만 어쩔 수 없지. 살려
두었다가는 귀찮아질 수도 있으니 말이야."

그는 아쉬운 듯 서예소의 전신을 훑더니 이내 도를 치켜들
었다.

"네 아비를 원망해라. 지킬 힘도 없는 주제에 귀물을 얻은
것은 죄일지니. 우두머리의 죄는 곧 그 무리의 죄. 저주하라,
스스로의 무력함과 불운을."

흑의인의 검이 서예소의 목에 겨누어졌다.

그 순간 목에 댄 검을 그으려는 흑의인의 귓가로 차가운 목
소리가 들려왔다.

"그 말 바꾸어 돌려주지. 세상을 오시할 힘도 없으면서 입
만 나불대는 것은 목숨을 빼앗겨도 할 말이 없는 중죄. 저주
해도 좋아, 스스로의 입이 가벼움을."

서늘하게 등 뒤로 솟아오르는 소름에 놀라 고개를 돌려본
바로 뒤에는 냉소를 짓고 있는 한 명의 청년이 있었다.

황급히 발을 내디뎌 상대와 거리를 벌리는 흑의인은 등 뒤
로 식은땀이 흐르고 있음을 느꼈다.

'지근거리까지 접근할 때까지 아무런 낌새도 눈치채지 못
했다.'

거리를 벌린 흑의인은 눈앞의 청년, 목유현을 바라보았다.

허름한 차림, 그리 크지 않은 체구, 어딜 봐도 이제 겨우 약관쯤 되어 보이는 청년이었다.

하지만 경시할 수 없었다.

'망할, 정보에 없는 녀석이잖아. 절벽 위의 부하들은… 당했나 보군.'

절벽 위를 바라보았지만 그의 부하들은 보이지 않았다.

"네놈은 누구냐?"

흑의인은 목유현에게 적대감을 불태우며 으르렁거렸다.

목유현은 그의 대답에 답하지 않고 주변을 돌아보았다.

주변에는 복면인들의 칼과 활에 그 명을 잃어버린 시체들이 즐비했다.

"목 소협!!"

서예소의 목소리에 환희가 깃들었다.

지금 난국을 헤쳐 나갈 수 있는 희망이 생긴 것이다.

이 전장을, 피가 튀고 육편과 골편이 홍건하게 쌓일 전장에서 그저 소풍이라도 나온 양 여유롭게 서 있는 목유현의 모습은 비현실적이기도 했지만 정말 믿음직하기 그지없었다.

그녀는 검을 잡고 일어나려 했지만 팔에 힘이 들어가지 않았다.

상완의 동맥이 깊게 베인 듯 출혈이 심해 머리가 몽롱했다.

지금이라도 놓아버릴 것 같은 정신을 필사적으로 부여잡

왔다.

수장의 위험을 감지한 그의 부하들도 천향단을 공격하는 것을 멈추고 그의 주변으로 돌아왔다.

덕분에 천향단의 일원은 구사일생으로 목숨을 부지할 수 있었으나 더 이상 싸울 기력은 존재하지 않은 듯 매우 지친 얼굴을 하고 있었다.

'진정하자. 저놈의 정체는 알 수 없지만 전력은 분명 이쪽이 압도적이다.'

흑의인은 비릿한 미소를 짓고 있는 목유현을 보며 일단 한 발 뒤로 물러섰다.

온몸이 만신창이가 된 천향단은 대충 봐도 전력 외였고, 서예소 또한 당장은 검을 제대로 들기 힘들 정도의 부상을 입고 있었다.

그리고 지금 다른 부하들은 표국 전력을 착실히 제압해 나가고 있었다.

정체를 알 수 없는 이가 하나 생겼다 한들 그리 큰 변수는 아니다.

자신과 자신의 심복과도 같은 이 세 명이라면 충분히 제압이 가능했다.

흑의인은 자신의 부하들에게 눈빛으로 신호를 보냈다.

네 명이 동시에 사방으로 찢어지더니 이내 목유현의 사방을 점유하며 쇄도했다.

한 자루의 구환도와 세 자루의 거치도가 날카롭게 공기를
가르며 목유현의 요혈을 노렸다.

하지만 닿지 않는다.

이미 영겁혈륜이 일어나 공간을 점유하고 있었다.

그에 따라 영겁혈륜이 전개하는 철벽, 수류의 기운이 주변
을 장악하며 그에게 닥쳐오는 검과 거치도가 나아갈 길을 막
아섰다. 그리고 그 보이지 않는 손들은 목유현에게 다가오는
위협을 모두 붙잡아 내팽개쳐 버렸다. 결국 검들은 허공을 갈
라놓을 뿐 목유현의 육신 어디에도 생채기 하나 내지 못했다.

전혀 예상하지 못한 결과에 네 명 모두 대경하며 물러섰다.

하지만 그 모습을 순순히 봐주고 있지만은 않았다.

목유현의 신형이 잔상을 길게 남기며 늘어나 복면인 중 하
나에게 닿았다.

영겁혈륜의 기운을 머금은 손은 이내 복면인의 단전을 헤
집어놓았다.

영겁혈륜의 기운은 난폭하게 날뛰며 단전이라는 그릇을
박살 내버렸다.

"커억!"

단전을 뭉개고도 남은 여력이 복면인의 폐와 장기들을 찢
어놓았다.

장이 끊어지는 고통이 입으로 쏟아져 나왔다.

적어도 십수 년의 고련 끝에 쌓았을 적공이 흩어짐과 동시

에 막대한 고통이 밀려오며 바닥으로 엎어져 버렸다.

"일단 하나."

얼굴에 튄 피를 소매로 닦아내며 싸늘하게 웃는 목유현의 모습에 소름이 끼쳐 왔다.

눈 깜짝할 새에 자신들의 공격이 무위로 돌아가고 오히려 부하 하나가 무력화되고 말았다.

복면 안에 가려진 흑의인의 인상이 더욱 험악해졌다.

"네놈, 이건 무슨 사술이냐?"

목유현을 향해 도를 찔러 넣을 때의 감각은 마치 방금 만들어놓은 엿 통 속에 손을 집어넣은 것과도 같았다. 쾌속무비하던 검은 끈적끈적하게 달라붙는 기운들에 속도와 힘을 잃고 흐느적거렸고, 결국 아무런 성과도 거두지 못했다. 게다가 방금의 신법, 인식도 하지 못한 사이 지근거리로 도착한다. 보이는 건 단지 잔상뿐, 실체를 조금도 인지할 수가 없었다.

아까 전, 목유현에게 등 뒤를 내주었을 때와 같이 그의 감각은 목유현의 신형을 조금도 감지하지 못했다. 이마를 축축하게 적시는 식은땀을 닦아낼 겨를도 없이 목유현에게서 거리를 벌렸다. 적이 가진 지근거리를 순식간에 영으로 만들 만큼 표홀한 신법에 대한 미봉책이었다.

목유현은 그들을 쫓지 않았다.

단지 손가락을 뻗어 그의 부하 하나를 가리키고 있을 뿐이었다.

목유현의 입이 살짝 열리며 하나의 선고를 내뱉었다.

"절명."

"커억!"

목유현의 손가락에서 무형이 기운이 쏜살처럼 쏘아져 나갔다.

그와 동시에 흑의인 오른편의 복면인이 배를 부여잡고 쓰러졌다.

상세를 살펴보았지만 이 또한 단전이 박살 나버린 채로 피를 토하고 쓰러져 있었다.

목유현은 아주 태연하게 그들을 상대하고 있었다.

"네놈!!"

흑의인은 복면 아래로 이를 갈았지만 섣부르게 덤벼들지는 않았다.

저자는 분명 전력을 다하고 있지 않았다.

저 평범해 보이는 놈은 분명 고수였다.

오랜 전장에서 닦아온 자신의 경험이 말하고 있었다.

자신과 그의 부하들이 만전의 상태로도 이길 수 없을지 모른다고.

아니, 설사 이긴다 하더라도 그 피해는 어마어마할 것이라고.

그래서는 승리라고 부를 수 없는 승리인 것이다.

흑의인은 도를 겨누며 경계하고 순식간에 손익 계산을 마쳐 나간다.

"무엇을 그리 골몰히 생각하는 거지?"

목유현의 손가락이 다른 부하에게로 향했다. 방금 전의 광경을 보았기에 필사적으로 피해보려 했으나 이내 단전이 박살 나 바닥을 구르고 말았다.

'크윽.'

부하의 상세를 살펴볼 시간도 없이 목유현과의 거리를 더욱더 벌렸다.

쓰러지는 또 하나의 부하를 보는 순간 그의 머릿속에서 손익 계산이 끝났다.

관을 얻는 것 또한 중요하지만 더욱 중요한 것은 부하들을 더 이상 잃지 않는 것이었다.

전력을 얻는 것보다 잃었을 때의 손해가 더 크다.

그렇기에 전력을 파악하기 힘든 눈앞의 적을 상대하며 더 큰 피해를 입는 것보다 다음 기회를 노리는 것을 택했다.

흑의인이 품속에서 호각을 꺼내 들어 입에 넣고 불었다.

삐이이!

귀에 거슬리는 소음이 호각으로부터 빠져나와 순식간에 대지로 퍼져 나갔다.

그 소리를 들은 복면인들은 일제히 공격을 멈춘 채 뒤도 돌아보지 않고 전장을 이탈하기 시작했다.

'정해진 집결지로 빠져나가 정보를 다시 수집하고 다음을

도모하자.'

호각과 함께 품속에서 꺼내 든 주먹만 한 구슬을 그대로 땅바닥에 던졌다.

충격에 깨진 구슬은 순식간에 자욱한 연기를 뿜어내었다.

한 치 앞도 분간하기 힘들 정도로 뿌연 회백색의 연기가 주변을 가득 메워 나갔다.

이 안개 속에서 익숙하다 자부하는 자신조차 종종 혼란을 느낄 정도로 안개는 짙었다.

흑의인이 그 짙은 회색의 연기에 몸을 숨겼다.

분명 시야를 가리기엔 충분했다.

하지만 목유현의 범위에서는 벗어나지 못했다.

"도망치려는 건가?"

목소리는 놀랍게도 자신의 귓가에서 들려왔다.

고개를 돌렸을 때 차가우면서도 짙은 미소를 짓고 있는 목유현의 얼굴이 그를 비웃고 있었다.

"어떻게? 보이지 않을 텐데?"

"보이지 않아도 상관없어. 네가 거기 있다는 것은 변하지 않으니까."

"크윽."

흑의인은 반사적으로 오른손의 도를 뻗어내었다.

전력을 다한 도초가 필사적으로 펼쳐졌다.

흑의인의 도끝에 푸른 기운이 어리어 있었다.

적대하는 모든 이를 멸할 푸른 도기(刀氣)가 넘실거리며 목유현을 향해 짓쳐 들어갔다.

눈앞에 아른거리는 도기를 보고도 목유현의 표정은 변하지 않았다.

목유현의 손이 도기를 잡아나갔다.

맨손, 단순히 피육으로 이루어진 연약한 손일 뿐이다.

도기라 함은 정심한 내공과 도에 대한 깊은 이해와 깨달음이 뒷받침되지 않고서는 그 편린조차 보기 힘든 상승의 무결.

그렇기에 도기가 가미된다면 절세의 명도가 아닌 녹이 슨 작은 식칼이라 할지라도 커다란 바위마저 일도에 베어내 버릴 수 있다.

하지만 상관없었다.

"수류."

파직.

목유현의 손, 아니, 주변이 장악하고 있는 영겁혈류의 방어기 수류와 만난 도기는 마치 대해에 작은 물을 들이부은 것처럼 사라져 버렸다.

뒤이어 흑의인의 도는 목유현의 손에 잡히고, 이윽고 순식간에 부러져 버렸다.

너무나도 맥없이 사라져 버린 자신의 도기에 놀랄 틈조차 흑의인에게는 주어지지 않았다. 앞을 막아서던 장애물을 가볍게 박살 내버린 목유현의 손은 당당하게 앞으로 나아갔다.

“부하를 버려두고 몸 성히 빠져나갈 생각은 하지 말라고.”

목유현의 손길이 흑의인이 반밖에 남지 않은 도를 쥐고 있는 오른팔로 향했다.

‘크윽.’

흑의인의 이마로 식은땀이 맺혔다.

그때 팔을 밑동부터 베어내려는 찰나,

울렁.

갑작스레 가슴속에서 붉은 감정이 치솟아오른다.

[고작 팔은 너무 싱겁지 않아? 허리를 베어 두 동강 내버리는 거야.]

달콤한 목소리가 귓가를 자극했다.

[너에게 살의를 품은 이들을 왜 살려두려 하지?]

들려오는 것은 여태껏 심상 속 깊은 곳에 숨어 있던 영겁혈류 본래의 살의였다.

[죽여. 모두 죽여 버리는 거야.]

소리는 사라지지 않았다.

귓가를 자극하는 소리는 끊임없이 목유현을 유혹했다.

조금만 투로를 틀어버리라고 말했다.

팔이 아니라 허리를 베어내라고 말한다.

조금 더 많은 피를 달라고 말한다.

머리를 흔들어보았지만 접착제라도 붙여 버린 양 소리는 귀에서 떨어지질 않았다.

"큭!"

순식간에 살의가 목유현의 머릿속을 잠식해 나가기 시작했다.

이상(異常).

상정하지 않은 이상이 감정을 잠식해 들어가고 있었다.

시선이 흑의인의 허리에, 아니 그 연약한 살점 안에 있을 생명의 붉은 진액에 고정되어 벗어나지 않는다.

그는 눈을 질끈 감아버린 채로 흑의인을 발로 차버렸다.

흑의인은 오른발에 명치를 가격당하고 땅바닥을 뒹굴며 캑캑댔다.

그리고 이내 닥쳐올 이격을 각오했으나 아무런 일이 일어나지 않았다.

앞을 보니 자신들을 장난감처럼 가지고 놀던 괴물은 갑자기 머리를 양손으로 부여잡은 채로 괴로워하고 있었다.

무슨 일인지는 모르겠지만 이것은 천재일우의 기회.

흑의인은 목유현의 상태가 이상해짐을 인식하자마자 그대로 몸을 돌려 전장을 빠져나갔다. 반격할 생각 따윈 조금도 들지 않았다. 그저 한 몸을 무사히 빼내는 것만이 머릿속에 가득할 뿐이었다. 흑의인이 전력으로 펼치는 신법은 표홀하기 짝이 없었기에 표국의 어느 누구도 그를 제지하지 못했다.

피해는 실로 막심했다.

　일행의 대략 삼 할에 가까운 인원이 죽거나 심각한 중상을 입었다.

　언제나 같이 지내며 한솥밥을 먹고 표사로서의 동질감을 공유하던 동료들이 차가운 시체가 되어 있었다.

　그런 동료들이 의문의 습격으로 인해 갑작스런 죽음을 맞이하고 말았다.

　살아남은 이들의 얼굴에는 침통함만이 남아 있었다.

　살아남은 기쁨보다는 동료를 구하지 못했다는 비참함만이 그들을 지배하고 있었다.

　금정표국 역사상 한 번도 존재하지 않은 대참사였다.

　운신이 가능한, 가벼운 부상을 입은 이들이 침통한 얼굴로 시신을 수습하고 중상자들에게 응급처치를 했다.

　서예소도 오른팔의 자상을 지혈하고 길게 베어진 상처 부위에 금창약을 고루 발랐다.

　출혈은 이내 멎었지만 아직 힘은 제대로 들어가지 않았다.

　살았다는 안도감, 아무것도 하지 못했다는 무력감, 베어진 상완에서 연원한 고통, 목유현에 대한 고마움, 그리고 여전히 족쇄를 풀지 못한 자신에 대한 원망.

　그녀의 얼굴은 여러 가지 감정이 섞여 난장판이 되어 있었다.

　절체절명의 위기에도 마음 한구석을 사로잡은 심마를 이기지 못해 끝내 일검조차 제대로 뻗어내지 못한 자신의 나약한 마음은 결국 표국 인원들의 죽음이라는 결과로 다가왔다.

자신이 좀 더 강했다면, 아니, 스스로의 검을 펼쳐 낼 수 있었다면 괴한들을 물리치지는 못할망정 한 명이라도 더 살릴 수 있었을지도 모른다. 그 말인즉슨 자신이 그들을 죽인 것과도 다름없다는 것이다.

무력감과 자괴감이 전신을 휩쓸었다.

다른 표국의 인원들을 볼 낯이 없었다.

목유현이 도와주지 않았다면 어떻게 되었을까?

그녀는 상상조차 할 수가 없었다.

목유현은 우두머리로 보이는 흑의인과의 전투 도중 내상이라도 입은 듯 자리에서 붙박여 움직이지 않았다.

'심각한 내상이라도 입은 건가?'

마지막에 본 푸른 기운, 그것은 분명 도기였다.

놀랍게도 흑의인은 도기를 사용할 줄 아는 고수였던 것이다.

언뜻 보기에는 목유현의 손이 도기를 쉬이 없애 버린 듯했지만 실상은 다를 수도 있었다.

그 검기에 내상을 입는다고 해도 그리 이상한 것은 아니었다.

서예소는 목유현에게로 다가갔다.

그녀의 품속에는 청성 비전의 요상약이 있었다.

청성의 심법에 특화된 단환이긴 하지만 그렇지 않은 경우에도 탁월한 효능을 발휘하곤 했다.

일반 무인들에게는 말 그대로 천금을 주고서도 구하기 힘든 명가의 비전으로 만든 명약이었다.

서예소가 가까이 가자 잔뜩 찌푸린 표정으로 감겨 있던 목유현의 눈이 떠졌다.

아직 살의가 다 가시지 않은 붉은 시선이 서예소의 눈과 마주쳤다.

"무슨 일이지?"

서예소는 다시 한 번 자신의 생각을 확신할 수 있었다.

눈앞에 보이는 이는 조금도 평범하지 않다.

그의 눈동자에는 인간이라기보단 분명 먹이사슬의 위층에 존재하는 포식자와도 같은 흉포함이 고스란히 느껴졌다.

"이건 저희 문파 비전의 내상약이에요."

서예소는 손안의 요상단을 목유현에게 내밀었다.

"필요없어."

목유현은 단박에 거절했다.

방금 전의 이상은 내상과는 조금도 관계가 없는 단순한 살인 충동의 발작에 불과했으니까.

단지 눈앞의 흑의인을 찢어발겨 버리고 싶은 것뿐이었고, 또 그것을 의지로 눌러 버린 것이었으니까.

서예소의 내밀어진 손은 무안하게 다시 품속으로 돌아갔다.

"놓친 건가?"

목유현은 중얼거리며 사방을 돌아보았다.

이미 흑의인은 이곳을 빠져나간 지 오래. 게다가 복면인들은 이곳을 빠져나가면서 부상을 입은 나머지를 모두 데려간 듯 주변에는 표국의 인원밖에 보이지 않았다.

그때 천향단과 표사들의 상세를 살피던 서인기가 딸의 무사함을 보고는 한달음에 달려왔다.

서인기의 표정은 마치 이십 년을 한꺼번에 늙어버린 듯 지쳐 있었다.

어째서인지 적들이 모두 물러나기는 했지만 그것만으로도 피해가 너무나 컸다.

"괜찮으세요?"

"후, 나는 괜찮다. 다만 이 못난 국주를 지키느라 표사들이 너무 많이 피를 보았어."

스스로를 자책하던 서인기의 시선이 목유현에게로 향했다.

서인기는 일순 그에 대한 기억을 떠올리고 고개를 서예소에게로 돌렸다.

그 시선을 눈치채고 서예소가 고개를 끄덕거렸다.

"예, 목 소협이 저희를 도와주셨어요."

서인기는 그제야 적들이 물러간 연유에 대해 깨달았는지 깊이 고개를 숙이며 포권과 함께 감사를 표했다.

"금정표국의 국주 서인기가 목 소협의 도움에 감사를 표하오."

"굳이 어린 아해에게 고개를 숙일 필요는 없어. 난 그 검은 놈들에게 볼일이 있었던 것뿐이니까."

서인기는 목유현의 거침없는 하대에 깜짝 놀라 그를 바라보았다.

하지만 목유현은 아무렇지도 않게 서인기의 시선과 마주하고 있었다.

목유현의 눈동자는 깊고도 어두워 아무것도 쉬이 알아낼 수 없었다.

하지만 표국주로서, 하나의 단체를 이끄는 수장으로서 오랜 시간을 보낸 서인기는 목유현의 말과 눈빛으로부터 하나의 의도를 읽어낼 수 있었다.

—존대할 마음도 존대를 받고 싶은 마음도 없다.

목유현은 분명 그렇게 말하고 있었다.

서인기는 낮게 고개를 내저었다.

서인기의 눈에 비친 목유현은 평범한 범주에 도저히 들어가지 않는 특이한 인간이었다.

서인기의 모습에 조금도 아랑곳하지 않은 채 목유현은 서예소에게 말을 던졌다.

"하나 물어보지."

"네, 얼마든지요."

"너희가 운반하고 있는 표물이라는 게 뭐지? 이런 놈들이 덤벼들 정도면 예사 물건이 아닐 텐데."

그의 기억 속에는 이즈음에 일어난 사건이 전혀 없었다.

“그게…….”

서예소는 살짝 말을 더듬었다.

말하는 것은 어렵지 않았다.

하지만 그녀의 독단으로 처리할 문제는 아니었다.

그녀의 시선이 서인기에게로 향했다.

서인기는 잠시 고민하더니 이내 결심을 굳혔다.

그는 서예소를 제외한 주위의 사람을 물리고 굳은 목소리로 말했다.

“절혼주라는 것… 이오. 오십 년 전 강호 전복을 꾀했던 세력인 극무련의 비밀 병기 중 일부이오.”

말의 끝부분에서 잠시 고민을 하던 서인기는 결국 존칭을 바꾸지 않았다. 표국을 도와줄 수 있는 이에게 머리를 숙이고 자신을 낮추는 것은 조금도 부끄럽지도 힘들지도 않았다.

“절혼주?”

“그렇소.”

“그런 것도 있었군. 극무련의 유물이라……. 근데 그런 물건을 왜 이렇게 당당하게 들고 다니는 거지?”

목유현도 극무련에 대해 어느 정도는 알고 있었다.

오십년 전 강호 일통을 노리다 결국 정사연합에 의해 패퇴한 초거대 문파.

그런 이들의 유물이 결코 범상한 것일 리는 없었다.

“당당하게 들고 다니지는 않았소. 이것의 정체를 알고 있는 사람도 나를 포함해 다섯 손가락도 되지 않소.”

“이미 습격해 온 사람들이 있는 마당에 정보를 통제했다고 말해봐야 우습기만 하지.”

목유현의 중얼거림에도 서인기는 아무런 대꾸조차 하지 못했다.

“목 소협, 이 서 모, 전심전력으로 진심을 다해 부탁하겠소. 우리 표국을 도와주시오. 내 이 보답은 표국의 기둥뿌리를 뽑아서라도 해드리겠소.”

서인기에게는 어느 정도의 확신이 있었다. 아까 전 면전에서 거절했음에도 목유현은 결국은 그들을 도와주었다. 중간 과정이 어떤지는 모른다. 하지만 결과만을 생각해 보면 그는 벌써 두 번이나 그의 딸을 도운 셈이다. 그렇다면 이런 참상을 보고 거절하지 않을 것이라 그는 확신하고 있었다.

“목 소협, 저도 부탁드려요.”

서예소도 간절한 목소리로 부탁했다.

하지만 목유현은 대답하지 않고 그들을 지나쳤다.

“목 소협?”

서예소의 놀람을 뒤로하고 목유현의 발걸음은 절혼주가 담겨 있는 관으로 향하고 있었다.

절혼관을 메고 싸우던 주익현의 상태는 가히 좋지 않았다.

애초에 민첩함이 주 무기였던 그가 둔중한 관을 메고 싸운

다는 것은 절정의 검수에게서 검을 빼앗는 것과도 진배없었
다.

그나마 다른 이들이 목숨을 아끼지 않으며 도와주지 않았
다면 이미 열두 번은 황천행 마차를 타도 이상하지 않았다.

관을 한쪽에 내려놓고 거친 숨을 돌리는 주익현을 지나 목
유현의 발걸음은 금세 절혼관에 닿았다.

너무나 당당한 그 걸음에 아무도 그를 제지하는 이가 없었다.

목유현은 눈앞의 관을 지그시 바라보았다.

어린아이 하나 들어가기에도 버거워 보이는, 가로 길이가
극도로 작아 완전히 비례가 맞지 않는 관은 그 회백색 몸체
가득 음습함을 풍기고 있었다.

'절혼주라……. 역시 들어본 적이 없어. 게다가 저 여자에
대한 기억도 없지. 그렇다면 뻔하군. 원래 이들은 여기서 모
두 죽었다는 소리겠지.'

"그래, 이걸 노리고 온 거란 말이지."

관에 손을 대려 하자 엎어져 있던 천향단의 표사 중 두서넛
이 벌떡 일어나 그의 앞을 가로막았다.

"거, 거기 서시오."

목숨을 걸고 지켜낸 귀물을 수상하기 짝이 없는—비록 서예
소가 은인이라 지칭하기는 했으나—이에게 넘겨줄 수는 없었다.
게다가 그들 중 몇몇은 어제 목유현과의 다툼이 있었던 이들
이다.

하지만 눈을 한 번 깜박였을 뿐인데 목유현은 이미 그들을 지나친 후였다.

앞을 가로막은 이들이 본 것이라고는 길게 늘여진 목유현의 잔상뿐이었다.

목유현이 관에 관심을 보이자 서인기를 비롯한 표국 인원들의 얼굴에 긴장감이 어리기 시작했다.

표국의 인원 대부분의 머리에 떠오른 생각이자 경계 신호였다.

표두와 표사들이 지친 몸을 이끌고 목유현의 주변으로 모여들었다.

그리고는 서인기의 지시를 기다렸다.

서인기 또한 잔뜩 긴장한 표정으로 목유현을 바라보고 있었다.

산전수전 다 겪은 그의 경험으로도 목유현의 생각은 조금도 읽을 수가 없었다. 하지만 확실한 것은 있었다.

목유현과 마찰이 있어 절대 좋을 일이 있을 리가 만무하다는 것이다.

그의 목울대가 꿀꺽 하며 마른침을 삼켰다.

그런 그들의 반응을 아는지 아니면 조금도 신경 쓰지 않는지 목유현은 태연히 관을 바라보고 있었다.

새하얀 관의 위쪽 표면에는 절혼이란 글자가 용사비등한 필체로 음각되어 있었다.

'음?'

문득 어디선가 익숙하다는 느낌이 들었다.

구체적으로 무엇인지는 기억나지 않았지만 어딘지 모르게 기시감을 자극하는 무언가가 있었다.

자신도 모르게 손이 뻗어져 나가 관의 표면을 쓰다듬었다.

싸늘한 냉기가 솟아오를 듯 새하얀 목재의 표면은 먼지와 모래로 뒤덮여 까끌까끌했다.

그 아래로 느껴지는 표면의 촉감과 감도로 추정되는 자재의 강도는 생각보다 단단했다.

대강 비교해도 철판과 비슷한 강도로 생각되었다.

그런 목재의 표면에 마치 화선지에 써 내린 양 자연스러운 필체로 음각되어 있다는 것은 두 가지 중 하나였다. 명인 급의 손재주를 가진 사람의 작품 혹은 철판을 종이처럼 취급할 수 있는 엄청난 내공으로 만들어진 것이었다. 그리고 아마 후자일 거라 쉬이 예상할 수 있었다. 여긴 평범한 세상이 아닌 무림이니까.

손가락이 음각된 글자 사이로 파고들었다.

치열한 전투로 인해 음각된 홈 사이에는 진흙과 모래먼지로 메워져 있었다.

손가락 사이로 영겁혈륜이 일어 그 먼지를 걷어냈다.

영겁혈륜이 일으키는 가벼운 바람에 모래는 날려 사라져 버렸다.

그때였다.

지잉.

귓가에 미약하지만 무언가 우는 소리가 들려왔다.

하지만 이내 사라졌고, 다시 들리지 않았다.

'착각인가?'

너무나도 미약한 진동, 영겁혈륜으로 인해 남들보다 월등한 감각을 가진 목유현도 인식하기 힘들 정도였기에 착각으로 치부해 버렸다.

"목 소협?"

목유현은 자신을 부르는 소리에 시선을 돌려 서예소와 마주했다.

그리고는 살짝 고개를 끄덕이며 말했다.

"좋아, 동행하지. 목적지까지 가는 데 도와주겠어."

그의 말에 서예소와 서인기의 안색이 급격히 밝아졌다.

"고맙소, 목 소협. 최대한의 편의와 보상을 내 이름 석 자를 걸고 보장하겠소."

서인기의 얼굴에 안도감이 깃들었다.

불행 중 다행이었다.

흑의인들의 습격으로 인해 누수된 전력을 채워줄 수 있게 된 것이다.

"당신들의 표행에 동행하는 것뿐이야. 도움을 주는 것은 부차적인 문제지."

“아?”

서인기의 표정이 물음표를 그렸다.

“혹시 목 소협은 그들의 정체를 아는 것이오?”

“모른다.”

“흐음, 그래요?”

서예소는 고개를 갸웃거리면서도 안도감이 깃든 미소를 지었다.

“어쨌든 도와주신다니 정말 고마워요, 목 소협.”

적들이 재차 표국을 습격할 가능성은 매우 농후했다. 게다가 동행하는 것이 중요한 것이지 부차적인 이유는 나중에라도 해결할 수가 있었다.

일단은 눈앞의 이가 그들의 표행에 같이한다는 사실 자체가 중요한 것이었다.

“그런데⋯⋯.”

“⋯⋯?”

목유현의 시선이 슬쩍 돌아간다.

“솔직히 내게 도와달라고 하는 이유는 잘 모르겠지만.”

목유현의 시선이 향한 곳은 서예소였다.

“그게 무슨⋯⋯?”

의도를 파악하기 힘든 말에 서인기가 반문했으나 목유현은 대답하지 않은 채 걸음을 옮겼다.

목유현의 신형이 서예소의 옆을 스쳐 지나갈 때 서예소의 귓가로 목소리가 들려왔다.

"이게 벌써 두 번째야. 똑똑히 말해두는데, 난 다른 사람이 가능한 일을 대신해 주는 취미는 없다고."

"……!"

서예소가 깜짝 놀라 옆을 바라보았지만 목유현은 이미 저만큼 앞서 걸어나가고 있었다.

표국으로부터 상당히 떨어진 산의 능선에는 누군가가 거목의 꼭대기에 몸을 얹은 채로 그들을 바라보고 있었다.

그는 밀실 속에서 장한과 같이 있던 청년이다.

여전히 어둠을 녹여낸 듯한 시꺼먼 피풍의를 전신에 걸치고 있는 그는 여유가 넘치는 웃음을 잊지 않은 채로 표국 일행이 있는 곳을 바라보고 있었다.

"호오, 재미있는 무공을 사용하는 이가 있군요. 아니, 무공이라 부르기도 힘든가요? 어쨌든 신안께서는 왜 생각이 바뀌셨는지요? 이렇게 지켜보는 것도 귀찮기 그지없네요."

"신안이 명하신 대로 하는 것, 그것이 우리 사계(四季)의 업이자 살아 있는 이유다."

분명 그의 옆에는 아무도 보이지 않았지만 옆에서 강철을 두들겨 놓은 것 같은 딱딱한 목소리가 그의 말을 받았다.

"예, 저도 알고는 있지만요, 심심한 건 심심한 거랍니다. 또 전 그들의 투정도 들어줘야 하잖아요."

천진난만하게 웃는 그의 시선은 정확히 관을 쓰다듬고 있는 목유현에게로 향해 있었다.

그의 입에서 선분홍의 혀가 스르르 기어나와 입술을 핥았다. 침으로 번질거리는 입술로 그는 속삭였다.

"한번 죽여보고 싶은 사람이에요. 나중을 기대하지요."

"음?"

목유현은 왠지 모를 으스스함에 주위를 둘러보았으나 아무것도 눈에 들어오지 않았다.

"무언가 느껴졌는데?"

하지만 아무것도 느껴지지 않았다.

그는 자신의 몸집보다 서너 배는 커 보이는 바위 위에 앉아 표국의 인원들을 바라보고 있었다. 복면인들과의 격전으로 지친 얼굴들에는 분통함과 슬픔, 그리고 복면인들에 대한 분노로 가득 차 있었다.

그들은 가지고 있던 짐에서 꺼낸 재료로 천막을 설치하고 중상자들을 옮겨놓았다. 개중 이제 곧 숨이 넘어갈 듯 위급한 이도 있었지만 대부분 마을로 돌아가 치료를 받는다면 그 상세가 호전될 이들이었다. 물론 다시 표사로 쉬이 복귀할 수 있을 만큼 부상이 가볍지는 않았지만 죽지 않았다는 것만으로도 그들에겐 행운이었다.

나머지는 역시 가지고 있던 행낭에서 깨끗한 천을 꺼내 들었다.

그 천을 모아 죽은 이들을 감쌌다.

죽은 이에 대한 그리움과 분노로 뒤덮인 손은 천으로 시신을 감싸는 내내 부르르 떨렸다. 지금 행렬에는 마차가 없었기에 시체를 운반할 수단이 없었다. 일단 여기서 약식으로 장례를 치르고 죽음으로써 자신들을 지킨 동료들을 애도한 뒤 나중에 제대로 된 식을 치러줄 생각이었다.

'그나저나.'

목유현은 남은 날짜를 대강 머릿속으로 세어보았다.

'하긴 발이 있어 도망가는 것은 아니지.'

목유현이 목적으로 하는 것은 미래가 바뀌지 않는다면 반드시 그곳에 있을 것들이다.

그리고 이왕 끼어든 일, 친우의 사매를 그냥 두고 가는 것도 다분히 찝찝한 느낌이 들었다.

애초에 별다른 적이 없다면 이야기가 다르지만 절혼주를 노리는 이들을 보아하니 이들의 현재 전력으로는 상대하기가 힘들었다.

게다가 서예소의 성격을 보자니 다분히 살가운 기가 있어 동문 사형제인 하관철과 사이가 나쁠 리가 없었다.

'저 여자가 죽으면 관철이 슬퍼하겠지.'

아예 모르고 넘어갔으면 몰라도 알게 된 이상 그냥 넘어갈 수 없었다.

‘게다가……’

목유현의 눈이 표국의 사람들을 돕는 서예소에게로 향했다.

‘묘하게 답답한 건 정말 똑같군.’

그녀에게서 누군가의 환영을 겹쳐 보던 목유현의 입에서 알 수 없는 한숨이 새어 나왔다.

지금 당장 옮기기에는 무리가 있는 부상자들을 위해 오늘 밤은 노숙을 하기로 결정했다.

동료들의 유해를 묻은 곳에서 얼마 떨어지지 않은 공터에 노숙을 위한 천막을 치고는 하나씩 지친 몸을 뉘였다.

비교적 간단한 구조의 천막은 표국의 인원들이 하나씩 들고 다니는 천들을 잘게 잘라놓은 새끼줄로 결합하고 주변의 나무들을 간단하게 가공해 기둥으로 삼아 설치하는 식이었다.

노숙할 일이 많은 표국의 사정에 맞추어 간편하게 설치할 수 있으면서도 내부는 아늑한 느낌을 풍기고 있었다.

원래 세 사람이 써야 할 천막을 목유현은 혼자 점유하고 있는 탓인지 여유 공간이 상당히 컸다. 서인기의 배려인지 아니면 사람이 줄어 천막이 남는지는 몰랐지만 그다지 상관없었다. 목유현은 홀로 누워 생각에 잠겼다.

오늘 있었던 살의의 잠식은 그로서는 생각지 못한 일이었다.

아마 정신을 다잡지 못했다면 그 자리에 있었던 누구도 살아남지 못했을 것이다.

　새로운 영겁혈륜의 위력은 전혀 모자랄 것이 없었다.

　하지만 원전에 각인되어 지금까지 그를 쫓아온 살의를 막아서기에는 분명 모자란 감이 없잖아 있었다.

　지금의 영겁혈륜은 고삐가 헐거워진 짐승과도 다름없었다.

　당장은 고삐를 목유현이 잡고 있으니 명을 충실히 따르지만 그의 손에 힘이 빠지거나 고삐가 풀리는 순간 그 이빨은 오히려 주인을 잡아먹으려 돌려질 것이다.

　영겁혈륜 안에 새겨진 본성을 밀어내기에는 아직은 자신이 가진 힘이 충분하지 않았다. 심연 속에 각인된 새로운 영겁혈륜이 커지고 원래의 그것과 비슷해진다면 영겁혈륜을 만든 자가 각인시켜 놓은 살의에서도 분명 벗어날 수 있을 것이다.

　서예소는 가슴속에 응어리진 답답함에 천막 밖으로 나왔다.

　시꺼먼 장막을 전신에 두른 밤의 하늘은 그 끝을 알 수 없을 정도로 어두웠다.

　그 어둠 가운데 잔잔한 빛을 뿌리는 달과 그 아래서 소소하게 잡담을 나누는 것처럼 보이는 별들이 밤하늘 사이사이에 뿌려져 빛을 발하고 있었다.

　달을 중심으로 펼쳐진 별들의 바다, 흔히 은하수라 불리는 밤하늘의 진경이 머리 위로 펼쳐져 있었다.

감수성이 깊은 이라면 그 광경에 눈을 떼지 못하고 그저 감탄사만 흘릴 것이고, 풍류를 아는 이라면 자신도 모르게 흥취를 이기지 못하고 시 한수를 읊을 것만 같은 그런 광경이었다.

평소 서예소라면 한참 동안을 지켜보며 그 흥취에 젖겠지만 지금의 그녀에게는 무리였다.

이틀 동안 그녀가 본 죽음만 이미 수십이 넘었다.

게다가 오늘은 자신의 가족과도 같은 이들의 죽음을 목도했다.

목유현이 도와주지 않았다면 그녀마저 죽음을 맞이했을 것이다.

그리고 목유현이 던진 한마디.

저 천막에 몸의 뉘고 있는 이가 던진 한마디는 마치 그녀의 사정을 모두 알고 있기라도 한 양 칼날같이 그녀의 마음속을 후벼놓았다.

목유현이 그녀를 지나치면서 했던 말이 기억이라는 수면 위로 살며시 떠올랐다.

"난 다른 사람이 가능한 일을 대신해 주는 취미는 없거든."

청각을 자극하던 싸늘한 목소리와 함께 그녀를 비웃는 것 같던 미소가 머릿속을 떠나지 않았다.

‘무슨 의미였을까?

그가 자신의 사정을 알 리가 없다.

자신이 가진 고민을, 그녀의 검을 묶고 있는 것을 절대 알 리가 없다.

하지만 그녀의 속내를 낱낱이 알아보는 것 같던 그 비웃음은 도대체 무엇일까?

자신 옆에서 싸늘하게 바라보던 목유현의 시선 앞에서 마치 발가벗겨진 것처럼 그가 자신의 내면을 속속들이 들여다보는 것 같았다.

그녀의 사부가 직접 건네준 일대제자의 증표인 청류검을 쥔 오른손에 힘이 들어갔다.

백지장처럼 새하얀 피부 아래 드러난 핏줄이 도드라져 지금이라도 터져 버릴 듯 검파를 움켜쥐었다.

스르릉.

유난히 긴, 비례조차 무시한다고 느껴질 만큼 긴 검신이 검집을 빠져나왔다.

달빛을 그 몸 가득 담은 채 요요하게 빛나는 검신이 흡사 자신을 타박하는 것처럼 느껴졌다.

투정을 부리듯 주인에게 친밀감을 표하는 검을 느끼며 청류검을 중단으로 자리 잡고 앞으로 겨누었다. 그에 이루 말할 수 없는 익숙함과 함께 문파에서 사부의 자유로운 지도와 함께 익혀 나갔던 칠십이파검의 모든 초식이 심상에서 살포시 솟아올랐다.

　단 한 자루의 검 안에 거칠기 짝이 없는 대해의 거대한 파도를 담아낸 칠십이파검. 수없이 길고도 유구한 청성의 역사 속에서도 그 진체를 모두 익혀낸 자가 손으로 꼽을 수 있을 정도로 적다는 무림일절의 검공이 그녀의 심상 속에서 그려지고 있었다.

　하나하나의 검은 모두 거칠 것 없이 세상을 뒤덮으려는 파도를 담았다.

　그 검로는 모두 칠십이 개.

　그 칠십이 검로를 모두 하나의 검으로 묶어낼 수 있다면 중원의 모든 검을 발아래 놓을 수 있다는 청성의 자부심이 가득 담긴 검.

　이대로 검을 내뻗는다면 그 거칠 것 없는 파도가 자신의 검을 통해 그려질 것 같았다.

　하지만 검은 단지 심상 속에서만 머물 뿐 나아가지 않는다.

　어둠을 가르지 못한 검은 그저 시선 앞에 머무를 뿐 끝내 기대를 배신하고 만다.

　"하아."

　그의 시선이 맞았다.

　그의 차가운 미소가, 그 미소가 그리는 비웃음이 맞았다.

　자신의 검에 묶이고, 눌려 자신있는 일검조차 휘두르지 못한다.

　지금의 그녀는 무인으로서 자격이 없는 것과도 마찬가지였다.
　고개를 푹 숙이고 검을 집어넣은 서예소는 이내 자신의 천막으로 들어갔다.
　그리고 나무 위에서 그녀를 바라보고 있던 목유현 또한 얼마 지나지 않아 자신의 자리로 돌아갔다.

　온 세상이 붉다.
　사방에 흩뿌려져 휘날리는 것은 타는 듯한 붉음.
　짙붉게 타오르는 노을 아래 검붉은 피의 강이 흐른다.
　얼마 전까지 인간이라 불리었던 고깃덩어리들은 쌓이고 쌓여 숫제 산처럼 보인다.
　초점 잃은 눈동자가 박혀 있는 머리들은 몸통과 떨어져 여기저기 굴러다닌다.
　그 옆에는 피로 물든 육편과 골편들이 잡동사니처럼 내팽개쳐져 있다.
　종말을 간직한 더없을 붉음으로 가득한 세상.
　이곳이 바로 인세에 강림해 버린 지옥의 편린.
　수많은 시체 위에는 채 마르지도 않은 피를 양손에 뚝뚝 흘리고 있는 인영이 있다.
　그래, 저건 분명 나다.
　무림의 고금을 통틀어 가장 끔직한 살인마 혈마 목유현이다.

전신에 피 칠갑을 한 채 하늘을 향해 광소를 퍼붓고 있는 혈마를 바라본다.

수많은 시체로 쌓은 대지,

영겁혈류이 이룩한 세상,

영겁혈류이 바라는 세상,

혈마가, 아니, 나 자신이 저지른 혈겁.

혈마의 광소는 또 다른 희생자를 찾아 헤매는 울음과도 같다.

이것은 현실이 아니다.

영겁혈류이 피를 바라며, 끝없는 살의를 갈망하며 목유현에게 보여주는 환상.

아직은 영겁혈류의 살의를 완전히 누를 수가 없기에 치밀어 오르는 유혹이었다.

저 모습을 보고 영겁혈류이 바라는 것에 따라서는 안 된다. 스스로를 혈마로 만들었던 파괴 본능을 기억해서는 안 된다.

정신을 다잡으며 기다린다.

이것은 꿈.

얼마 지나지 않아 날이 밝고 아침이 찾아오면 이 세상은 빛을 잃고 그의 심상 어딘가로 사라지고 말 것이다.

눈앞에 보이는 것을 단지 볼 뿐 인식하지 않는다.

이 피로 물든 꿈의 유혹에 정신을 다잡으며 버텨낸다.

그때 평정을 깨는 목소리가 들려왔다.

"당신, 누구?"

그것은 여태껏 한 번도 들어본 적 없는 '친숙한' 목소리.

이곳은 영겁혈륜의 살의가 목유현의 심상 안에 자리를 잡은 채 구현한 꿈의 공간. 혈마와 목유현 둘만이 존재하는 세상. 다른 이가 있을 리가 없다.

목유현이 소스라치게 놀라 뒤를 돌아본다.

시야에 들어온 것은 자그마한 꼬마였다.

새하얀 '청색' 무복을 입은 어린아이는 순진무구한 눈동자로 그를 바라보고 있었다.

그 눈동자에 담겨 있는 것은 분명 호기심이란 빛이었다.

조그마한 붉은 입술이 열리며 작은 새가 지저귀듯 물음을 던졌다

"오빠는 누구야?"

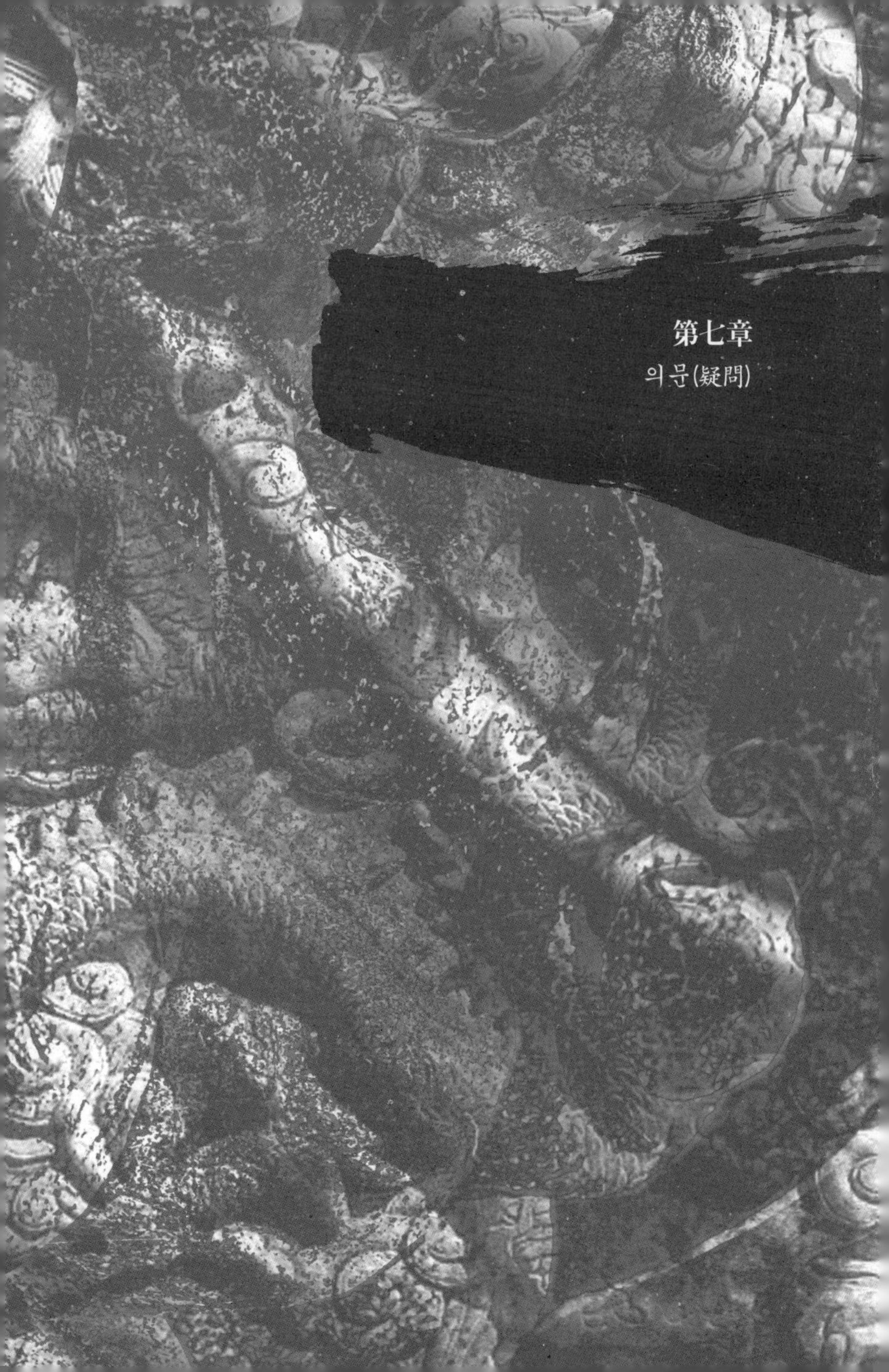

第七章

의문(疑問)

목유현이 눈을 떴을 때는 이미 동이 터오를 무렵이었다.

어스름이 걷히고 태양이 서서히 얼굴을 밀어 올리며 빛을 사방으로 퍼 나르고 있었다.

"그건 뭐였지?"

소녀의 목소리가 머릿속에서 떠나지 않았다.

결국 물음에 답을 하진 못했다.

자신을 향한 그 물음에 대답하려는 순간 꿈에서 깨어났다.

기억을 되짚어보지만 어디에도 관련된 기억 따윈 없었다.

"어떻게 내 꿈속에 나타난 것이지?"

스스로에게 물어보지만 답이 나올 리가 없었다.

환술(幻術)? 사술(邪術)?

그럴 리 없었다.

영겁혈륜이 그를 보호하고 있는 이상 사람의 정신을 현혹하는 술법은 그에게 절대 통하지 않는다.

영겁혈륜 자체가 사람의 정신을 잡아 삼키는 강대한 짐승이었다. 그리고 이 맹수는 절대로 자신의 구역을 넘보는 것을 허락하지 않는다.

홀로 고심해 보았지만 별다른 소용이 없었다.

"목 소협, 일어나셨나요?"

서예소의 목소리가 천막의 천을 지나 들려왔다.

그 목소리에 목유현은 상념을 접고 밖으로 나섰다.

밖에는 이미 표국 인원의 대부분이 천막을 회수하고 길을 떠날 준비를 마쳐 놓고 있었다.

몇몇 인원의 손에는 간이 들것이 들려 있었고, 들것 위에는 운신이 힘든 부상자들이 누워 있었다.

목유현을 바라보는 표국 인원들의 시선은 복잡하고도 미묘했다.

직접적으로 그의 무위를 목도한 천향단의 이들은 목유현을 보며 스스로에 대한 무력감과 한줄기 경외심을 느꼈다.

하지만 다른 복면인들과의 전투에 바빠 목유현을 제대로 보지 못한 이들은 달랐다.

마치 상전이라도 되는 것처럼 느긋하게 행동하는 그의 모습이 마음에 들지 않는 듯 눈을 내리깔며 투덜거리는 이들도 있었다. 동료들에게서 목유현의 조력으로 습격자들이 물러났다고는 들었지만 눈앞의 목유현을 보면 그 말이 거짓말로밖에 보이지 않았다. 아무리 봐도 평범한 청년에 불과하다.

게다가 자신들의 우상처럼 여겨졌던 서예소가 저자세로 나서는 모습은 왠지 모르게 분한 마음을 불러왔다. 하지만 대놓고 투덜거리는 이는 없었다.

지금은 분명 비상사태였다, 그것도 표국의 존폐와도 관련된. 어제 이 시간까지만 해도 시시껄렁한 농담을 나누며 웃음을 공유하던 이들 중 몇몇은 차가운 시체가 되어 땅 밑에 묻혔다.

서인기는 자신들과 동행하기로 결정한 목유현에게 최대한의 편의를 제공하라고 표국 인원에게 절실히 당부했고, 얼마나 더 희생이 있을지 모르는 이 상황에서 수장의 명령을 지키지 않는 것은 동료의 목숨을 위협할 수도 있는 행위였다. 그랬기에 불만을 겉으론 표시하는 이는 아무도 없었다.

표사들의 그런 미묘한 분위기를 감지하면서 서인기는 날랜 표사 몇몇을 첨병 삼아 주변의 위협을 파악하게 하며 표행을 이끌어 나갔다.

매복해 있기 좋은 지형이거나 혹시 예감이 좋지 않는 곳일 경우 최대한 주의를 기울였기에 일행의 속도는 당연히 어제에 비해 절반 정도에 그쳤지만 어쩔 수가 없었다.

언제 또 적의 습격이 있을지 모르는 상황에서 경계를 최대한도로 기울이는 것만이 최선의 선택이었기 때문이다.

목유현은 표국의 맨 뒤에서 앞의 보폭에 맞춰 느긋하게 걸음을 옮기고 있었다.

꿈속에서 있었던 일은 잠시 잊기로 했다.

답이 나오지 않을 것을 계속 끙끙대며 잡고 있는 것은 목유현의 성향과는 동떨어진 것이었다.

어떻게든 자신과 얽힌 일이라면 서두르지 않아도 다시 마주할 순간이 있을 것이다.

앞에 선 첨병 역할을 한 표사에게서 아무런 위협이 없다는 보고를 받은 서인기는 표국의 인원을 이끌고 곧 나올 마을로 향했다.

표사들을 독려하며 부상자들의 상세를 살피는 그에게 오총관이 다가왔다.

무인으로서의 본신의 무력보다는 문사로서의 행정 능력에 더 비중이 있었던 오 총관은 표사들의 헌신적인 도움 덕분에 목숨은 건질 수 있었으나 왼팔에 기다란 자상과 허벅지에 자상을 입어 운신이 편치 않았다.

"국주님, 부상을 입은 표사들의 상세는 어떻습니까?"

"다행히 더 악화된 이들은 없네. 그건 그렇고, 자네 이번 습격자들에 대해서 어떻게 생각하나?"

"저것이 극무련의 유물이라는 것은 표국 내에서도 아는 이가 거의 없습니다. 대부분의 표사들이 표국에서 사활을 걸 정도로 귀중한 물건이라는 정도만 알고 있지 않습니까? 그리고 저희 쪽에서 저것에 대한 정보를 전한 곳은 청룡문뿐입니다. 그렇다면 청룡문 쪽에서 정보가 샜을 가능성이 높습니다."

"나도 그렇게 생각하네. 그들이 우리를 습격했을 가능성은 낮지만 그쪽에서 정보가 샜을 가능성은 높지. 우리를 모두 죽이고 입막음을 하려는 일 처리 방식으로 봐서는 사파 계열일 확률이 높겠지."

"짐작 가는 곳이 있으십니까?"

"전혀. 감도 못 잡겠네. 하지만 그들의 무위로 봐서는 절대 작은 세력일 리 없지."

"저도 그렇게 생각합니다. 그건 그렇고, 요 근래 청룡문의 내부 사정이 엉망이라더니 사실인가 보군요."

"청룡문주가 갑작스런 주화입마에 빠져 그 아들들이 후계자 자리를 놓고 권력 다툼을 하고 있다지 않나. 청룡문이 그대로 반으로 갈라져 버릴 가능성도 있다고 하더군."

서인기와 오 총관의 얼굴에 근심이 가득 어렸다.

"그렇다면 이대로 청룡문으로 이 관을 운반하는 것은 좋지 않은 선택일 수도 있지 않겠습니까?"

"나도 그 생각을 하지 않은 것은 아니네. 하지만 어쩔 수가 없네. 저 관은 우리가 보관하기에는 너무나 위험한 물건이야.

저것을 다시 표국으로 가져간들 또 습격이 온다면 지킬 수도 없어. 게다가 표국으로 돌아가는 길보다 청룡문으로 가는 것이 더 가깝기도 하니 아무래도 이쪽으로 가는 것이 더 나을 듯하이.”

“갈 수 있는 모든 길이 모두 험로로군요.”

“그나마 다행인 건 목 소협이 우리와 함께해 준다는 거지.”

“흠, 전 난전 중이라 제대로 보지 못했습니다만, 정말 그가 도움이 될 것 같습니까?”

“소아의 말로는 분명 전황을 바꿀 정도의 고수라고 하더군.”

오 총관의 의심도 서예소의 이름이 언급되는 순간 현저히 줄어들었다. 그만큼 서예소의 존재는 그들에게 있어 자랑거리였고, 그녀의 보증이 있는 이상 그것은 분명 진실이었다.

“저 나이에 청성파의 일대제자보다 한 수 위라는 겁니까? 무시무시하군요.”

“표국을 위해서라면, 목 소협이 우리에게 도움이 된다면 고개 하나 숙이는 것쯤 뭐가 아쉽겠나. 이 불민한 국주 때문에 희생당한 표사들에게 그저 미안할 뿐이지.”

“절대 국주님의 잘못이 아닙니다.”

“말이라도 고맙네.”

서인기는 가슴속에 응어리진 한숨을 내뱉었다.

날이 어둑어둑해질 무렵 표국 일행은 굴뚝으로 솟아오르

는 저녁밥 짓는 연기를 볼 수 있었다.

상주 인구는 얼마 되지 않지만 주변의 교통이 좋고 유동 인구가 많아 표국의 일행이 모두 머물 정도의 객잔은 충분했다.

사람을 나눠 부상이 심한 이들을 이곳에 머무르며 상처를 수습하게 하기로 정한 후 나머지는 모두 제각기 휴식을 취했다.

목유현 또한 배정받은 독방에서 느긋하게 휴식을 취했다.

다른 이들은 혹시 모를 습격에 잔뜩 긴장하고 있었지만 그에겐 그런 긴장감은 해당 사항이 없었다.

똑똑.

누군가 조심스럽게 문을 두들겼다. 침상에 앉아 있던 목유현은 고개를 돌려 소리의 근원지를 바라보았다.

문밖에서 느껴지는 건 청아한 기운. 굳이 보지 않아도 누군지 알 수 있었다.

"들어와."

목유현의 입이 열렸다.

"그럼 실례하겠어요."

서예소가 문을 열고 들어왔다.

"무슨 일이지?"

"물어볼 것이 있어서 왔어요."

목유현의 고개가 눈앞의 의자로 향했다.

서예소는 그의 의도를 눈치채고 손사래를 쳤다.

"아니에요. 간단한 물음이니까요."

"좋아, 얼마든지."

생각보다 쉽게 수락하는 목유현의 모습에 안도의 한숨을 내쉬었다.

종잡기 힘든 이인만큼 쉬이 예측의 범주 안에 놓기 힘들었다.

그녀는 잘게 심호흡을 한 후 입을 열었다.

"저번에 했던 말, 그 진의가 궁금해요."

그럴 줄 알았다는 듯 목유현의 입꼬리가 슬그머니 올라갔다.

"난 다른 사람이 가능한 일을 대신해 주는 취미는 없다는 그 말을 얘기하는 건가?"

"맞아요."

"두 눈을 가지고 있어도 두 눈을 감고서는 아무것도 보이지가 않아. 눈꺼풀 속에 숨어 있을 뿐인 눈동자는 말 그대로 무용지물이지."

"그게 무슨……?"

목유현의 말과 눈동자에는 확신이 깃들어 있다.

"눈을 뜨라고 말하고 있는 거지."

영겁혈륜이 장악하고 있는 공간은 아직 삼 척가량.

팔 하나 뻗을 정도의 길이밖에 되지 못한다.

하지만 그 공간은 영겁혈륜이 지배하는 대지이다.

영겁혈륜의 본성은 학살하고 존재의 살의를 먹어치우기 위한 무공.

그 먹이가 강할수록, 자신에게 향하는 그 살의가 클수록 영겁혈륜이 탐내는 먹이가 된다.

그렇기에 원전과는 달라진 영겁혈륜일지라도 자신의 영역 안에 들어온 먹이의 탐스러움을 누구보다 잘 알고 있다.

'쓰잘 데 없는 것에 신경 쓰는 것은 둘이 정말 똑같군.'

목유현은 그녀의 모습에 겹치는 잔영에 나직이 고개를 저으며 입을 열었다.

"어리광을 피우고 싶은 거면 나가줬으면 좋겠는데. 조금 피곤해서 말이야."

최대한 차갑게 내뱉는다.

이 말이 마음에 걸리는 닻이 될 수 있도록.

그리고 목유현은 서예소로부터 몸을 돌려 버렸다.

축객령이었다.

"큭."

서예소는 반박을 하고 싶었지만 어떤 것도 구체적인 형태로 입 밖으로 나오지 못했다.

"아! 듣자 듣자 하니까 못하는 말이 없군."

딱딱하게 굳은 목소리가 두 사람 사이로 끼어들었다.

서예소가 놀라 고개를 돌렸을 때 그녀의 시야로 들어온 것은 한 명의 사내였다.

짙은 적청 색의 무복을 입고 양손에는 흑색의 수갑을 끼고 있는 남자는 육 척을 훌쩍 넘을 정도로 거구였다. 짙은 눈썹에 각이 진 얼굴, 한일자로 다문 두툼한 입술은 남자의 인상을 진하게 더하고 있었다.

서예소가 말을 꺼내기도 전에 딱딱하게 굳은 남자가 먼저 입을 열었다.

"당신, 척 봐도 연배가 그리 많아 보이지는 않는데 너무 무례한 거 아닌가? 아무리 상대가 정중하게 대해준다 해도 할 말이 있고 못할 말이 있지. 도대체 누구길래 그렇게 말을 막하는 거지?"

목유현을 쏘아보는 남자의 시선은 당당함으로 가득 차 있었다.

"넌 누구냐?"

남자는 신경조차 쓰지 않는다는 어투로 목유현이 말했다.

남자의 당당함은 이내 당혹감으로, 그리고 수치심으로 물들었다.

잔뜩 불거진 남자의 입에서 노호성이 튀어나오려는 찰나 서예소가 그의 앞을 가로막았다.

"두 분 다 거기까지 하시는 게 좋겠네요."

목유현과 남자의 시야를 절묘하게 가리며 들어온 서예소 탓에 남자의 입장으로선 분기를 터뜨릴 시기를 놓쳤고, 목까지 치밀어 올랐던 말은 머쓱하게 쑤욱 들어가 버렸다.

"저는 서예소라 해요. 실례지만 누구신지 여쭈어봐도 되겠죠?"

"서 소저시군요. 저는 포북하가의 하조문이라고 합니다."

하조문이라 이름을 밝힌 남자는 서예소에게 포권을 하더니 슬쩍 고개를 목유현에게로 돌렸다.

자신이 이름을 밝혔으니 네 녀석도 그에 상응하는 행동을 하라는 것이다.

하지만 목유현은 신경을 꺼버린 듯 아예 다른 곳을 보고 있었다.

"거기 당신! 지금 아예 무시하는 건가?"

목소리가 완전히 가라앉으며 하조문의 눈썹이 역팔 자를 그렸다.

"시끄럽군. 가는 길에 데리고 나가."

"이익!"

"하 소협, 일단 나가시죠. 나가서 진정하고 얘기하는 것이 좋겠어요."

수갑(手甲)이 착용된 양손이 들리려는 것을 서예소가 겨우 만류해 방 밖으로 데리고 나갈 수 있었다.

방을 나오고 나서도 하조문은 분이 풀리지 않는지 한동안 얼굴에 피가 쏠려 보기 좋게 그을린 피부가 완전히 벌겋게 물들어 있었다.

　분통이 터지는 듯 잔뜩 열을 내는 그의 모습을 보며 서예소는 적절하게 둘 사이에 끼어들었음을 재차 인식하고 안도의 한숨을 내쉬었다.

　한동안 씩씩대던 그는 이제야 화가 좀 가라앉았는지 서예소에게 미소를 지으며 뒤늦게 표정 관리를 했다.

　"처음 뵙겠습니다. 아까 말했다시피 저는 포북하가의 하조문이라고 합니다. 서 소저라 불러도 괜찮겠습니까?"

　"네, 얼마든지요."

　수국이 만발하는 것 같은 그녀의 보기 좋은 푸른 미소에 하조문의 얼굴이 다소 붉어졌다.

　"그런데 입고 있으신 도포로 봐선 도문에 적을 두고 계신 것 같은데."

　"미력하게나마 청성에서 검을 닦고 있어요."

　"호오."

　"그런데 저희 표국에 무슨 용무라도 있으신가요? 표물을 맡기고 싶으신 거라면 지금은 사정이 여의치 않아 좀 힘들 듯한데요."

　"그런 건 아닙니다. 오히려 반대라고 할까?"

　"네?"

　하조문은 양어깨를 으쓱거리며 눈가에 더욱 힘을 주고 말했다.

　마치 선심을 쓰는 듯 스스로를 부각시키려는 그의 표정에 서예소는 보이지 않게 살짝 쓴웃음을 지었다.

"서 소저, 의문의 괴한들에게 습격을 받으셨다고 들었습니다."

"…그래요. 그 이야기는 어디서 들으셨는지 조금 궁금한데 가르쳐 주실 수 있나요?"

절대 떠들고 다닐 만한 일이 아니고 다분히 민감한 문제였다. 그들이 운반하고 있는 것은 귀물(貴物)이었고, 제삼자가 이렇게 끼어들어도 좋은 일이 아니었다.

"상비약을 보충하러 의방에 들렀더니 표국 사람들이 있더군요. 심한 자상을 입은 사람이나 내상을 입은 사람들을 보아 하니 심상치 않은 일인 듯해서 제가 연유를 물어보았습니다. 마침 저를 알아보는 이가 있어 사정을 가르쳐 주더군요."

"그랬나요."

그녀는 하조문에 대해 알지 못했기에 살짝 고개를 갸우뚱 거렸다.

"선량한 표국을 습격해 표물을 빼앗아 가려는 의문의 괴한 들, 그 이야기를 듣고 결심했습니다."

"무엇을 말이지요?"

고조되어 가는 하조문의 어조와는 반대로 서예소는 한줄 기 불안감을 느끼고 있었다.

"저도 이 표행에 끼워주십시오!"

당황해하는 서예소를 지나쳐 서인기를 찾아낸 하조문은 그리 어렵지 않게 서인기로부터 동행의 허락을 받아냈다.

일행까지 데리고 와 한동안 잘 부탁한다는 그의 인사에 놀란 서예소는 한걸음에 서인기의 방으로 달려갔다.

그녀가 서인기의 처소로 달려가 본 것은 머리를 싸매고 있는 고뇌에 찬 서인기의 얼굴이었다.

"아버지, 어째서 하 소협의 동행을 허락하신 거예요?"

"나도 그 일 때문에 머리가 아파 죽겠구나."

넌더리를 치는 그의 얼굴은 족히 십 년은 더 늙어 보였다.

"지금 표국의 형편으로는 하 소협까지 돌볼 여력이 없지 않나요? 당장 다음 습격이 닥친다면 어떻게 될지도 모르는, 언제 깨질지 모르는 살얼음판을 걷고 있는 상황이잖아요."

"나도 잘 알고 있다."

"그런데 어째서 허락하신 거예요?"

"나도 만류했다. 위험하다고, 지금 표국 인원 중에는 목숨을 잃은 이도 있다고, 그까지 돌볼 여력은 없다는 말까지 했다."

"그런데도 같이 가겠다고 한다구요?"

"오히려 더 좋아하더구나. 그런 위험에 빠진 사람들을 못 본 척 지나치는 것은 협객의 도가 아니라고 하더구나."

"하!"

서예소는 기가 막혀 말이 나오지 않았다.

방금 전 대화에서 본 그의 자신에 찬 눈동자가 떠올랐다.

아마 그는 이것을 무슨 장난처럼 생각하고 있는 것일지도 모른다.

"…그렇다고 한들 동행을 허락하시는 건 다른 문제이지 않나요? 하 소협은 저희 표행과는 일절 상관없는 인물이에요."

"본인이 막무가내로 우겨대니 어쩔 수가 없었다."

그는 깊은 한숨을 내쉬며 서예소를 향해 말을 꺼냈다.

"너도 알다시피 포북하가라 하면 광서 남부에선 그 영향력이 다섯 손가락 안에 족히 든다는 대문파이지 않느냐? 게다가 상권에 미치는 영향 또한 그에 못지않고. 더군다나 우리 표국의 주 고객이기도 하지."

"그렇군요."

그녀는 그제야 표국의 일원이 하조문을 알아보았다는 사실을 납득할 수 있었다.

"그리고 그는 포북하가의 독자이고."

"네."

"하 가주의 자식 사랑은 유명하지. 대대로 손이 귀한 가문이라 그 정도가 더욱 심하다고 하지. 오죽하면 하가에는 가주의 말은 어겨도 되지만 그 아들의 투정만은 절대 어겨선 안 된다는 말까지 있겠느냐."

"설마……?"

"그래, 넌지시 말을 하는 품이 결국은 하 가주를 통해 압력을 넣겠다고 돌려 말하더구나."

"그에게 해가 미친다면 그 뒷감당은 더 클지도 몰라요."

"어쩔 수가 있겠느냐? 아무 일 없기만을 빌어야겠지."

서인기의 표정이 너무나도 기운이 없어 보였기에 서예소도 더 이상 말을 꺼내지 못한 채 방을 나서고 말았다.

날이 밝는 대로 다시 표행 길에 오른 표국에는 물과 섞이지 않는 기름처럼 붕 떠 있는 두 무리가 있었다.

하나는 목유현이었다.

표국과는 멀찌감치 떨어져 홀로 걸어가고 있는 그를 보면 일행이라기보다는 같은 방향을 우연히 걸어가고 있는 이로 보일 지경이었다. 하지만 일정한 간격을 언제나 유지하고 있는 것은 그가 표국과 동행하고 있는 증거였다.

또 다른 한 무리는 하조문과 그의 동행이었다.

하조문과 함께 걸어가고 있는 이는 평균적이지만 하조문과 비교하면 말과 망아지 정도로 보이는 작은 체구의 청년이었다.

그는 광서 남부의 유력 문파인 육천검가의 자제로 마치 하조문의 종자마냥 그의 옆에서 떨어질 생각을 하지 않았다.

두 남자는 모두 척 봐도 값나가는 옷감으로 만든 무복에 윤기가 반드르르 흐르는 무구를 착용하고 있었다.

얼마 전의 격전으로 군데군데 베어지고 해진 의복을 입고 있는 표국과 대비되는 그들의 모습은 언뜻 표국이 그들을 호위하는 것처럼도 보였다.

예상치 못한 동행에 신경이 바짝 곤두선 서인기는 첨병 역할을 맡은 표사들에게 조금 더 꼼꼼한 정찰을 당부했다.

일행의 가운데에서 걸어가고 있는 하조문은 무엇이 그리 마음에 드는지 그 두툼한 만면에 부담스러울 정도로 한결같은 미소를 짓고 있었다. 그의 시선은 호시탐탐 서예소에게로 향해 있었지만 서예소는 다른 생각에 잠겨 그의 시선을 눈치채지 못했다.

그 사고의 끝을 붙잡고 놓아주지 않는 것은 목유현의 존재였다.

그는 일행의 제일 뒤에서 간격을 유지한 채 걸음을 옮겨 나가고 있었다.

겉으로만 보면 평범하기 그지없는 청년으로밖에 보이지 않는다.

하지만 그건 분명 겉보기이다.

분명 자신만이 느끼는 감각일 것이다.

예전부터 남들이 느끼지 못하는 것을 알아채는 그녀를 보고 사부님은 기를 듣는 귀가 밝다고 말했다.

그에게 다가가면 느껴지는 것은 측정하기도, 표현하기도 힘든 거대한 무언가였다.

그 무언가는 지금도 끊임없이 요동치며 또 다른 무언가를 갈구하고 있었다.

그것이 무엇인지는 모른다.

불길함과 현묘함을 동시에 풍겨내는 것에 대한 이야기 따위 들어본 적도 없다.

게다가 목유현은 자신에 대한 것은 일절 말하지 않았다.

'그러고 보니 난 목 소협에 관해 아무것도 모르는구나.'

알고 있는 것이라고는 그가 대사형인 하관철과 친우라는 사실뿐이었다.

도대체 어디서 저런 사람이 나온 걸까?

동향 사람이라고 했지?

대사형의 고향이 어디더라?

스스로 자문해 보지만 답이 나올 리가 만무했다.

아침 해가 떠오르기 시작함과 동시에 출발한 표행은 해가 남중고도에 달할 무렵 관도 옆 수목이 적당한 우거진 곳을 발견하고는 휴식을 취하기로 했다.

무리하게 지름길로 표국을 이끌다 복면인들에게 습격을 당한 이후 웬만하면 길을 질러가기 위해 험지를 넘는 것을 자제하고 관도를 통해 목적지인 계림으로 착실히 나아가고 있었다.

표국 일행보다 먼저 자리를 잡은 채 쉬고 있는 목유현에게로 다가온 것은 하조문과 그의 동행 천혁린이었다.

“어이, 당신, 당신은 표국의 일원도 아닌 것 같은데 왜 은근 슬쩍 껴서 가고 있는 거지?”

바위에 누워 낮의 따스한 햇볕을 쬐고 있던 목유현은 커다란 거구로 햇살을 가리는 그의 등장에 짜증난다는 얼굴로 휙하니 등을 돌려 누워버렸다.

그 행동에 순식간에 그의 까무잡잡한 얼굴이 마치 잘 익은 홍당무처럼 빨개졌다.

“감히 하 형이 하문하시는데 냉큼 답하지 않고 뭐하는 거냐?”

그의 옆에서 천혁린이 분기탱천한 노호성을 뱉어냈다.

하조문의 눈에 비친 목유현은 아무리 봐도 비범한 면모라곤 조금도 보이지 않았다. 풍기는 기도가 특출한 것도 아니고 자신처럼 기골이 장대한 것도 아니었다. 기껏 잘 봐줘도 허름한 낭인에 불과했다.

표국주가 신신당부하며 목유현에게 정중하게 대할 것을 부탁했지만 그로서는 그 이유를 도저히 이해할 수가 없었다.

아무리 봐도 싹수머리라고는 조금도 찾아볼 수 없는 건방지기 짝이 없는 놈팡이에 불과한 그가 표국주와 서예소에게 특별한 대접을 받는 것 같았다.

그것이 그의 호기심과 자존심을 자극했다.

예전부터 궁금한 것은 참아 넘기지 않던 그이고, 마음에 들지 않는 것을 참아 넘긴 적도 없는 그다.

　심호흡과 함께 화를 가라앉히며 하조문은 필사적으로 표정을 관리했다.

　마음 같아서는 소리라도 냅다 질러 버리고 저 누워 있는 녀석을 바닥에 마구 패대기쳐 버리고 싶었지만 서예소의 시선이 이쪽을 향할 거라 의식하니 도저히 그렇게 할 수가 없었다.

　애초에 그가 억지로 이 표행에 따라붙은 것도 거리를 걷다가 만개하듯 피어나는 그녀의 미모를 보고 첫눈에 반해 버린 까닭이다. 어차피 협의 기상을 높이기 위해 나선 협행 길, 거기다 위험에 빠진 가인(佳人)을 도울 수 있으니 이 어찌 일석이조라 부르지 않을 수 있겠는가?

　어릴 적부터 자신의 한마디에 양보하지 않는 이가 없고, 이뤄지지 않는 일은 없었으며, 자신이 나서서 해결되지 못한 일 따위는 하나도 없었다. 그것이 광서성의 남부에서 절대적인 영향력을 발휘하는 포북하가의 독자인 자신의 위치였다.

　눈앞의 저 무례하기 짝이 없는 놈도 자신의 이름을 알고 가문의 위상을 알면 저런 건방진 행태를 보이지 못할 것이 분명하다. 저놈이 저러는 것은 아마 그것들을 몰라서 그럴 것이다. 그는 그것을 굳게 믿으며 자꾸 굳어가는 인상을 풀었다. 그는 서예소에게 마음이 좁은 남자라는 인상을 남겨주기는 싫었다. 이럴 때일수록 대범하고 포용력이 넘치는 모습을 보여주어야 할 때라고 그는 생각했다.

"흐음, 이보게, 우리 한번 얘기나 나누어보는 것이……."

"싫다."

뭐라 말을 이어나가기도 전에 거절의 말이 날카롭게 그의 말을 잘라 버렸다.

"이봐!!"

겨우 가라앉혔던 화가 다시 치솟아올랐다.

"사람이 어찌 그리 무례한가? 저번부터 사사건건 정말 예를 모르는 인간이로군."

"하 형, 이 예의를 모르는 놈은 이 몸이 손봐주겠소."

목유현은 자신을 손봐주겠다고 목소리를 높이는 이들을 한심한 눈초리로 바라보았다.

천혁린은 목유현의 그 웃음에 울컥해 허리춤에 매달아놓은 검을 잡아갔다.

"네 녀석! 그 눈초리는 뭐냐? 감히 비웃는 것이냐?"

스르룽.

모욕을 참지 못하고 검을 반 정도 뽑아 드는 순간 천혁린은 마치 빙하에 전신이 빠져 버린 듯한 한기를 느꼈다.

등골을 싸늘하게 식히고 뇌수까지 얼려 버리는 극한의 한기는 사고조차 얼고 더불어 검을 움켜쥔 손까지 굳어버리게 만들었다.

본능이 그에게 호소한다.

이 이상 검을 뽑았다가는 분명 큰일이 생길 거라고.

하지만 여기서 검을 물릴 수도 없다. 그가 평소에 따르던 하조문이 바라보고 있었다.

여기서 그가 검을 집어넣어 버린다면 그가 무어라 생각하겠는가? 남자가 검을 뽑았으면 무라도 베어야 하는 법이다. 그의 시선을 생각해서라도 자신은 검을 마저 뽑고 눈앞의 건방진 놈을 단죄해야 했다. 천혁린의 머릿속은 찰나의 시간 동안 맹렬히 회전했으나 명쾌한 답은 도출하지 못했다.

"두 분, 거기까지 하세요. 이분은 저희 표국의 은인이세요. 이 이상의 무례는 저희 표국을 모욕하는 것과 마찬가지로 생각하겠어요."

때마침 서예소가 그들 사이에 끼어들었다.

천혁린이 눈앞을 바라보았을 때는 시야를 가로막은 서예소의 몸 사이로 다시 등을 돌리고 누워 있는 목유현의 모습이 보였다. 자신도 모르게 안도의 한숨이 나왔다.

"천 소협, 지금 표국은 정체 모를 적을 대비하고 있어요. 지금의 사태에 내분은 절대 용납할 수 없어요. 그러니 그 검을 다시 넣어주시겠어요?"

서예소는 아직 검을 넣지 않은 그를 보며 재차 정중하게 부탁했다.

금정표국의 소국주란 것을 제하고서라도 서예소는 청성의 일대제자이다.

그녀와 척을 져서 남는 이득이라곤 조금도 없었다.

그래, 정말 적절한 핑곗거리이지 않나?

마음속 어딘가에서 솟아오르는 외침을 무시하며 천혁린은 검을 다시 집어넣었다.

서예소가 만류해 어쩔 수 없다는 표정과 몸짓을 등 뒤의 하조문이 충분히 볼 수 있도록 취했다.

검을 집어넣는 순간 등골을 지나 뇌수를 얼려 버릴 듯한 한기는 어느덧 완전히 자취를 감추고 사라져 버렸다.

마치 방금 전의 일이 자신의 착각이었던 것처럼 말이다.

방금 전의 일이 사실이었는지 스스로도 의심이 될 정도였다. 사막에서 보인다는 신기루처럼 너무나도 순식간에 사라져 버렸다.

"네 녀석, 지금은 서 낭자의 얼굴을 봐서 봐주겠다만 다시 한 번 하 소협에게 무례를 범했다가는 내 검이 널 용서치 않을 것이다."

천혁린이 마음속의 불안을 애써 무시하며 호기롭게 외쳤다.

다분 안도하는 천혁린의 보이지 않는 한숨 뒤로 하조문은 목유현을 배려하는 듯한 서예소의 행동이 가슴속의 불꽃을 지핀 듯 분노가 깃든 눈으로 그를 노려보고 있었다.

"신경 쓸 필요가지야."

목유현은 죄송하다고 사과하는 서예소의 말을 가볍게 일

축했다.

　하지만 서예소는 목유현의 담담한 표정에서 불안감을 지우지 못했다.

　"광서 남부의 세도 문파들의 자제라고 했던가?"

　"그래요. 전부 남부에선 이름만 말해도 유명한 문파들이라고 하더군요."

　"큭큭, 웃기는군."

　"뭘 말하는 거죠?"

　"그렇게 곤경에 빠진 사람을 돕고 싶다는 이들이 여기 있다는 것이 말이야."

　"저들 말이군요."

　"광서 남부는 지금 왜구들이 한창 설치고 있지. 아마 저들의 부친인 문주들도 지금 왜구들을 상대하느라 정신이 하나도 없을 테고."

　"그건 그렇겠죠."

　"하긴 거긴 일종의 전쟁터니까. 꿈도 낭만도 없는 전쟁. 피가 튀고 목숨이 시시각각 달아나지. 실시간으로 사망자와 중상자가 늘어나고 한눈만 팔아도 목숨은 저세상으로 가버리는 곳이지. 그런 전쟁은 싫다는 거다. 거긴 협객 놀이를 운운할 수 있는 곳이 절대 아니니까. 한마디로 저들은 협객놀이를 하고 싶은 거라고 할까?"

　"……"

신랄하지만 틀린 점은 없었다.

"그들은 알까? 꼭 장검이 아닌 조그마한 비수로도 사람은 너무나도 쉽게 목숨을 잃는다는 것을."

문득 진심으로 궁금해진다.

도대체 그는 어떤 세상을 살아온 것인가?

싸늘한 관조 뒤로 보이는 자학적인 목유현의 모습이 그녀의 의문을 강하게 자극했다.

그 의문이 입을 타고 새어 나왔다.

"목 소협은 어떤 삶을 살아온 거죠?"

"글쎄."

하지만 돌아오는 것은 완곡한 거절의 말이었다.

"그저 잠깐 궁금했을 뿐이에요. 당신은 내가 알고 있는 상식의 잣대와는 조금 다르니까요. 게다가 대사형에게서는 이런 특이한 친구에 대한 이야기는 들어본 적이 없거든요. 그래도 궁금해할 이유는 있지 않나요? 불가에서는 잠시 옷깃만 스쳐도 전생에 긴밀한 인연이 있다 말하는데 저희는 이렇게 동행까지 하고 있잖아요."

"……"

"전 목 소협과 친해지고 싶다고요."

"이제 출발하려 하는군."

그녀의 활짝 핀 미소에 목유현은 슬쩍 고개를 돌리며 말했다.

잠시 휴식을 취하던 대부분의 표국 일행이 이미 짐을 정리하고 출발할 준비를 마친 상태였다.

말을 돌리는 목유현의 행동에 서예소는 아쉬운 듯 귀엽게 혀를 차며 국주 옆으로 돌아갔다.

*　　　*　　　*

쾅!

촛불 하나조차 비치지 않는 어둠 속.

누군가가 분기를 참지 못하고 그대로 탁자를 내려쳤다.

여기저기 세월의 흔적이 고풍스러운 멋을 자아내는 자단목으로 짜인 탁자의 일부분이 남자의 주먹 힘을 이기지 못하고 쩌억 갈라져 버렸다.

'일반적인 가정의 십 년 생활비는 거뜬히 잡아먹을 정도로 비싼 것을' 이라는 여유로운 말을 흘리며 다른 쪽에 마주한 청년은 여전히 여유로운 미소로 그를 대하고 있었다.

장한의 전신에서 매서운 살기가 타오르고 있었다.

"정보와 다르지 않나!! 그런 고수가 있다고는 들은 적이 없다!"

장한은 마치 장난감을 가지고 놀 듯 여유로 넘쳐흐르던 목유현의 모습을 떠올리고는 다시금 식은땀을 흘렸다.

"아! 그 부분은 저도 상정치 못한 일이었습니다. 뭐 우연히 그들을 돕기로 한 모양이더군요."

"그것을 나보고 믿으라는 말인가? 신용을 잃고는 뭘 믿고 당신들과 거래를 하란 말이지?"

"그래서 사과를 겸해 전력이 될 만한 패를 더해 드리도록 하겠습니다."

"무엇을 더하겠다는 말인가?"

청년은 싱긋 웃으며 세 손가락을 펼쳤다.

"세 명을 붙여 드리죠."

"고작 세 명 가지고 무엇을 하란 말인가?"

"흐음. 번암쌍객(翻暗雙客)이라면 이야기가 달라지지 않을까요?"

"…정말인가?"

그들의 이름에겐 흥분 일변도인 장한의 온도가 그대로 식을 정도의 무게가 있었다.

"저한테 뭐가 이로울 게 있다고 농담을 하겠습니까? 후후, 원래 다른 일에 쓰기 위해 고용한 이들이지만 그쪽과의 거래를 위해 아낌없이 투입하기로 하였습니다."

장한은 청년이 언급한 두 명의 무위를 떠올리며 머리를 굴렸다.

"좋아, 당신들과의 거래를 지속하도록 하지."

"현명하신 판단입니다."

청년의 미소가 어둠 속에서도 뚜렷이 존재감을 발했다.

장한은 그 미소가 마음에 들지 않는 듯 코웃음을 치더니 이
내 자리를 박차고 나가 버렸다.

지하에 마련된 밀실을 벗어나자 그의 심복들이 다가왔다.

"두령, 어떻게 하시기로 했수?"

"지원을 받기로 했다."

"얼마나 해준다고 합디까?"

"번암쌍객을 붙여주겠다고 하더구나."

"캐액! 더럽게 유명한 놈들인데. 그건 좋기는 한데……."

"그래, 더욱 수상해지지. 그들까지 포섭 가능한 이들이 어
째서 독자적으로 나서지 않느냐는 의문이 생기니까 말이지."

"그 말대로유."

"토사구팽(兎死狗烹)을 걱정하는 거냐?"

"그렇지 않수. 구린내가 예까지 풀풀 나는구려."

"하지만 이미 늪에 발을 담갔으니 뺄 수는 없다. 그리고 이
런 것이 좋지 않냐? 적당한 긴장은 살아 있다는 기쁨을 주
지."

"큭큭, 역시 두령은 변태기가 다분하구려."

"그 입을 확 꿰매 버리기 전에 닥치고 있거라."

"어이쿠! 맘대로 하슈."

'나를 이용해 먹고 버릴 생각이라면 큰코다칠 것이다.'

녹림십팔채(綠林十八寨)의 일원이자 십팔 채 중 가장 강력
한 전위대를 소유했다고 일컬어지는 노룡채(怒龍寨)의 채주

잔폭노도(殘暴怒刀) 부척경은 눈 한가득 잔광을 흩뿌리며 그의 수하들이 있는 곳으로 돌아갔다.

"신안께서 명을 내리셨다."

밀실에 남은 청년의 뒤로 그림자가 떠올랐다.

분명 아무것도 없는 어둠 속에서 인영이 떠오르는 것은 기괴하기 짝이 없는 일이었지만 이 공간 내에서 그것을 신경 쓰는 이는 아무도 없었다.

"헤에, 이번엔 뭐라 하셨습니까?"

"바뀐 것은 없다. 단지 예전 지시한 것을 절대로 어기지 말라고 당부하셨다."

"후우, 그거 아쉽기 짝이 없는 일이군요."

"그리고 이것을 내리셨다."

그림자의 내밀어진 오른손에는 묵직한 금속성의 광채가 나는 원통이 올려 있었다.

"호오, 드디어 양산이 시작되었나 보군요."

"그럼, 이만."

그림자는 목적을 마쳤다는 듯이 다시 스르르 지면으로 녹아들 듯 사라져 버렸다.

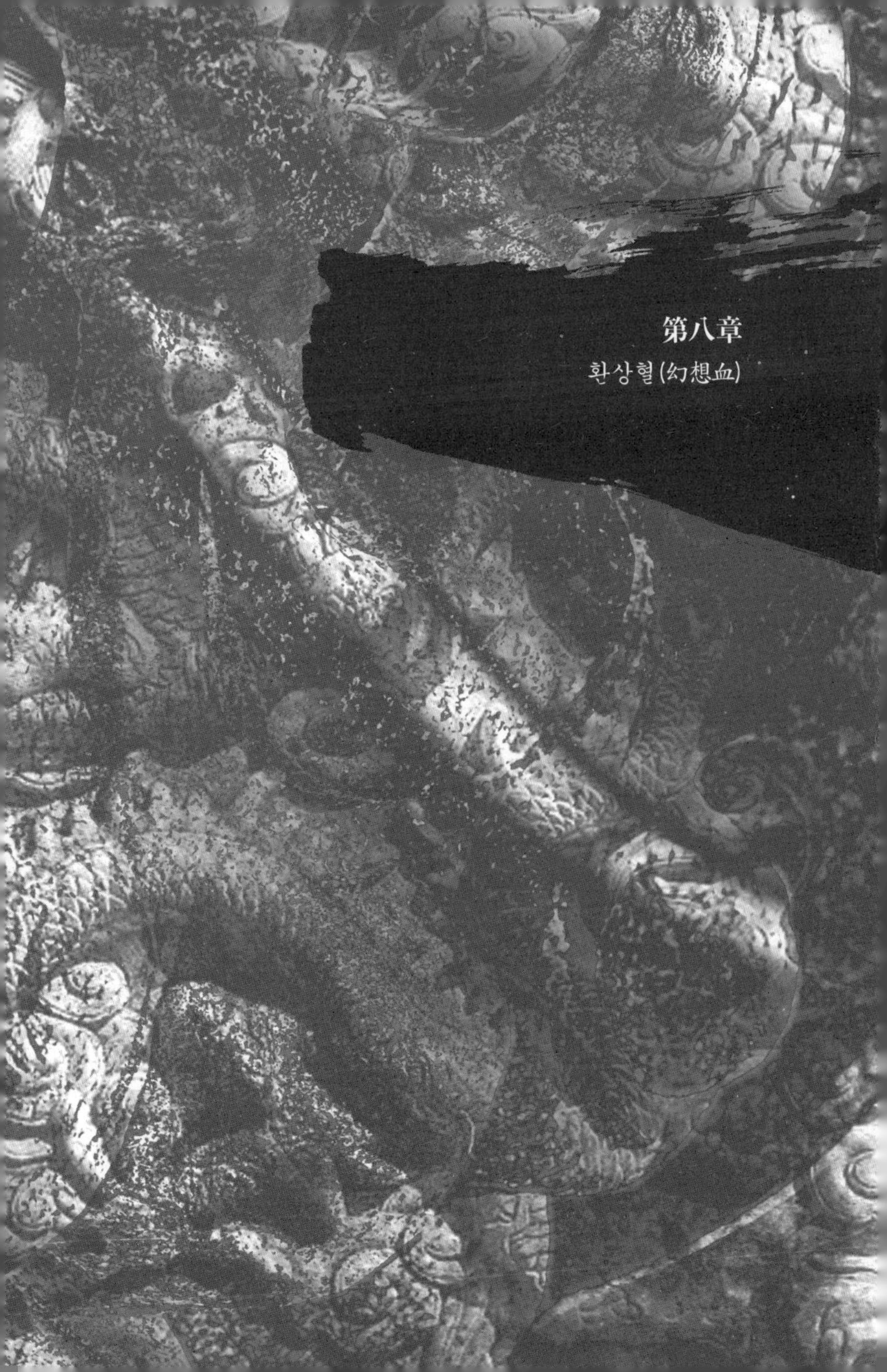

第八章

환상혈(幻想血)

적당한 곳에서 하루를 쉰 표국은 다시 표행을 재개했다.

표국은 표물인 관을 멘 천향단의 일원을 중심으로 한 원진을 유지하며 전 방위를 경계하며 앞으로 나갔다.

"일단 여기서 휴식을 취하자."

해가 남중고도를 지날 무렵 서인기는 표국 인원들이 모두 쉴 수 있을 만한 공간의 그늘을 발견하고 휴식을 명했다.

이 할 정도의 인원이 경계를 취하며 나머지 인원은 그늘에 잠시 몸을 기대고 잔뜩 집어당긴 화살의 시위 같은 긴장을 풀어놓았다.

마냥 잡아당긴 화살의 시위는 결정적인 순간에 끊어져 버린다는 것을 알기에 동료를 믿고 잠시 긴장을 느슨하게 하는 것이었다.

"서 소저, 아무 걱정도 하지 마십쇼. 어떤 놈들이 표행 길을 노리고 있는지는 모르겠지만 이 하조문의 주먹이 그들을 용서치 않을 것입니다."

"천가의 검 또한 녹록지 않음을 기억해 주십시오."

그녀의 옆에는 하조문과 천혁린이 떨어지지 않고 입을 놀리고 있었다.

그녀는 기계적으로 고개를 끄덕여 주었다.

하조문은 그녀의 시선이 목유현이 있는 곳으로 향할 때마다 인상을 찌푸렸지만 저런 하오배와 비교되어 봐야 자신의 격만 떨어진다는 생각에 애써 표정을 유지했다.

하조문은 표국을 습격했다는 적이 나오기를 마음속으로 간절히 바랐다. 표국의 위기에서 적을 당당하게 물리치는 자신의 압도적인 힘을 본다면 그녀의 시선이 자신에게 향하지 않을 리가 없다고 그는 생각했다.

일행은 얼마 지나지 않아 다시 표행을 재개했다.

잠시 풀어놓은 긴장의 시위를 다시 팽팽하게 당긴 그들은 사주 경계를 소홀히 하지 않으며 적의 습격에 대비하고 있었다.

그러기를 한 시진.

"무슨 일이냐?"

서인기는 자신에게 달려온 첨병 역할을 맡은 표사에게서 이 앞부분에 길이 막혔다는 보고를 받았다.

관도가 이어지지 않는 낮은 산중을 헤쳐 나가고 있는 표국의 앞길에 커다란 바위가 길을 막고 있다는 보고였다.

다행히 인위적이 아닌 산사태로 인한 것 같다는 표사의 보고에 안심하며 일행을 이끌어 나갔다.

이 길을 통하지 않으면 거의 산 하나만큼을 돌아가야 길이 나오거나 더욱더 험지로 가야 하기 때문에 정확한 상황을 보고 길을 뚫을 생각이었다.

과연 길을 가로막고 있는 바위는 컸다.

집채만 한 바위 하나를 중심으로 두어 개의 바위가 길을 단단히 틀어막고 있었는데 산사태로 인한 듯 주변에는 흙무더기로 가득했다.

"흠, 상당히 크군."

표국 내에서도 용력을 자랑하는 몇몇 표사들이 몸을 풀며 앞으로 나왔다. 힘을 합쳐 바위를 들어내 길을 만들 요량이었다. 하지만 그들의 표정은 썩 좋지 않았다. 그만큼 바위의 크기가 상당히 컸다.

"훗, 제가 하죠."

그때 일행의 중심에서 한 명의 거한이 걸어나왔다.

목을 돌리며 몸을 풀고 나서는 이는 바로 하조문이었다.

남들보다 최소 머리 하나가 큰 것이 집안 내력인 포북하가
답게 하조문 또한 굉장한 거구를 자랑했다. 그 거구에서 쏟아
져 나오는 용력을 이용한 패호천력공과 박투술인 패호투는
포북하가를 광서 남부 최고로 뽑히는 무문으로 끌어올리는
데 결정적인 역할을 한 무공이다.

하조문은 앞으로 나서며 힐끔 서예소를 바라보더니 그리
고는 뒤에 멀찌감치 떨어져 있는 목유현을 노려보았다.

자신의 힘을 목도하고 알아서 기란 의미였다.

'쳇, 저놈.'

목유현은 관심이 없는 것처럼 이쪽을 전혀 보고 있지 않았
다.

하지만 상관없었다. 단순히 시선을 향하지 않는다 하여 그
가 바위를 옮긴 사실까지 없어지는 것은 아니니까.

일행의 시선이 모두 자신에게 향하는 것에 뿌듯해하며 자
랑스레 바위로 나아갔다.

바위에 거목의 몸통처럼 굵고 커다란 양팔을 둘렀다.

"흐읍!!"

크게 호흡을 들이켜고 폐로부터 공급된 신선한 공기가 단
전을 자극하며 끝없는 용력을 샘솟게 하는 패호천력공을 끌
어올렸다. 전신에 충만한 내력이 차오르며 힘이 솟아올랐다.

"흐압!!"

우렁찬 기합과 함께 몸과 양팔의 근육이 터질 듯 부풀어 올

렸다.

하지만 쉬이 치워 버리고 자신의 힘을 과시하려던 그의 의도와는 달리 바위는 움직이지 않았다.

마치 땅바닥에 뿌리라도 내린 것처럼 단단하게 대지에 스스로를 고정시키고 있었다.

이대로 끙끙대다가는 바위를 치우고도 망신살이 뻗칠 수가 있었다.

젖 먹던 힘까지 끌어올리며 운용 가능한 한계치까지 패호천력공을 끌어올렸다.

안 그래도 터질 듯 부풀어 올랐던 근육이 더욱 부피를 늘리며 바위를 들썩거리게 했다.

쿠르릉!

"차앗!!

조금씩 들썩거리던 바위는 이내 그의 힘에 굴복했는지 서서히 지면으로부터 떨어지기 시작했다.

"오오!"

그의 힘에 놀란 표국 사람들의 입에서 환호성이 흘러나왔다.

하조문은 그 환호성과 자신을 보고 있을 거라 생각되는 서예소의 시선을 잔뜩 만끽하며 무릎까지 들어 올린 바위를 옆으로 옮겨놓았다.

"대단하시구려, 하 소협."

서인기가 다가와 치하의 말을 건넸다.

그 또한 다분히 놀람을 숨기지 못하고 있었다.

짐이나 지켜야 할 존재로만 생각했던 하조문에게 생각지 않은 도움을 받은 것이다.

"이 정도야 가뿐합니다."

하조문은 너털웃음을 터뜨리며 손사래를 쳤다.

이게 바로 저 하오배와 자신의 차이지.

하조문은 주위의 시선에 어깨를 으쓱거리며 자리로 돌아 갔다.

나머지 인원이 이동에 방해가 되지 않게 주변의 잔 바위들을 치운 후 표국 일행은 다시 길을 나섰다.

그리고 그들이 모두 지나가고 얼마 되지 않아 그 길은 언제 치웠냐는 듯이 다시 커다란 바위로 완전히 틀어막혀 있었다.

산길을 벗어나 관도의 지류로 들어선 표행은 잘 닦여진 포장도로 덕택에 탄력을 받아 그 속도를 올리고 있었다.

서인기 또한 주변에 아무 이상이 없다는 첨병들의 보고를 들으며 다소 안심하고 있었다.

이제 이틀 정도의 거리만 더 가면 목적지인 청룡문에 도착한다. 그리고 그 도중에는 저번과 같은 협곡이 없었다.

그렇게 내심 안심하고 있을 무렵이었다.

"이보시오, 지금 표행이 지나가고 있으니 잠시 길을 비키

시오.”

표국이 지나가는 관도 중앙에 두 사람이 누워 있었다.

그들은 표사들의 말도 아랑곳하지 않은 채로 길바닥에 대자로 누워 일어나지 않았다.

“이보시오, 말이 들리지 않으시오!”

어떤 표사가 목소리를 높이고, 서인기가 다가가려 할 때였다.

땅바닥에 누워 있던 두 명의 눈이 번쩍 떠지더니 그들이 벌떡 몸을 일으켰다.

“이제야.”

“왔군.”

“기다리다 지쳐.”

“죽는 줄 알았다.”

눈앞에 있는 이는 평범한 중년의 남자들이었다.

초상화를 그리려 해도 마땅히 묘사를 더할 특징을 찾기 힘들 정도로 평범했다.

하지만 둘은 무서울 정도로 똑같았다.

둘은 쌍둥이였다.

키, 얼굴, 입고 있는 의복, 얼굴에 그려진 표정, 사소한 몸짓 하나까지 틀린 점이 없었다.

그리고 그 둘이 입을 여는 순간 강렬한 향기가 표국 일행에게 닥쳐왔다.

코끝을 찡하게 흔드는 그것은 바로 위험을 알리는 향기였
다.

"네놈들은 누구냐!"

이변을 감지한 서인기와 표사들이 임전 태세를 취하며 검
을 뽑아 들었다.

"흠? 어디 있는지."

"통 보이질 않는군."

주변을 둘러싼 이들이 칼날 같은 살기를 뿌려대는 데에도
두 명은 아무런 여파조차 받지 않은 듯이 여유롭게 주변을 돌
아보았다.

"누구냐고 묻지 않소?"

"아, 모르겠다."

"아, 못 찾겠어."

그들은 서인기의 고함에도 아랑곳하지 않고 주위를 두리
번거리더니 이내 품속에서 작은 호적(號笛)을 꺼내 들어 불었
다.

삐익 하고 기음성이 주변으로 퍼져 나갔다.

"뭐, 뭐냐?"

"윽! 귀가 저려."

귀를 찌르는 기성에 표국 인원들이 인상을 잔뜩 찌푸렸다.

"잠시만."

"기다려."

"같잖게 생긴 놈들이 여기가 어디라고 행패를 부리는 것이
냐?"

하조문은 험악하게 인상을 구기며 앞으로 나섰다.

"뭐냐, 이."

"곰탱이는?"

"뭐? 곰탱이?"

곰 같은 체구의 하조문에게는 비수와 같이 직격으로 들어
간 것인지 쌍둥이의 말에 하조문의 기세가 더욱 험악해졌다.

"하 소협, 앞으로 나서면 위험하오."

"그래요. 상황을 보고 행동하는 것이 좋을 것 같아요."

"하하, 저런 놈들 따위에게 당할 정도로 저는 녹록지가 않
습니다. 저에게 맡겨만 주십시오."

서인기와 서예소의 만류에도 하조문은 조금도 듣지 않았
다.

그의 뒤에서는 천혁린이 고개를 끄덕이며 그의 말에 동의
하고 있었다.

"네놈들, 누군지는 모르겠지만 명년 오늘이 네놈들 제삿날
인 줄 알아라."

"무식한 곰 새끼 주제에."

"입은 또 살았군."

"그 입을 뭉개주마!"

쌍둥이가 달려드는 하조문을 보고는 같잖은 듯한 미소를

머금었다.

"내가 처리한다."

"뒤를 보조하지."

쌍둥이 중 하나가 하조문을 향해 신형을 날렸다.

하조문과의 거리는 얼마 되지 않았기에 둘은 금세 신형을
마주했다.

"흐압!!"

하조문이 우렁찬 기합성을 지르며 눈앞의 적을 향해 주먹
을 뻗었다.

포북하가의 절기 중 하나인 패호투의 일초식인 패호출두
였다.

거암조차 일거에 박살 내버릴 주먹의 경력으로 적의 기세
를 꺾어 압박하는 것이 패호투의 요체였고, 패호출두는 그 요
체를 훌륭하게 담고 있었다.

쌍둥이 중 하나가 주먹에 실린 경력을 무시하지 못하고 주
먹을 마주 뻗었다.

하지만 하조문의 그것에 비교하면 미미하기가 마치 봄날
의 살랑대는 미풍과도 같았다.

"흥. 네놈의 연약한 주먹 따위, 내 철권에 비하면 아무것도
아니지."

하조문의 호기로운 외침과 함께 쇄도한 주먹에 적의 주먹
은 대포에 맞은 것처럼 튕겨 나갔다.

하지만 놀랄 정도의 탄력으로 다시 주먹을 맞대온다.

이내 다시 튕겨 나가지만 순식간에 돌아와 눈앞의 주먹을 마주한다.

허리, 어깨, 팔꿈치로부터 이어진 탄력이 주먹으로 모아져 쾌속의 권이 눈앞의 철권을 막아섰다.

하나, 둘, 셋, 넷, 열, 스물……. 쌍둥이의 권영이 하나씩 늘어난다.

단 한 호흡도 쉬지 않고 상하좌우 가릴 것 없이 주먹의 폭풍이 하조문에게 쏟아졌다.

반격의 틈조차 주지 않았다.

"크헉!!"

단지 일 권.

하나를 놓치고 일격을 허용하자 그 뒤로는 마치 소나기처럼 주먹의 비가 쏟아져 내렸다.

손바닥을 들어 올린다고 쏟아져 내리는 비를 막을 수는 없었다.

하조문의 거구가 실이 끊어진 인형처럼 땅바닥으로 무너져 내렸다.

"하 소협!!"

순식간에 벌어진 둘의 싸움과 그 결과에 놀란 천혁린과 서인기, 그리고 표두들이 난입한 탓에 마무리 일격을 날리려던 적은 혀를 차며 뒤로 물러났다.

서인기의 표정이 돌이 된 양 딱딱하게 물들었다.

눈앞의 적의 정체를 알 것 같았다.

무림은 끝없이 넓고 기인이사는 셀 수도 없이 많았지만 쌍둥이면서 폭풍같이 몰아치는 권격을 성명절기로 삼는 이는 그가 알기로는 하나밖에 없었다.

"번천객(翻天客) 가수문."

서인기의 입에서 낮은 침음성이 새어 나왔다.

쉴 새 없이 쏟아지는 폭풍과도 같은 권격으로 유명한 일류의 권사다.

그렇다면 옆에 있는 이의 정체 또한 분명했다.

"암혼객(暗魂客) 가전문."

일류 살수들조차 그의 앞에서는 한 수 접어준다는 이야기가 있을 정도로 암습에 뛰어나며, 특히 그 신법은 눈앞에 두고도 감지하지 못할 정도로 은신의 묘가 탁월하다고 한다.

둘을 합쳐 번암쌍객이라 칭해지는 그들은 중원 전역에 그 이름을 떨치는 특급 낭인들이었다.

부르는 것이 값이라 할 정도로 그들의 몸값은 비쌌지만, 그들을 고용한 이들 중에 그 돈을 아까워한 인물이 아무도 없을 정도로 번암쌍객의 일 처리는 탁월했다.

"빌어먹을 곰탱이."

"몸뚱이는 더럽게 튼튼하군."

직접 하조문에게 타격을 가한 번천객뿐만 아니라 뒤에 물러나 있던 암혼객 또한 손이 아프다는 듯 혀를 내둘렀다.

일격을 가하지 못한 아쉬움을 표출하는 번암쌍객을 견제하며 서인기는 하조문의 맥을 잡아보았다.

"끄응."

다행히 패호천력공이 권력을 어느 정도 받아준 덕분인지 치명상은 면한 듯했다.

천혁린과 하조문에게서 안도의 한숨이 새어 나왔다.

하지만 안도를 느끼기에는 너무나도 일렀다.

서인기의 머리가 급격하게 회전하기 시작했다.

정확히 어떤 이유로 그들이 표국에 적의를 나타내는지는 모르겠지만 이것이 의도된 습격이 아니라면 지금 상황으로선 전투를 최대한 지양해야 했다.

"무슨 연유로 표국을 습격하는지는 잘 모르겠지만 이 이상 할 용의가 있다면 이 서 모도 가만히 있지 않을 것이오."

서인기는 번암쌍객을 향해 으름장을 던졌다.

"가만있지 않으면."

"어쩔 건데?"

그럼에도 그들은 별다른 반응 없이 유유자적 서인기의 말을 받아쳤다.

"표국은 전원 전투태세를 갖추어라!!"

수석 표두인 천 표두의 입에서 장소성이 뿜어져 나왔다.

표두들과 표사들이 검을 그들에게 겨누었다.

하지만 둘의 표정은 여전히 여유롭기 그지없었다.

"마지막 경고요. 지금이라도 물러간다면 하 소협을 다치게 한 책임은 묻지 않도록 하겠소."

"마음대로 해."

"할 수 있으면."

둘로 전부를 감당하려 하는 태도에 서인기의 마음속 깊이 불안감이 슬금슬금 기어 올라왔다.

"고작 둘이서 우리 표국을 감당할 수 있을 거라 생각하시오?"

서인기의 말에 돌아오는 것은 비웃음 섞인 말이었다.

"우리가 둘이."

"아니라면?"

번암쌍객의 말이 끝남과 동시에 익숙한 그림자들이 길의 양옆에서 나타났다.

전신에 칠흑을 씌워놓은 듯한 흑의와 복면, 거치도를 들고 있는 그들은 얼마 전 표국을 습격한 이들과 거의 흡사했다.

"이럴 리가. 분명 주변을 모두 수색하며 전진했는데……."

첨병까지 활용해 가며 적의 매복과 기습을 신경 썼음에도 저들은 그런 서인기의 노력을 비웃기라도 하듯 지근거리에서 나타났다.

노룡채의 채주 잔폭노도 부척경은 수중의 도를 혀로 핥아 대며 주변을 돌아보았다.

그의 눈은 저번 자신을 곤란하게 만들었던 상대, 목유현의 신형을 좇고 있었다.

그리고 일행의 뒤에 멀찌감치 물러나 상황을 관망하고 있는 목유현을 발견했다.

그의 입가에 미소가 어렸다.

이번에는 다르다.

목유현을 죽이기 위해 두 명의 방수를 더했다.

그들 두 명이면 자신조차 십 초를 감당하기 힘들 정도의 엄청난 이들이다.

'저번의 치욕, 이번에는 갚아주지.'

암혼쌍객은 이미 그의 옆으로 다가와 있었다.

부척경은 암혼쌍객에게로 시선을 돌렸다.

"그럼 두 분을 믿겠소."

"걱정 마. 우리가."

"쳐 죽일 테니."

암혼쌍객은 코웃음을 치더니 이내 신형을 날렸다.

"꼬마야."

"각오해라."

번암쌍객의 눈에 비친 목유현은 잘 봐줘야 이제 막 검을 손에 쥐어본 초짜 낭인 그 이상 이하도 아니었다. 부척경이 목유현을 설명하며 나이가 어리다고는 했지만 이렇게 새파란 이일 거라고는 생각조차 하지 않았다.

둘의 입에서 맥이 빠진 한숨이 새어 나왔다.

물론 많은 대가를 받기는 하지만 이런 새파란 놈 하나를 상대하는 것은 도저히 자신들의 격에 맞는 일이 아니었다.

"빨리 해치우고."

"나머지를 처리하자."

얕보인 자신들의 격을 높이긴 위해선 눈앞의 놈을 빨리 죽여 버리고 나머지를 족쳐 버리는 것이 가장 상책이었다.

"호오, 이거 서로 생각이 일치하는데."

목유현도 그렇게 여유를 부릴 생각은 없었다.

"내가 앞으로."

"내가 뒤를."

번천객이 앞으로 뛰쳐나오고 암혼객은 번천객의 그림자에 몸을 감추고 흔적을 지워 버렸다.

둘은 완전한 일심동체.

분명 둘이 몸을 날렸지만 옆에서 보면 하나의 신형밖에 보이지 않았다.

번천객의 신형은 목유현을 비스듬히 요격하기 적절한 사선을 점하고, 어깨와 팔의 근육에 진기를 흘려보내 이완시켰다.

적절히 이완된 근육은 번천의 이름에 걸맞은 권속을 내는데 적합한 탄력을 제공하는 필수 요소였다.

신속하게 내지르고 강하게 잡아당기고 다시 내지른다.

그것을 무한히 반복하는 것이 자신의 권.

하늘을 떠다니는 새조차 가두어 버리는 권영의 그물이었다.

번천객의 신형이 목유현과 근접했을 때 이미 번천객의 권영은 마치 그물처럼 사방을 옭아매고 있었다.

그물을 이루는 일권 일권은 팔을 비틀어 꼬아낸 전사경(纏絲勁)을 이루고 있어 하나하나가 만근거암도 가볍게 박살 내버릴 것 같은 위력을 내재하고 있었다.

전후좌우 어딜 봐도 번천객의 권영이 진로를 가로막고 나아갈 공간을 점유하고 있었다.

어디에도 피할 곳은 없었다.

하지만 상관없었다.

목유현에게 피할 생각은 쥐꼬리만큼도 없었다.

영겁혈륜이 주인에게 겁없이 이빨을 들이미는 짐승들에게 맞서기 위해 일어났다. 그와 동시에 목유현 주변 삼 자 이내의 공간은 완전히 그의 제어권 아래 들어왔다. 목유현이 영겁혈륜으로 구성한 절대불가침의 영지, 수류가 번천객의 권영을 맞이했다.

수류가 펼쳐지는 순간 번천객의 주먹은 단 하나조차도 닿지 않았다.

주먹을 뻗고 또 뻗었지만 모두 아슬아슬하게 빗나갈 뿐이었다.

머리를 노린 일 권은 단지 머리카락을 스치고 지나갔으며, 명치를 노린 일 권은 단지 소매 깃을 훑을 뿐이었다. 아슬아슬하게 벗어난 부분만으로 찔러대는 번천객의 모습은 마치 합의하에 이루어지는 연무를 보는 것과도 같았다.

번천객의 얼굴에 당혹감이 어렸다.

마치 주먹이 자신의 의지를 벗어나 목유현의 명령을 듣는 것 같았다.

지근거리에만 가면 무언가 보이지 않는 경력에 밀려 원하는 곳을 타격할 수가 없었다.

끈적끈적하게 밀도 높은 기운이 나아갈 길을 방해하고 있었다.

하지만 일 권이 통하지 않으면 이 권, 그것도 통하지 않으면 삼 권, 사 권, 끊임없이 적을 향해 주먹을 내지르는 것이 번천객이라는 명호를 얻게 한 자신의 번권만천이었다.

주먹이 빗나가면 수도를 내려치고, 그마저 빗나가면 손등으로 상대의 얼굴을 노리고, 손등을 피하면 손가락으로 눈을 찌르고 얼굴을 할퀴며, 그마저 빗나가면 어깨로 상대방을 압박한다. 유기적으로 섞여가는 주먹은 유수와도 같고 폭풍같이 쏟아지는 연격은 폭포처럼 거셌다.

하지만 단 하나도 목유현에게 닿지 않았다.

"치잇! 네놈, 비겁하게."

"사술이냐?"

"사술타령은 이제 좀 지겨운데 말이야."

쌍둥이의 목소리가 겹치며 가려진 그림자 속에서 날이 시퍼렇게 선 단검이 솟아 찔러왔다. 보이지 않는 사각 속에서 닥쳐온 일격. 암혼객이란 명호를 얻게 한 암영보(暗影步)였다.

흔적도, 기척도, 모습도 완전히 그림자 속으로 감추어 버리는 보법. 말 그대로 쌍둥이 특유의 호흡마저 일치할 정도의 동조가 아니고서는 흉내조차 불가능한 보법이었다.

번천객의 권영 속에 시각적으로도, 심리적으로도 신형을 감추고 방심을 노려 일격에 격살하는 합격은 실로 절묘해 그들을 특급 낭인의 반열에 올리게 한 일등공신 중 하나였다.

둘의 입가에 피를 부르는 미소가 어렸다.

이 공격은 보고도, 알고도 막지 못한다. 여전히 번천객의 권영이 그물처럼 목유현의 사방을 옭아매고 있고 공간을 점유한다. 그리고 그 그물 눈 사이 의도한 공간으로 암흑의 칼날이 상대를 요격한다. 적은 눈앞의 권격과 하나로밖에 보이지 않는 그들의 보법에 눈이 팔려 어둠을 뚫고 솟아오르는 칼날을 절대 막아내지 못한다. 그것이 시각과 심리의 사각이고 맹점을 노리는 노림수인 것이다.

그들의 눈앞에 그려지는 찰나 후의 미래는 목구멍에 단검을 꽂고 피분수를 쏟아내는 목유현의 모습이었다.

쑤욱.

암혼객의 입가에 걸린 기분 나쁜 미소가 더욱 빛을 발했다.

자신의 단도가 연약한 살을 훑어버리는 감각이 온몸에 전율을 일으킨다.

"윽!"

비록 상대의 치명적인 곳에 꽂아 넣지는 못했지만 분명 손맛이 있었다. 스치기만 해도 상관없었다. 칼날에 발려 있는 것은 미량으로도 극한의 고통을 유발하는 독충의 분비물이었다. 자신이 가지고 있는 해독제가 없다면 맨정신으로 감당하기 힘든 고통이 물밀듯이 밀려올 것이다. 그리고 그의 예상대로 얼마 지나지 않아 비명은 언제나 기분 좋게 귓가를 울려왔다.

하지만 평소와는 다르게 그 목소리가 너무나도 익숙했다.

자신의 칼이 훑고 지나간 상대는 바로 목숨과도 같은 자신의 쌍둥이 형제였다.

영겁혈류이 펼쳐 낸 수류의 기운이 칼날의 궤적을 비틀고 목유현의 손길이 그 비틀어놓은 궤적을 번천객으로 향하게 했다. 마치 물 흐르듯이 자연스러운 이끌림에 어떤 이변도 느끼지 못한 채로 칼을 뻗어냈고, 결국 형제의 어깨에 자상을 선사하게 된 것이다.

번천객은 상처 부위에서 독충의 분비물이 유발하는 극심한 고통을 억지로 참아가며 뒤쪽으로 몸을 날렸다. 암혼객도

이내 혼란을 수습하고 그의 신형에 맞추어 녹아들 듯 발을 맞
추었다.

"큭!"

"제, 제길!"

고통 어린 침음성을 인내하는 쌍둥이 형제를 보며 암혼객
은 재빨리 품속에서 작은 사기병을 꺼내 손바닥에 털어냈다.
손바닥에 놓인 새끼손톱만 한 갈색 단환을 재빨리 번천객의
입가로 털어 넣고 남는 손으로 출혈 부위를 점혈했다. 단환을
삼키자 그제야 고통이 잦아드는지 번천객의 찌그러진 얼굴이
원래의 그것으로 돌아왔다. 고통을 잊은 그의 얼굴에는 대신
흉신악살과도 같이 살기로 가득 차 있었다.

"네놈, 숨겨놓은."

"한 수가 있었구나."

"고이 죽여주지는."

"않을 테다."

목유현은 표정 변화 없이 그저 싸늘하게 그들을 바라보고
있을 뿐이었다.

번천객과 암혼객의 눈이 서로를 바라보았다.

"역시 그것을."

"써야겠군."

동시에 고개를 끄덕인 그들은 목유현을 향해 고개를 돌렸
다.

번천객은 품속에서 꺼낸 자그마한 흑색의 단환을 입속으로 털어 넣었다. 넣는 즉시 녹아 들어간 단환의 약효는 순식간에 온몸으로 퍼져 나갔다.

그리고 그와 동시에 그들의 눈에 불길한 붉은 기가 감돌기 시작했다. 그들이 내뿜는 기세가 흉포한 맹수마냥 날카롭게 뻗어나갔다. 광기에 물든 그 표정은 실로 맹수와도 같았다.

암혼객은 품속에서 기묘한 무늬가 음각된 비수들을 꺼내 들었다. 번천객이 삼킨 것은 복용자의 광성을 자극해 일시적으로 잠력(潛力)을 격발시키는 야수환(野獸丸)이었고, 암혼객이 꺼내 든 것은 일반적인 철의 강도의 다섯 배에 달하는 적철(赤鐵)로 제련한 비수, 육망혈비(六妄血匕)였다. 호신강기조차 갈기갈기 찢어버리는 위력을 가진 병기로 암혼객의 애병이기도 했다.

"크윽! 영광인 줄."

"알아라."

"후우, 지금부터는 봐주지."

"않고 전력으로 싸워주지."

번천객의 목소리가 바뀌어 있었다. 쇠붙이가 스치듯 으르렁거리는 그들의 목소리는 불쾌함을 자아내기에 충분했다. 번천객의 오른발이 지진이라도 일으킬 듯 땅바닥을 강하게 내디디며 앞으로 쏘아져 나왔다. 그 움직임은 마치 대포로 쏘아낸 듯 빠르며 폭풍 같은 기세를 담고 있었다. 암혼객 또한

예의 암영보로 번천객의 신형에 녹아들어 이내 시선 속에서
사라져 버렸다.

"크악!! 번천파산(翻天破山)!"

순식간에 목유현의 지근거리까지 접근한 번천객의 주먹이
산조차 일 권에 박살 내버릴 권영의 폭풍을 쏟아냈다.

"수류."

목유현은 담담히 영겁혈륜이 이루어내는 무적의 방패를
꺼내 들었다.

무형의 방패가 목유현의 주변을 장악하고 그를 해하려는
모든 경력을 몰아내었다.

하지만 방금 전과는 달랐다.

빗나간 왼 주먹이 또 한 번 내질러질수록, 헛지른 오른 주
먹이 다시 상대를 노릴수록 더욱더 박차를 가하며 권영이 빨
라지기 시작했다. 마치 숙련된 고수(鼓手)가 신명나게 북을
치는 것처럼 조금도 멈추지 않은 채로 수류를 전신에 두른 목
유현을 두들겼다.

"죽어라! 죽어라! 죽어!"

목유현의 전신을 감싸고 있는 수류를 조금도 신경 쓰지 않
은 채 마치 이성을 잃은 맹수마냥 번천객의 주먹은 눈앞의 상
대를 갈기갈기 찢어버리려 뻗어 나왔다. 고함치며 벌어지는
입 사이로 침이 뚝뚝 떨어지는 모습은 정말 한 마리의 맹수와
다름없었다.

그 폭풍 같은 연격 속에서 적암색의 비수 육망혈비가 갑작스레 튀어나왔다.

섬전같이 쇄도하는 비수의 날이 살기를 머금어 파리하게 빛나고 있었다.

번천객의 뒤에서 기회를 엿보던 암혼객의 일격이었다.

하지만 영겁혈륜이 만전의 상태로 있는 이상 기습의 의미는 없었다.

목유현이 비수를 인식함과 동시에 수류의 기운이 접근해 오는 위협을 향해 뭉치기 시작했다.

수류의 기운이 육망혈비의 침입을 저지했다. 하지만 여태껏 수류와 마주하고 맥없이 튕겨 나간 다른 것들과는 달리 육망혈비는 수류의 기운에 저항하며 버티고 있었다. 연달아 다음의 비수들이 날아와 목유현에게 이빨을 드러냈다. 번천객 또한 야수와 같은 신음을 흘리며 계속해서 주먹을 뻗어냈다.

지잉.

목유현의 인상이 찌푸려졌다.

기묘한 재질로 이루어진 비수와 번천객의 주먹에 영겁혈륜이 낮게 신음하고 있었다. 역시 아직은 영겁혈륜을 이루는 기운의 양이 그리 많지 않은 탓이었다.

연달아 수류의 위를 때려대는 육망혈비와 번천객의 권격에 밀려 목유현의 발이 한 걸음 뒤로 밀려났다. 그 모습에 승기를 잡았다 생각한 번암쌍객의 손에 더욱 힘이 들어갔다.

그 순간 목유현의 입이 달싹거리며 또 다른 선고를 뱉어냈
다.

"빙파(氷破)!"

그와 동시에 목유현의 주변을 둘러싸고 있던 영겁혈륜의
기운이 폭발하듯 일제히 터져 나갔다. 부서진 얼음 조각처럼
잘게 쏟아지는 무형의 기운은 하나하나가 날카로운 칼날과도
다름없었다. 주인의 의지를 머금은 기운들은 영겁혈륜의 인
도에 따라 번암쌍객의 사방을 점하고 쏟아졌다.

번암쌍객의 본능이 머리 한구석에서 경종을 울렸다. 보이
지 않는 칼날이 자신의 목을 노리고 있다고 본능이 말하고 있
었다. 무언가 조치를 취하지 않는다면 반드시 죽는다고.

번천객이 단전을 쥐어짜 내가며 한 방울의 힘까지 끌어올
렸다. 암혼객은 번천객의 뒤로 사라지며 그의 등으로 자신의
내력을 쏟아부었다.

"번천강벽(翻天强霹)!!"

번천권에 있어 방어란 이야기는 존재하지 않았다. 강한 공
격에는 공격으로 맞선다. 그것이 번천권이었고, 번천객의 본
능은 그것을 잊지 않았다.

번개를 그리는 번천객의 권영이 더욱 속도를 더하며 권벽(拳
壁)을 이루듯 사방을 막아섰다. 하지만 그런 번천객의 의도를
비웃기라도 하듯 빙파의 기운이 들이닥쳤다.

"크악!!"

수없이 많은 무형의 칼날들이 번천객의 전신을 휩쓸었다. 그리고 그 뒤에 있던 암혼객의 몸까지 물어뜯었다.

터지듯 선혈이 낭자하며 입고 있던 의복이 붉게 피로 물들었다.

하지만 번천객은 쓰러지지 않았다.

전신이 날카로운 면도칼에라도 베인 듯 너덜너덜했지만 두 다리를 굳건히 세운 채 목유현을 노려보고 있었다. 그의 입가에는 여전히 흥분과 살의로 뜨거워진 숨결이 왕래하고 있었다.

"역시 아직은 성취가 모자라는군."

번천객은 사경을 헤치고 나왔지만 정작 목유현은 아직 버티고 서 있는 그의 모습이 마음에 들지 않는 듯 웃으며 중얼거렸다.

말이 끝남과 동시에 목유현의 신형이 잔상을 남기며 주욱 늘어나 그들에게 순식간에 접근했다.

놀란 번천객이 피투성이가 된 양팔을 들어 다시금 내지르려 했지만 목유현의 손이 그보다 빨랐다.

말아 쥔 오른 주먹이 번천객의 복부에 깔끔하게 파고들어갔다. 필사적으로 피해보았지만 마치 그의 몸이 주먹을 잡아당기는 것처럼 너무나도 자연스럽게 일격을 허용했다. 야수환에 의해 일시적으로 야수의 광폭함을 얻은 그였으나 목유현의 오른손에 집중된 권력은 내부의 횡경막을 수축시키고 그 충격은 폐 속의 공기를 모두 빼내 버렸다. 결국 번천객은 땅바닥에 고꾸라져 산소를 갈구하며 나뒹굴었다.

"으악!! 네놈!!"

암혼객은 쌍둥이 형제의 모습에 분노를 토하며 품속에 남아 있는 마지막 육망혈비를 던졌다.

하지만 공간을 밀어내는 듯한 목유현의 움직임은 육망혈비를 간단하게 지나쳐 암혼객에게 닿았다.

순식간에 다가온 목유현의 오른손이 암혼객의 얼굴을 장저(掌低)로 후려갈겨 버렸다.

퍽!

둔중한 타격음과 함께 암혼객의 신형이 저 멀리 날아가 고꾸라졌다.

눈이 뒤집혀지고 이미 정신은 잃은 그의 몸은 충격으로 부르르 떨리고 있었다.

복면인들이 나타나는 것을 목도하는 동시에 서인기는 표두와 표사들을 지휘하며 서예소와 함께 관을 지키고 있었다.

다행히 두 명의 특급 낭인이자 표국의 전력으로는 감당하기 힘든 번암쌍객은 목유현이 상대하고 있었다. 아니, 저 둘이 곧바로 목유현에게 달려간 것으로 보아 복면인들은 목유현에 대한 대책으로 번암쌍객을 고용한 것 같았다.

번암쌍객이라 하면 그조차도 그 무명을 익히 들어봤을 정도로 유명한 낭인이다. 자신의 딸이 공인한 고수인 목유현이라 해도 상대하기 힘들 수도, 아니, 분명 힘들 것이다.

하지만 그를 걱정하기 전에 일단 자신에게 붙은 복면인들을 어찌하는 것이 먼저였다.

그전과 마찬가지로 표국제일의 고수인 서인기에게는 많은 복면인들이 붙어 있었다.

그 수만 여섯, 전의 습격보다 머릿수가 하나 늘어 있었다.

아니, 전반적으로 저번의 습격보다 복면인의 수가 늘어 있었다.

조금 더 경계에 신경 써서 매복을 당하는 것을 막아야 했다.

저번과 거의 흡사한 수에 또 당하고 만 것이다.

하지만 이미 후회는 늦었다.

일단 이들로부터 스스로를 지키고 표국의 일원을 보호하며 그들이 운반하는 관을 지켜야 했다.

여전히 이들은 그들을 모두 죽여 입을 막을 생각인지 흉흉한 기세로 압박해 오고 있었다.

수석 표두인 천 표두가 천향단을 이끌고 날뛰며 어느 정도 반격의 불씨를 지피고 있었으나 전체적으로 전황은 좋지 않았다.

좌우에서 나타난 복면인들에 의해 진영이 양분된 데다가

그 사이로 파고든 복면인들의 도를 막아내기에 급급해 진을 이룰 시간적 여유가 없었다.

그마나 저번과는 달리 활에 의한 피해는 없었기에 초반에 부상을 입은 몇몇을 제외하면 아직은 사상자가 거의 없었지만 아직 저번 전투에서 입은 부상과 피로가 풀리지 않은 이들이 많았기에 전투가 길어지면 길어질수록 불리해질 것은 명약관화했다.

전의 습격에 잃어버린 동료들에 대한 복수로 불타는 마음이 표국 인원들의 검에 힘을 불어넣고 있었으나 시간이 흐를수록 점점 더 불리해져 가고만 있었다.

서예소는 전과 마찬가지로 또다시 부척경과 마주하고 있었다.

칠흑의 복면 아래로 드러난 입이 반가움을 표했다.

"또 만나는군. 이번엔 방해할 사람이 없을 것이다."

"…그렇군요. 웬만하면 다시 보고 싶지는 않았어요."

서예소의 얼굴은 긴장으로 딱딱하게 굳어 있었다.

"우리를 다시 보고 싶었기에 아무런 대책도 마련하지 않은 채 표행을 계속한 것 아니었나? 나는 그렇게 생각하는데 말이야."

부척경이 능글거리며 서예소를 도발했다.

"이번엔 저번처럼 쉽게 물러나는 일 따윈 일어나지 않을 거다. 너흰 모두 이 자리에서 죽을 것이고 저 관은 우리가 가져가겠지."

"그렇게 두진 않을 거예요."

"네가? 큭큭. 저 정체 모를 놈만 없었다면 이미 명부에 적을 올렸을 네가?"

흑의인에 조롱에도 아무런 대꾸를 할 수가 없었다.

단지 손등의 핏줄이 터질 정도로 검을 움켜잡을 뿐이었다.

"네 잘난 사문에서 지원이라도 받질 그랬어? 그랬다면 조금이나마 승산이 있었을 텐데 말이야."

"……."

"무능한 제자는 그쪽에서도 버림받은 건가? 하하하!!"

부척경이 광소를 터뜨리며 검을 뽑아 들었다.

"잡담은 여기까지 하지. 여기도 꽤나 인적이 드물긴 하지만 아예 없는 건 아니니 눈과 귀가 생기기 전에 모두 죽어줘야겠어."

부척경의 도첨 끝으로부터 살기가 폭사되었다.

피부가 쩌릿쩌릿해질 정도였다.

서예소는 청류검을 뽑아 부척경과 마주했다.

부척경이 자신을 향해 내지르던 검의 형상을 심상으로 떠올린다.

폭발하듯 재빠르며 변화무쌍에 표홀함을 두루 갖춘 살초.

그것이 저번에 자신을 죽음 직전으로 몰고 간 부척경의 도법, 잔폭도였다. 폭풍처럼 몰아치는 거친 도초는 정파의 검만을 보고 상대해 왔던 서예소에게는 낯설기 그지없는 것이었다.

분명 수없는 실전 아래 많은 개량을 거친 청성의 초식 안에는 그런 살초를 전문적으로 파훼하거나 상대할 수 있는 초식도 있었다.

하지만 떨리는 손이 불안감을 나타낸다. 과연 네가 제대로 된 검을 그려낼 수 있냐고 묻는 것 같았다.

수중의 청류검이 부르르 떨리며 걱정스레 주인을 바라보았다.

슈웅!

공기를 거칠게 가르며 부척경의 검이 닥쳐왔다.

분명 일도를 내지르는 소리밖에 들리지 않았지만 상, 중, 하단 모두 부척경의 도초 안에 포함되어 있었다. 눈앞에 보이는 중단만을 막아서다가는 은밀하게 감추어진 암수에 상단과 하단을 그대로 내주게 될 것이다.

숨을 가다듬으며 서예소는 자신의 목숨을 탐하려는 부척경의 도를 막아섰다.

챙! 챙!

일방적인 공격과 일방적인 방어.

부척경은 지치지도 않는 듯 끝없이 도초를 쏟아내고 서예소는 뒷걸음질 치며 겨우겨우 막아나가고 있었다.

위를 베는 척 허초를 넣고 실초로 발목을 노리는 도를 겨우겨우 빗겨내었다.

연이어 오는 도를 막고 또 막아섰다.

반격의 실마리조차 펼쳐 낼 틈조차 주지 않고 몰아붙이는 부척경의 도법은 노련하기 짝이 없었다.

하지만 저번과는 다르게 일방적으로 수세에 몰리지는 않았다. 부척경의 공세를 받아내며 드문드문 반격을 가하고 있었다.

'막을 수 있어. 목 소협의 찌르기에 비하면 느려. 그리고 무뎌.'

"호오, 이번은 저번보단 낫군. 하지만 그렇게 막고만 있어서는, 수비일변도여서는 아무것도 해결되지 않아. 죽이지 못하면 결국 죽을 뿐이지."

뒤로 한 발짝 물러선 부척경의 도가 등 뒤편으로 활처럼 휘더니 폭풍 같은 연격을 쏟아냈다.

손이 바빠진다.

일격을 막으면 이격이, 이격을 막으면 삼격이 전후좌우 가리지 않고 찔러온다.

그것도 신경을 집중하지 않으면 일격조차 감지하기 힘들 정도로 은밀하면서도 쾌속하다.

막아서는 검로가 꼬여가고 호흡이 가빠졌다.

내력이 점점 다해감을 느껴가며 위기감은 점점 더 고조되어 가고 죽음에 대한 예감이 다가오지만 위기를 타파할 수단이 없었다.

하지만 치명적인 일격만은 허용하지 않았다.

몸이 기억하는 검이, 수없는 고련으로 쌓아왔던 검이 치명적인 일격만은 막아선다.

그럼에도 상처가 하나씩 늘어만 갔다.

치명적인 일격은 허용하지 않았지만 소소한 상처까지는 어쩔 수가 없었다.

부척경의 도가 예상치 못한 변화를 그릴 때마다 서예소의 자상은 하나씩 늘어만 가고 출혈 또한 조금씩 늘어갔다

머리를 내려칠 듯 허리를 갈라오는 검을 피했으나 허리를 얕게 베이고 말았다.

출혈은 점점 심해져 머리가 어질어질하기 시작했다.

하지만 그녀는 무너지지 않았다.

부척경은 예상외로 버텨내는 서예소의 모습에 신경질적으로 도초를 뿌렸다.

팔을 채찍처럼 휘둘러 서예소를 몰아붙이며 시선을 끌었다. 그리고는 보법을 밟는 발끝으로 흙을 차올렸다.

내공이 실린 발끝으로 차올린 흙더미와 자갈은 마치 암기처럼 날아와 서예소의 시야를 자욱하게 가렸다.

검을 휘둘러 시야를 가리는 흙더미를 몰아냈으나 뒤이어

찔러오는 도를 놓치고 말았다.

뒤늦게 막아보지만 이미 도는 그녀가 그리는 검의 궤적을 지나 사혈을 향해 닥쳐오고 있었다.

그녀는 자신도 모르게 눈을 감고 말았다.

감은 눈꺼풀 위로 그려지는 것은 자신의 죽음이었다.

하지만 들리는 것은 의외의 소리였다.

팅.

"이익!"

자신을 양단하리라 생각했던 부척경의 도는 마치 보이지 않는 벽에라도 밀린 듯 뒤로 튕겨 나갔다.

"무얼 멍하게 있는 거지? 다시 검을 들어."

몇 장 떨어진 곳에서 이곳을 향해 느긋하게 걸어오고 있는 목유현은 부척경의 도를 겨누었던 손가락을 다시 내렸다.

"목, 목 소협?"

"네 검이 울고 있잖아. 죽음을 눈앞에 두고서도 듣지 못하는 건가?"

목유현은 나직이 웃고 있었다.

"……"

"벽이 있다면 갈겨 버려. 설사 부서지지 않아도 상관없어. 벽이 있다는 것은 나아갈 길이 있다는 것이니까."

"네놈, 날 앞에 두고 감히 한가하게 잡담이나 나누는 것이냐?"

부척경이 대갈했지만 목유현은 신경조차 쓰지 않았다.

"너는 왜 검을 잡고 검을 연마하고 검과 함께하길 바라는 거지? 그 시작이 뭐였는지 생각해 봐. 그리고 느껴봐, 네 검의 울음을."

목유현은 비틀거리는 그녀에게로 다가가 말했다.

무언가의 심마가 벽이 되어 검의 소리를 외면하는 이는 목유현의 과거 속에도 있었다.

세세한 것은 다를지라도 근본은 같았다.

기억 속 누군가도 작은 고민이 점점 덩치를 불려 마음의 병이 되고 결국 벽이 되어 앞을 가로막았다.

그리고 과거의 목유현은 그것을 알아주지도, 제대로 보듬어주지도 못했다.

마음속에 묻어둔 과거의 후회.

그때 하지 못했던 말이 이제야 흘러나왔다.

서예소는 자신의 검, 청류를 붙잡았다.

검은 미약한 울음을 터뜨리며 부르르 떨고 있었다.

그것은 분명 그녀에 대한 책망이었다.

왜 이제야 들어주느냐는 책망이었다.

죽음에 달해서도 듣지 못하고, 아니, 들어도 듣지 못한 척 외면했던 검의 목소리였다.

그리고 그녀의 머릿속으로 또 다른 사람이 떠올랐다.

청성제일검이자 청파신검 백인엽.

그는 서예소의 사부이자 또 다른 아버지와 같은 존재였다.

그는 서예소의 재능을 누구보다 빨리 알아챘고, 그리고 누구보다 아끼며 귀여워했다.

검밖에 안중에 없는 검치(劍痴)인 백인엽에게 누구보다 검에 대한 열의로 가득 찼던 서예소는 정말 하늘이 내린 제자와도 같았다.

너무나도 죽이 잘 맞는 사제를 보며 청성파에서는 아무도 청성제일검의 제자에 대해 이의를 제기하지 않았다.

그리고 서예소는 백인엽의 지도 아래 청성의 절기 중 절기인 칠십이파검을 익혀 나가기 시작했다.

청성의 절기 칠십이파검은 현묘하고도 심오했다.

그녀는 그 일검 일검을 씹고 또 씹어 그 맛을 음미하듯 검에 빠져 시간을 보냈다.

무언가 매듭이 묶인 듯 그녀의 앞을 가로막을 때는 백인엽이 그녀의 의문을 풀어주었다.

백인엽은 그리 능숙한 스승은 아니었지만 먼저 그 길을 걸어간 검객으로서는 더할 나위 없이 훌륭한 조언자였다.

아니, 그조차도 그녀의 물음이 없을 때에는 언제나 검을 잡고 검과 함께하고 있었다.

그렇게 시간이 흘렀다.

그녀는 어느덧 작은 파도를 그 검 안에 담게 되었다.

검이 흐름을 담고 흐름은 부드러움을 담고 부드러움 속에는 만년의 거력이 담겨 있었다.

소성(小成), 즉 칠십이파검의 육성에 달한 것이다.

그 사실을 알게 된 청성의 고위층에서는 말 그대로 축제 분위기가 되어 기뻐했다.

청성 사상 유래없는 천재의 강림인 것이다.

지금 청성제일검이라 불리는 백인엽조차도 삼십이 다 되어서야 이룬 경지를 이제 겨우 스물이 된 여아의 손으로 이룬 것이다.

아무렇지도 않게 평상심을 유지하고 있는 이는 그녀와 백인엽뿐이었다.

그녀는 자신의 손을 통해 그려지는 파도에 기뻐하며 또다시 검에 빠져들었다.

어느 날이었다.

그녀는 백인엽의 입에서 나온 대갈성을 들었다.

그것은 단순한 고함이 아니었다.

육십 년 그의 인생과 고뇌, 삶과 검이 담긴 각오(覺悟)의 소리였다.

'천기가 바뀌어 나에게 선연(仙緣)이 내려왔다' 라는 의미를 알 수 없는 말을 하고는 백인엽은 넘실거리는 검무를 추었다.

그것은 파도였다.

세상을 덮을 듯 거대하면서도 모든 것을 감쌀 수 있는 대해의 파도였다.

검에는 끊임이 없었고 단순해 보이는 선들은 모이고 모여 거대한 파도를 그리고 있었다.

앞에 그녀가 있는 것조차 눈치채지 못하고 계속된 백인엽의 검무는 장장 하루 동안 이어졌다.

그녀는 그 하루 동안 그의 검무를 지켜보았다.

칠십이파검의 정수가, 아니, 그 이상의 무언가가 모두 녹아 들어간 그 검무를.

그녀의 머릿속에는 그 검무가 너무나도 뚜렷하게 각인되었다.

검무를 이루는 일검이, 그 일검이 이어지는 검로가, 그 검로가 뭉쳐 이루어내는 파도가 모두 머릿속으로 파고들었다.

그렇게 한마당 넘실거리는 검무를 춘 백인엽은 처소에 칩거한 후 줄곧 모습을 드러내지 않았다. 이유는 알 수 없었다. 겨우 들어간 장문인은 무언가 야릇한 표정으로 나와 그의 거처를 청성의 금지로 정해 모두의 출입을 금했다.

그렇기에 그녀 또한 그 이후 자신의 사부를 볼 수가 없었다.

그녀는 백인엽의 검무를 잊을 수가 없었다.

하나하나의 검이 모여 이루는 흐름의 향연은 머릿속에서 떠나지를 않았다.

무의식적으로 손이 그 선을 따라가기 시작했다.

하지만 그것은 불가능했다.

머릿속은 분명 그 검을 그리고 심상은 너무나도 또렷하게 사부의 검무를 떠올림에도 그녀의 검은 그것을 따라 하지 못했다.

그녀는 불현듯 깨달았다.

아직 그의 검을 따라 하기에는 자신의 경지가 슬플 정도로 모자람을.

하지만 그녀의 마음은 그 파도를 잊지 못했다.

오로지 그녀의 마음속에 검의 파도는 하나. 백인엽이 그려내었던 그것뿐이었다.

그리고 그녀가 그려내었던 작은 파도는 그것에 묻혀 사라져 버렸다.

그리고 잊어버렸다.

자신이, 그리고 자신과 함께하던 작은 파도를.

그 후 검을 휘두르는 것이 즐겁지 않았다.

초조했다.

자신의 반신이 없어진 것 같았다.

검을 쥐면 떠오르는 것은 오로지 사부가 그려내었던 파도뿐.

하지만 그녀는 그것을 그려낼 수가 없었다.

그것을 그려내기에는 그녀의 경지가 너무나도 미천했다.

하지만 마음은 그것 외에 다른 검을 생각하기를 완강히 거부했다.

벽은 너무나도 높았다.

사부의 손에 의해 생겨 버린 벽.

그 벽은 마치 제방처럼, 그리고 족쇄처럼 그녀의 파도를 가
두어 버렸다.

"벽이 있다면 갈겨 버려. 설사 부서지지 않아도 상관없어. 벽이
있다는 것은 나아갈 길이 있다는 것이니까."

문득 목유현이 한 말이 떠올랐다.

자신은 왜 검을 잡고 검을 연마하고 검과 함께하길 바란 걸
까?

그리고 사부와의 첫 만남이, 사부가 자신의 머리를 쓰다듬
으며 한 말이 뇌리를 관통하고 지나갔다.

"검을 휘두른다는 것은 즐거운 일이지. 너 또한 그렇지 않니?"

그랬구나.

그녀는 검이 좋았다.

그저 검을 휘두르는 것이 좋았다.

그녀가 좋아 잠자는 것조차 잊고 검과 함께한 것이다.

고뇌할 필요는 없었다.

벽이 있어도 상관없었다.

사부의 파도는 사부의 것이다.

나는 나의 것을 즐기고 나의 검을 즐기고 검과 함께 즐거우면 되는 것이다.

서예소는 목유현의 말대로 눈을 가리고 귀를 막고 고개를 돌려 자신의 검의 소리를 외면했다.

하지만 지금에서야 알 수 있었다.

그녀 옆에는 언제나 그녀의 검이 함께하고 있었음을.

서예소는 족쇄로 가득한 검에 손을 뻗었다.

그녀의 손이 닿는 순간 족쇄는 하나둘 끊어져 가고 녹은 사라져 갔다.

그리고 그녀는 족쇄와 녹에 묻혀 있던 자신의 파도를 꺼내 들었다.

부척경의 심중은 어지럽게 그지없었다.

번암쌍객이 이렇게 쉽게 쓰러질 줄이야.

저 괴물을 또 상대해야 하는 것이다.

주위를 둘러보았다.

그의 부하들이 이변을 눈치채고 몸을 빼 그에게 오려 했지만 악에 받쳐 검을 내려치는 표국의 일원에게 잡혀 여의치 않았다.

아니, 그런 것들은 다 소용없었다.

자신 앞에 도사리는 이 괴물의 무위를 확정 지을 수 없는 마당에 부하들을 무리하게 밀어 넣었다가는 얼마의 피해가 있을지 예상조차 되지 않았다.

너무 서둘렀다. 조금 더 완벽한 계획을 가지고 준비를 갖추었어야 했다. 시간이 부족했기에 서두른 것이 패착이었다.

저번에 몸을 뺄 수 있었던 것도 눈앞의 괴물에게 갑작스런 이변이 생겨 자신을 추격하지 않은 것이다. 아니, 당장 저자가 자신이 아닌 부하들을 사냥하고 다닌다면 막을 방법이 없었다. 지금은 몸을 빼고 후를 도모하는 것이 최선이었다.

목유현은 여전히 무표정한 얼굴로 사방을 바라보고 있었다.

부척경의 눈동자에 일순 광망이 깃들었다.

'그래, 일단 저년을 제압하고 기회를 엿보도록 하자.'

목유현의 방심을 이용해 서예소를 제압하고 인질로 삼아 후를 도모하기로 했다.

자신이 서예소에게 해를 가하려 할 때마다 개입한 것으로 보아선 무언가 관계가 있음이 분명했다.

방금까지 변변찮은 공격조차 펼쳐 내지 못한 이를 제압하는 것은 그리 어려운 일이 아니었다. 실제로 목유현만 아니었다면 이미 서예소는 두 번이나 자신의 손에 목숨을 잃어야 했다.

도를 움켜쥐고 서예소를 바라보았다.

멍하게 이쪽을 바라보고 있는 그 모습은 아무리 봐도 극도로 지쳐 지금이라도 쓰러질 것 같았다.

"목 소협."

"왜?"

지금이라도 쓰러질 듯 비틀거리던 서예소가 목유현을 불렀다.

"고마워요."

그녀는 비틀거리는 와중에도 그를 향해 활짝 피어나는 미소를 보냈다.

"그럼 알아서 처리하라고."

"예."

그녀의 시선이 돌아 부척경에게 향했다.

멍하게 풀려 있던 눈동자에 초점이 뚜렷이 잡히고 힘이 어린다.

검을 들어 중단에 자리했다.

찌를 듯 벨 듯 미묘하게 자리한 검의 파지는 칠십이파검의 기수식.

그리고 그 순간,

기세가 돌변했다.

부척경이 돌변한 서예소의 기세에 또 다른 이변을 감지했

을 무렵, 이미 서예소의 검은 호선을 그리며 나아가고 있었
다.

그녀의 검은 오랫동안 떨어져 있던, 너무나도 그리웠던 자
신의 파도를 그렸다.

"일절만파(一折滿波)."

나직이 읊조리는 이름은 사부가 그녀에게 제일 먼저 가르
쳐 준 초식.

단 한 번의 휘두름으로 세상을 가득 메울 파도를 그려내는
사부의 검, 그 짙푸른 아름다움에 매료되어 몇날 며칠을 식음
을 전폐하며 따라가고자 노력했던 그 초식.

그날 보았던 아름다운 호선을 떠올리며 심상 속에 각인된
검로를 그려 나갔다.

부척경은 눈앞으로 다가오는 서예소의 검을 바라보았다.

방금까지만 해도 우습게 생각했던 그녀다.

청성의 일대제자라 불리면서 어떤 절기조차 제대로 펼치
지 못하는 이였다.

소름 끼치는 살의가 오가는 실전에 겁을 먹고 손이 굳은 건
지 아님 그저 무위가 낮은 건지는 관심없었다. 단지 방금 전
까지 그가 겪은 서예소는 분명 그보다 하수였다.

그랬기에 목유현의 방심을 틈타 서예소를 제압하고 그녀
를 인질로 쓸 계획까지 급조했다.

서예소의 검이 자신의 명치를 노리고 찔러 들어오고 있

었다.

쾌검은 아니었다.

최단 거리를 달리는 직선이 아닌 호선을 그리며 유유히 다가오는 평범한 찌르기일 뿐이었다.

하지만 분명 무언가 있다. 본능 한구석에서 맹렬한 경고를 보낸다.

저건 단순한 것이 아니라고.

"큭."

이를 악물고 검을 쥐어 마주 찌른다.

부척경의 검에는 푸른 도기가 서려 있었다.

필생의 공력을 쏟아부어 파리하게 빛나고 있었다.

여력을 아끼고 목유현을 상대할 생각 따윈 이미 머릿속에 존재하지 않았다.

검과 도가 마주쳤다.

하지만 아무런 소리조차 들리지 않았다.

마주친 순간 서예소의 검에서 뿜어져 나온 잠력은 흡사 파도와 같이 그의 검을 덮어버렸다.

커다란 파도에 먹혀 버린 부척경의 도는 손을 떠나 허공을 유영하고 있었다.

대경하며 뒤로 몸을 운신하려 했으나 눈앞의 광경에 절망하고 말았다.

눈앞에 보이는 것은 짙푸르고도 난폭한 파도.

그것은 자신조차 먹어치우려 그 커다란 입을 벌리고 있었다.

일절만파.

거칠기 짝이 없는 대해의 거친 파도를 단 일 검에 담아내는 칠십이파검의 절초가 부척경을 그대로 삼켜 버렸다.

너무나도 싱거운 승부였다.

여태까지의 고전을 비웃기라도 하는 듯 일 검에 부척경을 제압해 버린 서예소의 시선이 주변으로 향했다. 그의 눈에 보이는 것은 노룡채의 일원을 상대로 고전을 면치 못하고 있는 표국의 모습이었다.

아직 자신들의 수장인 부척경이 쓰러진 것을 모르고 있었지만 몇몇은 눈치를 챘는지 역력히 당황하고 있었다.

검에 몸을 맡긴 채 앞으로 쇄도했다.

그녀의 발이 청성의 절기인 부운약표(浮雲躍飄)를 밟아나가자 그야말로 찰나지간에 서예소의 신형이 고전을 면치 못하고 있던 표국의 어느 표사에게 도달한다.

갑작스레 난입해 온 서예소에 복면인이 당황하며 도첨을 옆으로 돌려 그었지만 이미 새파란 기운을 머금은 서예소의 검이 견정(肩井)과 곡택(曲澤)을 점하였다.

검으로부터 복면인의 신체로 파고든 기운은 요혈을 점하며 신체 전반부를 마비시켰다.

날붙이인 검으로 인체의 혈도를 점하는 상승의 검공인 검기점혈(劍氣點穴)이 펼쳐질 때마다 복면인들은 하나씩 제압되어 쓰러져 갔다.

복면인들이 놀라 하나둘, 혹은 서넛이 한꺼번에 덤벼들었지만 서예소의 검이 거칠고도 유려한 파도를 그려낼 때마다 모두 혈도를 제압당해 쓰러졌다.

표국의 일원들은 전혀 예상하지 못한 상황에 얼떨떨한 표정을 감추지 못했다.

여섯에 달하는 복면인을 상대하고 있던 서인기조차도 적을 견제하는 것을 잠시 잊을 정도로 서예소의 무위는 각별했다.

자신들의 수장인 부척경이 제압당하고 믿었던 번암쌍객도 보이지 않는데다 놀랄 만한 무위를 선보이는 서예소의 존재에 전의를 상실한 복면인들은 후퇴를 알리는 신호탄을 보자마자 제각각 품 안에 숨겨놓았던 연막탄을 터뜨리고는 일제히 도주했다.

서예소는 도주하는 복면인들을 굳이 쫓지 않았다.

도주하는 그들을 쫓는 것보다 피해를 입은 표국의 인원을 살피는 것이 더욱 중요했기 때문이다.

"어딜 가는 거지?"

연막탄을 뿌리고 도주하는 복면인들은 그들의 앞에서 들려온 싸늘한 목소리에 소름이 끼칠 정도로 놀라고 말았다.

눈앞에 있는 이는 그들의 수장인 부척경이 경계하며 번암 쌍객을 안배하게 한 인물이었다.

옆에 있던 복면인 하나가 목유현에게 몸을 들이밀었다.

신형을 날리는 그의 손에는 거치도의 도첨이 파리하게 빛을 발하고 있었다.

하지만 그의 도가 영겁혈륜이 장악한 공간으로 들어가는 순간, 일 수에 도가 땅바닥을 구르고 이 수에 도를 휘두른 복면인도 땅바닥을 굴렀다.

목유현이 비웃듯 미소를 지으며 그들을 향해 느긋하게 걸음을 옮겼다.

목유현은 측면에서 달려든 또 다른 복면인을 오른발로 가볍게 차버린 후 찍어 눌렀다.

"거기까지 하셔야겠습니다."

그때 목유현의 지근, 높게 솟아 있는 거목의 위편에서 무언가가 날아왔다.

영겁혈륜이 절로 일어나 투척된 무언가를 막아내었다.

그것은 가느다란 침이었다.

그리고 그와 동시에 목유현과 복면인들 사이에 한 인영이 모습을 드러냈다.

허허로운 미소를 만면 가득 품고 있는 이는 부척경과 이야기를 나누던 청년이었다.

목유현은 청년이 입고 있는 새하얀 눈을 새겨 넣은 장삼을 보며 살짝 인상을 찌푸렸다. 그가 주변에 숨어 있는 것을 전혀 알아채지 못했기 때문이다.

"처음 뵙겠습니다. 사정이 있어 소개는 힘들겠습니다만 그쪽의 소개는 꼭 듣고 싶군요."

"네가 이 녀석들의 배후인가?"

목유현은 영겁혈륜을 재차 끌어올렸다.

청년은 목유현의 물음에 답하지 않았다.

"호오, 정말 흥미로운 무공이로군요. 공간 자체에 영향력을 행사하다니, 정말 흥미로워요."

"……."

목유현은 속으로 침음성을 삼켰다.

영겁혈륜의 비의를 알아채는 존재는 이제껏 손꼽을 정도로 적었다.

"정말 탐스럽군요. 먹어치워 버리고 싶어요. 하지만 아쉽군요. 제 윗분께서 절대 진신의 힘을 발하지 말라 명하셨지 뭐예요."

그는 아쉬운 듯 눈썹을 역팔 자로 그리면서도 웃음을 잃지 않았다.

목유현은 과거의 기억을 뒤져 가며 상대의 정체를 파악하려 했지만 도저히 종잡을 수가 없었다.

"순속."

목유현의 입이 달싹거림과 동시에 그의 신형이 엿가락처

럼 늘어나더니 순식간에 청년의 명치에 주먹을 꽂아 넣었다.

"쿨럭."

청년은 피를 내뿜으며 떨어져 나갔다.

"이거 좀 아프군요."

그리고 바로 목유현의 옆에서 또 다른 청년이 나타났다.

저 멀리 그의 주먹을 맞고 떨어진 청년도 몸을 일으켰다.

"흠, 정말 장난이 아니군요. 이거 제대로 싸워도 힘들지 모르겠네요. 하지만 어쨌든 전 할 일이 있고 제약도 있으니 이걸 쓰도록 해야겠어요."

그리고 청년은 품속에서 팔뚝만 한 죽통을 꺼내 들었다.

그의 손바닥이 죽통의 밑을 가격했다.

그 순간 죽통의 윗부분이 열리며 수많은 침이 비산했다.

목유현은 영겁혈륜을 끌어올려 공격에 대비했으나 침들은 그를 노린 것이 아니었다.

모든 침이 그와는 동떨어진 곳, 정확히는 그를 둘러싸고 어떠한 형태를 이루며 땅바닥에 박혔다.

무언가 이변을 감지한 목유현의 신형이 앞으로 튀어나가려는 순간 세상이 암흑으로 뒤덮였다.

빛이 사라지는 세상 속으로 웃음 짓는 암영의 목소리가 흘러들어 왔다.

"이건 약소한 제 선물입니다. 환상혈(幻想血)이라고 불리죠. 넓고 넓은 무림에서 가장 특이한 다섯 명, 무림오괴의 일인이자 기관진식(機關陣式)의 달인인 기괴(機怪)의 작품을 토대로 양산하고 있는 거지요."

그는 만면 가득 웃음으로 말을 이었다.

"아! 물론 걱정하지 마세요. 흉내는 냈으되 절대 위력은 떨어지지 않으니까요. 침에다가 새겨놓은 주문과 진식을 구성하게 설정해 놓은 기관이 절묘하게 조합되어 가공할 만한 절진을 이루지요. 쓰는 저도 정말 신기하게 생각하는 물건이랍니다. 효력은 간단하죠. 몸이 기억하는 최대의 공포를 이끌어 구현시켜 준답니다. 공포가 당신의 피를 탐하는 그곳을 느긋하게 즐겨주세요. 그럼 다음에 뵙지요. 물론 거기서 나올 수 있을 경우에 한한 거지만요."

목유현의 주변은 마치 암흑의 장막을 두른 것 듯 한 치 앞도 보이지 않았다.

목유현은 고개를 돌려 주변을 바라보았다.

시각은 아무것도 감지하지 못했다. 확실히 주변은 모두 암흑으로 뒤덮여 있었다.

'진이로군.'

감각을 완전히 뒤집을 정도면 꽤나 수준있는 진법임이 틀림없었다.

목유현은 주변을 감싸고 있는 영겁혈륜을 얇게 펴 감각을 확장해 나갔다. 하지만 어떠한 움직임도 감각에 잡히지 않았다. 마치 그의 감각 또한 장막을 두르고 있는 것 같았다.

'귀찮군. 꽤나 상위의 진법이야.'

영겁혈륜의 정신 방어를 뚫고 그를 진세에 빠뜨릴 수 있다는 것은 확실히 그의 생각을 뛰어넘는 진법임이 틀림없었다. 게다가 진을 설치하는 데 걸린 시간까지 생각해 보면 혈마로서의 그도 좀처럼 보지 못한 상승의 진법이었다.

진득거리는 늪 속에 전신을 담근 것 같았다. 모공 하나하나가 기분 나쁜 진흙으로 메워진 것처럼 불쾌하기 짝이 없었다.

주변에 뭉쳐 있는 영겁혈륜의 기운을 빙파의 수법으로 터뜨려 진과 함께 날려 버리려는 순간 어떤 소리가 귓가를 간질였다.

"큭큭, 여전히 멍한 얼굴이로군."

그것은 익숙한 목소리, 짙붉은 피 냄새가 뚝뚝 떨어지는 진득한 소리는 목유현의 전방에서 들려오고 있었다.

철퍽.

신발 밑창에 고여 있는 핏덩어리가 걸음을 옮길 때마다 물컹거리며 불길한 소리를 내뿜었다. 그것이 다가오자 주위는 온통 쇠 비린내가 진동했다. 마치 습기로 가득 찬 찝찝함은 눈살이 절로 찌푸려질 정도로 불쾌하다.

피 칠갑을 한 전신은 지옥에서 온 악귀의 형상. 광기로 점철된 두 눈은 시퍼런 귀화(鬼火)가 불타고 있으며 슬쩍 기울인 입가에는 방금 머금은 피가 뚝뚝 바닥으로 떨어지고 있었다.

"어떻게……?"

목유현의 성대가 불쾌하게 떨리며 신음성을 뱉어냈다.

"아아, 이 진 덕분이지. '심상 속에 묻어둔 공포를 구체화 시켜 준다' 라……. 정말 재미있는 진법이로군. 역시 세상은 재미있어."

돌아오는 것은 너무나도 익숙한 목소리, 익숙한 자취, 익숙한 흔적. 가볍게 조소하는 목소리에 담긴 것은 피아 구분 없는 광기, 무차별한 살의, 그리고 기쁨.

절대 잊을 수 없다.

절대 잊어서는 안 된다.

삼도천을 지나 헤어날 수 없는 망각의 늪을 지난다 할지라도 절대로 잊을 수 없다.

눈앞에 있는 것은,

인외(人外)의 재앙(災殃),

천하무림의 절대 공적,

만인학살자(萬人虐殺者) 혈마,

과거의 자신, 과거의 목유현,

잊어서 안 되는 모든 과거의 산물.

그 형상이 머금은 조소는 처연할 정도로 피에 미친 광기로 점철되어 기괴한 잔광을 흩뿌리고 있었다.

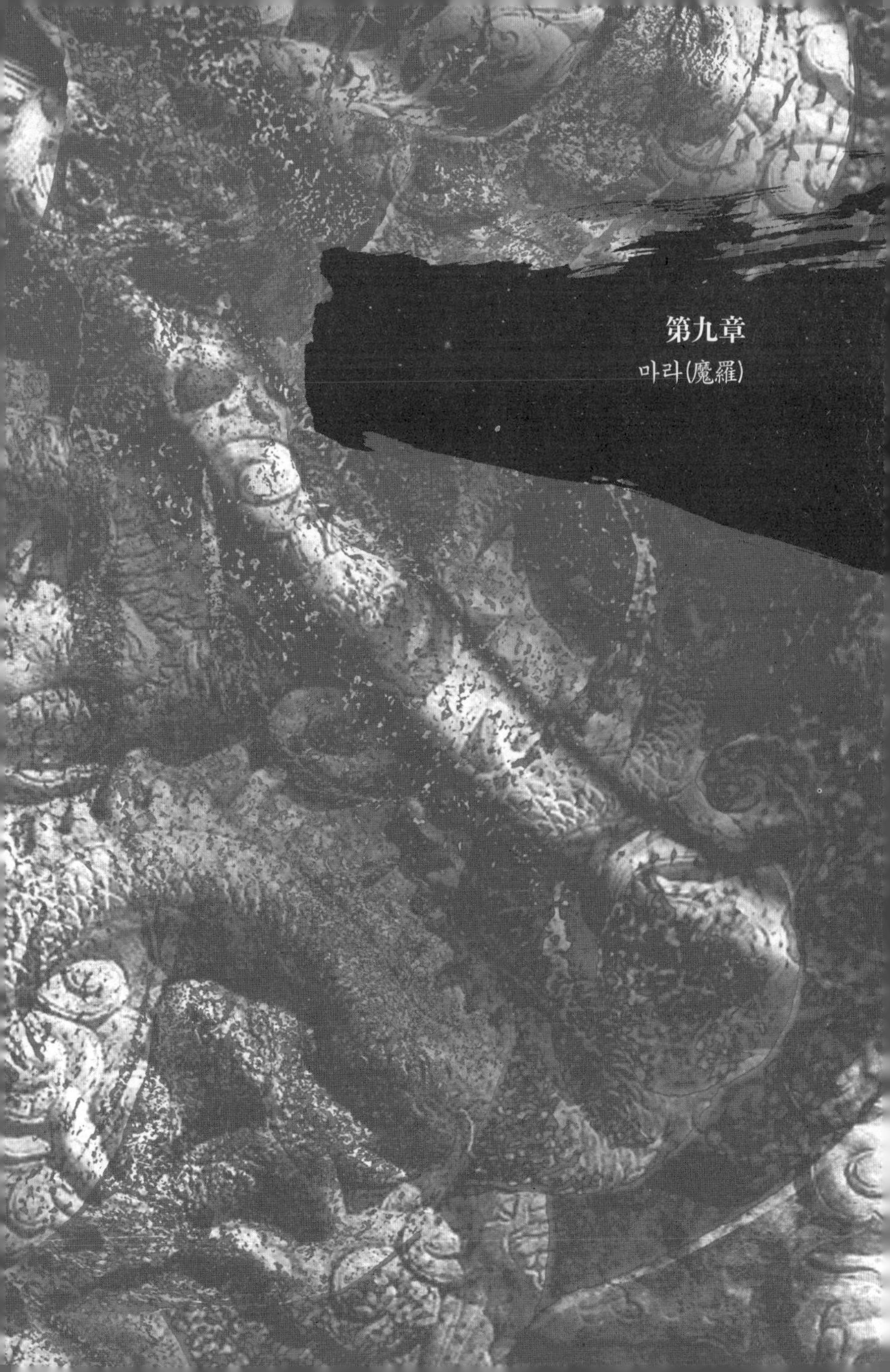
第九章
마라(魔羅)

전륜마라 轉輪魔羅

전륜마라 轉輪魔羅

　목유현의 시선은 전방, 그를 향해 걸어오고 있는 형상에 집중되어 있었다.

　죽기 전의 그의 모습, 눈앞에 보이는 것은 그의 기억 속에서 꺼내온 듯 똑같았다. 피로 목욕을 한 듯 전신에 붉음을 두른 채 웃고 있는지 울고 있는 것인지 구별하기 힘든 광기에 어린 표정은 그의 기억 속 혈마의 모습 그대로였다.

　목유현은 인정했다.

　눈앞에서 소름 끼치는 미소로 자신을 바라보고 있는 것은 분명 '혈마' 라는 것을.

　"진의 효용이라는 건가? 도대체 어떻게 생겨먹은 진이기에……."

목유현은 크게 한숨을 쉬었다.

그러면서 눈앞의 혈마를 경계하며 목유현은 영겁혈륜으로 감각을 증폭시켜 진의 중심을 찾아나갔다.

중심을 찾는 것은 어렵지 않았다.

아주 강렬하게 그 존재감을 드러내고 있었으니 말이다.

진의 중심은 바로 눈앞의 형상, 혈마였다.

혈마는 피가 뚝뚝 떨어지고 있는 입을 열었다.

"오랜만이야, 반갑군, 정말."

"이쪽은 전혀 반갑지 않거든."

목유현의 비아냥거림에도 혈마는 자신의 말을 그대로 이어나갔다.

"그 빌어먹을 인간만 아니었더라도, 난 사라지지 않았을 거고 우린 죽지 않았겠지. 영겁혈륜이 전력으로 가동된다면 제깟 벌레들이 백만이 모인들 문제가 아니니까 말이야."

목유현은 눈앞의 존재를 바라보았다.

진의 중심이자 진의 힘으로 구현된 자신 안의 공포.

그가 가지고 있는 공포란 혈마의 부활이었다.

그는 인지하고 있었다.

눈앞의 존재를 물리치지 않고서는 진을 빠져나갈 수 없다는 것을.

그렇다면 알아야 한다.

눈앞의 존재가 얼마나 혈마의 힘을 가지고 있는지를.

"노려보듯 쳐다보지 말라고. 우린 하나였잖아. 비록 잠시 떨어지긴 했어도."

"난 너 따윈 필요없거든."

"왜 그래? 힘이 필요하잖아. 뭐, 네가 영겁혈륜의 새로운 사용법, 짝퉁을 만들어냈다고 해도 그 녀석은 약해. 나를 막지도 못하지. 그러니 인정해. 그리고 나를 받아들여. 다시 강해지는 거야."

혈마의 목소리는 마치 바로 그의 옆에 있는 것처럼 귓가를 간질였다.

"나는 너 자신의 일부야. 네 소망도, 네 절망도, 네 본성도 모두 알고 있지. 네 본질은 혈마. 네 마음 한구석에 자리한 소망의 목소리를 들어보라고. 벌레들을 밟아 뭉개고, 그 피로 목을 축이며, 시체의 산에서 잠을 이루는 것이 네 마음속에 잠자고 있는 목소리라고. 왜 그 목소리를 외면하는 거지? 왜 눈에 보이는 모든 것을 죽이지 않는 거지? 네 눈앞에 널려 있는 쓰레기는 단지 너를 위한 양분일 뿐, 살아갈 가치조차 없는 것들이야."

감정에 도취된 듯 광소를 흩뿌리며 혈마는 그에게 속삭였다.

"네 본능을 따라가는 거야. 그건 쉽고도 즐겁고 보람찬 일이지. 모두 죽여. 죽이고 그 피를 마시고 살의를 먹어치우는 거다.”

“정말 미쳐도 제대로 미쳤군. 너에게나 보람차고 즐거운 일이겠지. 싫다는데 왜 이리 끈덕지게 달라붙냐?”

“큭큭, 까다롭기는. 그럼 어쩔 수 없지. 그 알량한 정신을 죽여 버리고 내가 들어앉는 수밖에.”

주변의 공기가 순식간에 완전히 뒤바뀌었다.

한 치 앞도 분간하기 힘든 어둠이 깔려 있는 이곳에서도 자신의 색을 강렬하게 발산하는 것은 생명을 찢어 부어놓은 것 같은 붉은색이었다.

세상이 전부 선홍빛으로 물들어 있었다.

공간에 들어찬 것은 죽은 이들의 원령이 소리치는 저주와 분노, 원망, 그리고 끝없이 수렴하는 살의였다.

그 모습을 보며 목유현은 침음성을 흘렸다.

진은 혈마의 힘까지도 그대로 구현해 놓은 것이다.

“죽어라, 자신의 힘도 쓰지 못하는 알량한 바보 녀석아.”

혈마의 손가락이 목유현에게 향했다. 그 순간 혈마의 주변으로 핏빛의 기운이 뭉쳐 들기 시작했다.

“절명.”

혈마의 손가락이 목유현에게 향한 순간 피로 점철된 붉은 뇌전이 그에게로 쏟아졌다.

“제길.”

목유현은 자신의 영겁혈륜을 일으켜 적색의 뇌전을 막아

섰다.

하지만 소용없었다.

목유현은 아무렇지도 않게 수류의 방어를 뚫고 들어오는 적색의 뇌전을 느낌과 동시에 재빨리 신형을 옆으로 빼내 그것을 피했다.

'큭, 정말 곤란하군.'

언제나 생각하고 있었지만 지금의 그는 옛날의 혈마와 비교하는 것 자체가 무리일 정도로 힘의 차이가 있었다. 그 차이를 이런 식으로 확실히 눈으로 보게 될 줄은 생각조차 못했다.

'뭐 이딴 진이 다 있어?'

인식하고 있었다.

저것에게 죽는다면 정말로 그의 정신조차 죽어버릴 수 있다는 것을.

'이런 진을 그렇게 가볍게 펼치다니.'

목유현은 아까 전의 허허로운 웃음을 펼친 청년의 모습을 떠올렸다.

과연 그는 누구일까?

하지만 생각을 지속할 수는 없었다.

혈마의 손가락이 다시 재차 목유현에게 향했다.

목유현은 수류의 방어막을 마치 종잇장처럼 찢고 들어오는 절명의 붉은 뇌전에 속절없이 몸을 피해내야만 했다.

"네 알량한 위선은 그저 우스울 뿐이다. 오로지 학살하기 위해 만들어진 기예를 익히면서 학살하지 않겠다니, 기가 막히는군."

"우산을 양산으로 쓴다고 뭐라 할 놈이로군."

혈마의 광소가 짙어질수록 그의 몸에 둘러싼 기운도 짙어지고 있었다.

비웃음을 흘리며 혈마의 손가락이 재차 목유현에게로 향했다.

적색의 뇌전, 혈마의 절명이 목유현에게로 쇄도했다.

그 수는 대략 잡아도 수십 개. 그 모두가 목유현이 피할 방위를 모조리 점하고 있었다. 피할 수 없었다.

목유현은 영겁혈륜을 끌어올리며 전 방위를 방어하던 수류의 기운을 하나로 뭉쳐 적색의 뇌전에 맞서 나갔다.

쇄액.

쏜살같이 치달아오는 적색의 뇌전이 수류로 구축한 무형의 방패를 두들겼다. 기운을 응축해 한 방위만 막아섰기에 맥없이 뚫리는 것만은 막을 수 있었으나 그조차도 위태위태하기 그지없었다.

목유현은 속으로 연신 침음성을 삼켰다.

눈앞의 혈마는 지금 자신을 가지고 놀고 있었다.

느껴지는 그의 기도는 현재의 자신으로서는 감당하기 힘들었다.

“하하! 정말 우습기 그지없군. 영겁혈륜을 가지고도 고작 이 정도라니.”

목유현을 비웃던 혈마가 사라졌다.

그리고는 갑작스레 목유현의 앞으로 나타났다.

“영겁혈륜이 장악하고 있는 공간 어디든 순간에 닿는 신법, 그것이 진짜 순속의 모습이지.”

혈마가 주먹을 찔러왔다. 그 손에 감긴 기운을 경시할 수 없었기에 목유현 또한 순속을 펼쳐 공격을 피해냈다.

영겁혈륜이 장악한 공간 어디든 순간에 닿는 것이 순속이었지만 목유현이 현재 장악한 공간을 삼 자 남짓. 그 이상을 닿기 위해서는 순속을 여러 번 펼쳐 내는 수밖에 없었다. 그랬기에 그의 신형이 마치 늘어뜨린 엿가락 같은 잔상을 남기는 것이었다.

눈앞의 환상, 혈마이자 영겁혈륜의 살의가 장악한 공간은 느껴지는 범위만 오십 장. 단순 비교조차 하기 힘들었다.

발을 쉼없이 움직이며 거리를 유지했다.

혈마가 장악한 공간은 말 그대로 살의의 결정체. 저 공간에 장악당한다면 통째로 삼켜지는 것과 다르지 않은 결과가 나올 것이다.

“무력하군, 무력해. 고작 이것이 학살의 기예 영겁혈륜의 주인이란 말인가.”

“거참, 시끄럽네.”

목유현은 수시로 날아오는 절명의 적색 뇌전과 혈마의 공격들을 아슬아슬하게 피해냈다.

다행히 혈마는 치명적인 공격은 하지 않은 채로 마치 그를 가지고 놀 듯 여유로운 모습만을 보이고 있었다.

이렇게 피하기만 해서야 아무것도 해결되지 않는다.

진의 중심을, 눈앞의 혈마를 쓰러뜨려야만 했다.

결심한 순간 여태껏 수비적인 모습만을 보였던 것과는 달리 목유현이 신형을 날려 혈마에게 접근하였다.

혈마에게 접근할수록 살의에 물든 공간이 그를 침식해 들어오려는 것이 더욱 심해졌다. 한순간이라도 정신을 놓는다면 그가 그가 아니게 되어버릴 것 같았다. 이를 꽉 악다물며 영겁혈류의 기운을 터뜨렸다.

"빙파."

목유현의 입이 달싹거리는 순간 그의 주변을 둘러싸고 있는 영겁혈류의 기운이 일제히 터져 나가며 혈마를 향해 쏘아졌다.

하지만 닿지 않았다.

혈마의 주변을 둘러싸고 있는 핏빛의 수류가 일어났다.

그리고 그 핏빛의 수류에 닿은 목유현의 공격은 모두 말 그대로 사라져 버렸다.

아무렇지도 않게 목유현의 공격을 막아낸 혈마의 입이 이죽거렸다.

"답답하지? 죽이고 싶은데 죽일 수 없어서 답답하지? 참지 마. 죽이고 또 죽여. 그러면 금방 네 힘을 찾을 수 있다고."

비웃음이 섞인 달짝지근한 목소리가 재차 귓가를 자극했다.

그러면서 재차 공격을 가했다. 절명이 목 줄기를 노리고 빙파가 터지며 그를 덮쳤으며, 수류가 그의 주변을 압박해 나갔다. 그리고 혈마가 장악한 핏빛의 영겁혈륜이 목유현이 장악한 공간을 타고 스멀스멀 기어 들어오고 있었다.

목유현은 순속을 연달아 펼치며 거리를 벌리려 했으나 여의치 않았다.

새로 각인된 영겁혈륜의 핵이 빛을 발하며 공간으로 흘러 들어 오는 살의를 막아서고 있었다. 하지만 점점 그 빛에 붉음이 섞여 들어갔다.

혈마가 공격을 내지를수록, 짙붉은 영겁혈륜의 공간 안에 있을수록 그 안에 담긴 살의들이 목유현의 심층을 자극하고 있었다. 그리고 그가 묻어놓은 내면의 살의 또한 그에 반응해 스멀스멀 기어 올라오고 있었다.

울컥.

가슴속에서 치밀어 오르는 살의는 짙붉은 심상을 머릿속으로 쉼없이 퍼 나르고 있었다.

'죽여, 모두 죽이는 거야. 벌레들을 짓밟고 끝없이 강해지는 거다.'

"죽여. 모두 죽이는 거야. 벌레들을 짓밟고 끝없이 강해지는 거다."

내면에 숨어 있던 살의와 눈앞의 혈마의 목소리가 겹치며 공간을 진동시켰다.

뇌리 속에 떠오르는 것은 피의 광기에 물든 대지.

짙붉게 타오르는 노을 아래 검붉은 피의 강이 흐르고, 얼마 전까지 인간이라 불리던 고깃덩어리들은 쌓이고 쌓여 숫제 산처럼 보이며, 초점 잃은 눈동자가 박혀 있는 머리들은 몸통과 떨어져 뼛조각들과 함께 이리저리 굴러다닌다.

인세에 강림해 버린 지옥의 편린.

지금 머릿속을 울리는 이 목소리를 따른다면 일어날 일이었다.

그리고 그 속에 자신의 의지는 없다.

그저 영겁혈륜의 살의에 묶여 버린 노예가 되어 기계처럼 죽이는 것만을 반복하게 될 뿐이다.

고개를 흔들어 살의를 떨쳐 내었다.

또다시 후회하고 싶은 마음은 조금도 없었다.

무력하게 운명이 그를 잡고 쥐어흔드는 대로 따라가는 것은 사양한다.

구하고 싶다. 자신을 소중히 여기는 이들을, 자신을 믿어준 이들을.

그들을 위해서라도 여기서 혈마가 되어버릴 수는 없었다.

"기억해 내라고. 양손 가득 머금었던 따뜻한 피의 감촉을, 네 손 위에서 펄떡거리던 생명의 촉감을. 그립지 않아? 그때로 다시 돌아가자고."

하지만 혈마의 공격은, 그리고 유혹은 그치지 않았다.

치밀어 오르는 살의에 서서히 붉어지는 눈동자 사이로 목유현은 필사적으로 방법을 찾고 있었다. 눈앞의 혈마를 무찌를 수 있는 방법을.

"머리통이 녹슬어 그 즐거운 기억이 나지 않는가 보군. 하아, 노는 것도 정말 지쳐 가는군. 그냥 죽어라."

혈마의 주변으로 붉은 기운이 급격히 모여들기 시작했다.

"빙파!"

혈마가 내지른 소리와 함께 핏빛 기운이 날카로운 칼날이 되어 쏟아졌다.

목유현이 발출하는 것과 같지만 달랐다. 쓰임새는 같되 더 강했다.

피할 곳은 보이지 않았다.

목유현은 전력으로 영겁혈륜을 일으켜 수류를 펼쳐 내었다.

하지만 모두 막아내는 것은 불가능.

철의 방패라 칭해도 모자라지 않을 수류조차 빙파의 칼날들을 모두 막아내지는 못했다.

베이거나 찢어진 곳은 없었다.

다만 빙파의 칼날이 닿은 곳으로부터 또 다른 살의가 치밀어 오를 뿐이었다.

이대로 시간을 끌어 좋을 것은 하나도 없었다.

"호오, 막아낸 건가? 상관없지. 또다시 공격을 퍼부으면 되는 것을."

혈마가 다시 입을 달싹이고 빙파의 칼날이 재차 닥쳐왔다.

칼날은 그가 피할 수 있는 모든 방위를 점하고 그를 압박했다.

목유현은 침음성을 흘리며 수류를 전개하며 빙파의 칼날을 막아섰다.

하지만 그것도 잠시.

지금의 영겁혈륜은 용량이 부족하다. 그가 장악하고 있는 공간이 삼 자밖에 되지 않기에 시간이 지날수록 그가 낼 수 있는 힘은 점점 떨어질 수밖에 없었다.

점점 빙파의 칼날을 막아서는 기운이 줄어들고 있었다.

"큭."

수류의 방벽이 완전히 박살 나며 빙파의 기운을 이겨내지 못한 목유현의 신형이 나가떨어져 바닥을 굴렀다.

"쿨럭."

토혈은 없었지만 빙파의 칼날이 맞은 곳으로부터 미칠 듯한 살의가 치밀어 오르고 있었다.

눈앞이 어지러웠다.

지금이라도 눈을 감아버리고 싶었다.

하지만 여기서 끝낼 수는 없었다.

여기서 다시 혈마로 돌아갈 수는 없었다.

절대 그 피로 물들어 버린 무력함을, 지킬 것을 모두 잃어버린 자의 절망을 느끼고 싶지 않다. 자신이 이대로 혈마가 된다면 주변의 미래는 변하지 않는다.

자신은 죽고 모든 이가, 여동생이, 가족이, 친우가 모두 처절한 죽음을 맞이한다. 그럴 수는 없다. 그렇게 두진 않는다.

"하아아!"

목유현은 새로운 각인을 쥐어짜듯 힘을 끌어올렸다.

그 각인이 그의 의지에 반응하듯 새하얀 빛을 발했다.

"쓸모없는 발악이야. 어차피 넌 죽을 뿐이니까."

혈마의 미소가 더욱 짙어졌다.

"이제 정말로 끝이다. 죽어라."

혈마의 손가락이 다시 목유현을 가리켰다.

그의 손가락에 맺히는 기운은 지금까지의 것과는 비교가 불가능할 정도로 짙었으며, 그리고 잔혹할 정도로 강했다.

"절명."

절명의 붉은 뇌전이 그를 향해 닥쳐왔다.

목유현은 질끈 이를 악물며 절명을 막아섰다.

하지만 지금까지의 것과는 전혀 다른 강대한 절명의 기운에 수류는 무참하게 뚫어져 산산조각 나듯 흩어졌다.

“끝이다.”

혈마의 미소가 비릿하게 그를 비웃고 있었다.

목유현은 눈을 감지 않았다.

자신은 절대 지지 않는다.

어떻게든 저것을 물리치고 살아갈 것이다.

전신에 남은 영겁혈륜의 기운을 모두 끌어와 둘렀다.

“너 따위에 질 것 같으냐!”

목유현의 목소리가 터져 나왔다.

“개소리하고 있군. 죽어라!”

절명의 붉은 뇌전이 그의 눈앞으로 쏘아지고 있었다.

목유현은 두 눈을 뜨고 자신의 모든 것을 끌어올렸다.

“그래, 우리는 저런 것에 지지 않아.”

그리고 목소리가 들렸다.

눈앞에 있는 것은 절명의 붉은 뇌전을 막아 세운 눈부시도록 푸른빛의 향연.

눈앞에 보이는 것은 절명을 막아서고 있는 새하얀 ‘청색’ 무복을 입은 소녀였다. 입안 가득 싱그러운 미소를 짓고 있는 소녀는 아무렇지도 않게 절명을 막아내고 있었다. 소녀가 뿜어내는 푸른 기운에 눌려 절명은 온데간데없이 사라져 버렸다.

“망할! 네가 어떻게?”

예상치 못한 누군가의 개입에 혈마가 날카롭게 소리쳤다.

하지만 소녀는 그 목소리에 아랑곳하지 않은 채로 오로지 목유현에게로 시선을 맞출 뿐이었다.

“오빠, 오랜만이야.”

“너는…….”

낯선 듯 익숙한 푸른 무복을 입은 소녀였다 목유현은 기억하고 있었다.

꿈, 꿈에서 나타나 묘한 말을 하던 소녀.

“오빠, 이제야 나 오빠가 누군지 알 수 있게 되었어. 하지만 내가 누군지는 모르겠어. 오빠, 나는 누구야?”

소녀는 알 수 없는 물음을 그에게 던지고 있었다.

“꺼져 버려!!”

혈마가 소리치며 붉은 기운을 그에게 쏟아부었다.

하지만 모두 소녀가 내뿜는 하얀 기운에 막혀 사라졌다.

“오빠, 오빠가 가르쳐 주지 않으면 난 평생 내가 누군지 모르게 될 거야. 하지만 그건 싫어. 그러면 그 어둠 속에 또 혼자 있어야 돼. 혼자는 싫어. 그러니 오빠가 가르쳐 주었으면 해, 내가 누군지를.”

목유현은 말조차 잊은 채로 소녀를 바라보았다.

소녀의 모습은 낯선 듯 익숙했다.

장인이 심혈을 기울여 깎아낸 듯한 인형과 같은 소녀의 모습은 낯설었지만 또한 익숙했다.

하지만 뿌연 안개가 가로막은 것처럼 생각을 해낼 수가 없
었다.

그러다 문득 알아챘다.

소녀가 입고 있는 것은 어릴 적 자신이 즐겨 입던 가문의
푸른 무복이라는 것을.

그리고 소녀에게서 뿜어져 나오는 하얀 기운은 바로 자신
이 뿜어내는 것과 똑같은 색을 하고 있다는 것을.

그 순간 인식한다, 눈앞의 소녀의 정체를.

"넌, 새로운 영겁혈륜이구나."

소녀의 고개가 끄덕이고 다시 저어졌다.

"맞아. 하지만 그걸로는 부족해."

혈마가 소리치며 붉은 영겁혈륜을 뿜어내고 있었다.

그 휘몰아치는 공세에 그것을 막아서던 소녀의 기운이 조
금씩 밀리기 시작했다.

"부족하다고? 무엇이?"

목유현이 물었다.

"나에겐 필요해. …이."

소녀의 목소리가 다 들리지 않았다.

마치 공백이 있는 것처럼 그 부분만이 들리지 않았다.

"나는 아직 완전치 않아. 그래서는 저것을 이겨낼 수 없어."

소녀의 말처럼 혈마를 막아서고 있는 소녀의 하얀 기운이

조금씩 깨져 나가고 있었다.

무엇이 부족하지?

목유현은 생각하고 또 생각한다.

그리고 그 순간 머릿속을 꿰뚫는 무언가가 있었다.

"이름……."

"맞아. 오빠, 나는 영겁혈륜이 아니야. 영원히 피를 갈구하며 도는 혈겁의 바퀴가 아니야. 그럼 나는 누구야?"

목유현은 주저하고 있었다.

필요에 의해 다시 영겁혈륜을 익혔을 뿐, 만일 그가 다른 무공을 익혀도 그렇게 힘을 얻을 수 있었다면 절대 익히지 않았을 것이다. 그는 두려웠다, 다시 자신이 영겁혈륜의 살의에 먹히는 것이. 하지만 영겁혈륜을 어떻게든 익히지 않는다면 미래는 바뀌지 않을 것이다. 그렇기에 영겁혈륜을 다시 익혔다. 그리고 새로운 각인을 만들어냈다.

그러면서도 근원에 새겨져 있는 공포는 가시지 않았다. 언제나 불안함을 가슴 한편에 가지고 있었다. 새로운 각인조차 자신의 정신을 탐할지 모른다고. 언제 그것도 영겁혈륜처럼 될지 모른다고. 새로운 각인의 힘을 사용하는 순간에도 마음속 어딘가에는 그것을 무서워하는 자신이 있었다.

"세상 만물 모든 것은 이름을 가짐으로써 세상에 고착되고 존재할 수 있어. 그것은 세상의 법칙. 어떤 것도 그 성긴 그물을 벗어날 수 없어."

그렇기에 내면의 공포를 구현할 수 있는, 즉 세상 법칙의 이면을 조종하는 이곳에서야 혈마와 함께 모습을 드러낸 것이다. 혈마 또한 목유현 속에 내재된 공포였듯이 소녀의 존재, 새로운 영겁혈륜의 각인 또한 목유현에게 있어서 또 다른 공포였던 것이다.

"오빠, 나는 저것과 같지만 달라. 나에게 이름을 줘. 오빠와 영원을 같이할 이름을."

소녀는 그에게 활짝 웃음을 지었다.

그 웃음은 눈이 부실 정도로 새하얀 빛을 뿌리고 있었다.

목유현은 그 웃음을 보며 느꼈다.

소녀에게는 어떠한 적의도 없음을.

단지 그와 함께하고 싶을 뿐임을.

눈을 돌리고 귀를 막고 있는 것은 서예소뿐만이 아니었다.

잘난 척 입을 놀리던 목유현 자신도 그에게 소리치는 소녀의 목소리를 외면하고 있었던 것 이었다.

"오빠, 내 이름은 뭐야?"

목유현은 소녀를 바라보았다. 소녀에게는 발원하는 포근한 빛의 궤적이 마치 바퀴처럼 그를 감돌고 있었다.

소녀가 짓고 있는 귀여운, 그리고 악동 같은 미소를 바라보던 그의 입이 열렸다.

"마라(魔羅). 네 이름은 마라라고 하자."

그 순간 소녀는 얼굴 가득 함박웃음을 지었다.

"그래, 내 이름은 마라구나. 마라. 어감이 좋은걸."

소녀에게서 뻗어나가는 푸른 기운이 일순 혈마의 붉은 기운을 완전히 없애 버렸다.

"난 오빠를 위해 존재하는 영원, 마라. 완벽을 향해 나아가는 무한의 궤도, 전륜마라(轉輪魔羅). 기억해, 그 순간까지 우린 언제나 함께라는 것을."

소녀는 목유현의 뺨에 가볍게 입을 맞추더니 이내 그의 가슴속으로 사라져 버렸다.

목유현은 그 순간 더없는 충실감이 온몸을 감싸는 것을 느꼈다.

그리고 인식했다.

내면의 공포, 영륜혈겁에 대한 공포가 눈 녹듯 사라졌음을.

그리고 인지했다.

더 이상 눈앞의 혈마의 존재가 두렵지 않음을.

"제길, 이름을 얻고 존재를 인지했군. 망할. 조금만 더 있었으면 모든 것이 원만히 해결되었을 것을."

눈앞의 혈마는 자조적인 비릿한 미소를 지었다.

마치 이렇게 되면 끝이 난다는 것을 알고 있는 것 같은 모습이었다.

그의 주변을 둘러싼 붉은 기운이 이제는 조금도 두렵지 않왔다.

이제야 알 수 있었다.

이 어두운 공간이 그의 내면세계를 투영하고 있었음을. 그의 정신이 구현되었기에, 그의 공포를 좀먹었기에 눈앞의 혈마가 그리 강대한 무력을 뿌려대었음을. 그러면 단순하다. 두렵지 않은 혈마는 이곳에서 아무것도 아니다.

“넌 더 이상 두렵지 않아.”

잔잔한 눈빛으로 그를 바라보던 목유현은 선언했다.

“그러니 사라져라.”

내면의 공포를 구현하는 절진 환상혈(幻想血)은 그 순간 산산조각 나며 깨어졌다.

『전륜마라』 2권에 계속…

김용희 新무협 판타지 소설
天府天下
천부
천하
天府天下
천부천하
天府天下

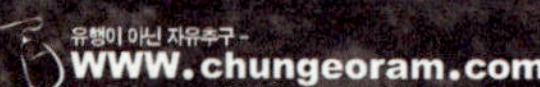

Dragon order of FLAME 폭염의 용제